小說徐傍興

THE STORY OF HSU PANG HSING

李旺台

獻給：

出生成長於日治時代，換中國國民黨治台後，

終其一生重新學習、重新適應、

努力順服以及努力不順服的所有台灣人。

目次

〔推薦序〕

一本典型的台灣勝利英雄小說

宋澤萊

徐傍興目前雖然還不是台灣家戶喻曉的人物，然而隨著大眾傳播媒體的介紹，已經慢慢被更多人知道了。他就是名揚四海的美和青少棒、少棒隊的創辦人、老闆。之後的數十年來，他創立的美和棒球隊總共為台灣拿下十三次在美國舉辦的世界青少棒、青棒賽冠軍。

這個人是六堆的客家人。所謂的六堆至少包括現在高雄、屏東的竹田、佳冬、新埤、美濃、高樹、麟洛、長治、萬巒、內埔共九個鄉鎮。徐傍興就是於一九〇九年出生於內埔鄉美和村的人，如果還活著，今年應該是一百一十二歲。

他在一九三四年日本時代考上台北醫專〔今台大醫學院的前身〕，因為成績優秀，畢業後留在學校擔任助教兼外科醫生。戰後，日本人離開了，他繼續擔任台大醫學院教授兼外科主任。

一九五二年，他辭掉台大醫學院的職務，兩年後在台北市政府對面創立徐外科醫院，因為醫術高明，開始賺進大把金錢。可貴的是這個人有「取之於社會用之於社會」的觀念，極願意為公益而仗義疏財。

一九五五年，他拿出家裡僅有的積蓄四十萬元，幫助陳啟川與杜聰明成立高雄醫學院。

一九六〇年，他又免費擔任中山醫專的校長，任內的十一年間，從未支領過任何一毛薪水，他將所有薪水都捐給學校，作為圖書館購買藏書之用，奉獻的精神令人感佩。

一九六一年為了回饋地方自力興建美和中學，讓地方子弟不必遠道去就學。

一九六五年成立美和護專，常常住在學校，過著簡樸的生活，自己的醫院交給兒子經營。

一九七一年最瘋狂，他成立美和棒青少棒隊，之後又成立青棒隊，即使傾家蕩產也不在乎。美和中學是臺灣培養優秀棒球選手的重鎮，從徐生明、趙士強、李居明、洪一中、到張泰山、彭政閔、潘威倫、高國慶等人，美和球員為臺灣棒球撐起了一片天。徐傍興給了許多貧窮孩子棒球夢，也為臺灣掙得國際體壇地位。在那個年代，台灣面對退出聯合國、中美斷交等外交危機，徐傍興大力支持棒球運動，揚威國際，提振國人士氣，其影響，不僅止於體壇，還橫跨政壇。

一九八四年，他腦中風，去世，享年七十六歲。

一生中，他從來不重視享受，也不慕名位，盡量為他人付出，也因為他疏財過多，常被家人誤解，但是他從不為所動，他只認為他必須要這麼做。這真是一個令人非夷所思的台灣人一生的故事。

《小說徐傍興》就是書寫這麼一個人的故事。作者李旺台把握了徐傍興一生立功、立德的兩大類事蹟，井然有序地把它們清清楚楚地寫出來，尤其更是花了許多筆墨，寫他種種仗義疏財的事蹟。所有這些立功、立德都牽涉到徐傍興暗地裡的強烈的本土意識（客家人意識與本省人意識），透露出他實在是一個很有思想的台灣人。

李旺台的文筆儉省，從不拖泥帶水，卻筆帶鄉土感情，在浪漫流暢的文字中，成功地雕塑了一個了不起的台灣勝利英雄。

除此之外，李旺台對台灣日治末期到戰後初期的歷史書寫具有精準性，他彷彿有一種重現歷史的神祕能力，尤其能把時代的氛圍描述出來。從二戰展開到日本投降到二二八事件，台北街景與醫院的變遷都寫得非常準確與傳神，讓人彷佛置身在過往的歲月裡，能對往日的台灣產生了深刻的理解。這種重現歷史的才能不是每個作家都具備的。

這本小說乃是今年「新台灣和平基金會」長篇歷史小說徵文唯一的得獎作品，在決審時，評審們咸認為李旺台把徐傍興寫得太過於美好，於是去翻找徐傍興的真實事蹟，想要找出徐傍興是否有勾結黨國勢力來幫他做事的事蹟，結果發現並沒有。這就更證明李旺台筆下的這個英雄人物是名符其實了。

從文學史來看，公元二千年之後，台灣的文學創作已經離開寫實文風而轉向浪漫文風了，書寫台灣英雄的小說已經變成潮流，尤其是書寫成功英雄的小說越來越多，這已經暗示出目前的台灣人正在尋找正面的台灣英雄，冀求這些台灣英雄能帶給台灣勇氣與勝利。李旺台正是書寫台灣英雄最傑出的小說家之一，他的歷史人物小說已經連續三年得獎，而這本《小說徐傍興》更是最好的成功英雄小說。凡是想要尋找台灣成功英雄的讀者都應該人手一本，借著這本小說，我們就能更加瞭解台灣所孕育出來的傑出人物的方方面面，也期望未來台灣每個人都能成為這種傑出的勝利英雄。

〔自序〕

寫一個很會花錢的人

記得是在二〇一九年春天，多位客家朋友在高雄餐敘，席間聊起我的新作「蕉王吳振瑞」，我闡述自己想用小說描繪幾位本土典範人物的心願，時為客委會主委李永得表示：「客家也有一個典範，其典範價值不亞於吳振瑞。」接著說：「這個人就是徐傍興。他應該是六堆三百年來最重要的一個人，更值得寫。」

眾人都熱切響應，要求我再接再厲，寫一本徐傍興。

像一個外出的旅人接到家鄉父老的通知，我不能拒絕這個任務。

此後幾個禮拜，我著手收集資料，興沖沖寫完第一章。後來加緊查訪，發現徐傍興的一生行誼已有多人記述，傳記體的電視連續劇也曾經上市；這樣還有我書寫的空間嗎？有必要再多此一書嗎？漸漸地，馬達失去了驅動力，書寫就暫擱著，一擱兩個多月。

直到有一天，廖松雄兄邀我去美和中學參加「徐傍興紀念館」籌建會議。與會者多是當年追隨徐傍興的人。會後吃便當時，眾人自然以徐傍興為話題。說有一次去台南訪友，居然將身上的現金全部送光光，沒錢坐車回來；又說邱連輝競選縣長時，不斷叫人送錢過去，光是誰就經手了多少又多少……他們一面用餐一面閒聊，我在旁仔細聆聽，心生感慨：徐傍興那些很會花錢的事蹟，竟被如此熱情回憶，而且尊敬之意溢於言表。那次會後，我像找到了清晰的目的地的司機，開始加油前進。就寫一本這個人的「花錢史」吧。從他經常慷慨解囊的行為中，顯露的純潔的利他精神，確實極為罕有。

一個人的「花錢史」，小小說一說就夠了；不過，它牽連到一個大時代的故事。徐傍興經歷過台灣史上最大規模、從文化根基上徹底改變的日華政權轉移，走過一大段經濟破敗和政治驚恐的時期。他們那一代的台灣精英，人生故事都特別豐富而精彩，都值得大書特書。所以，我把它寫成了長篇小說，作為我描繪那個年代台灣人圖像的系列作品之一。

客語中有個常用的形容詞叫「正古正經」。寫歷史小說，可以不必「正古正經」，適度變通史料無妨；同時又一定要「正古正經」，必須遵照當時的社會習俗及其中義理，忠誠於事件的原委和時代演變的軌跡。這樣縱然有部份虛構，也寫來不虛假，反而能使一個非常真實的徐傍興躍然紙上。小說書寫的迷人之處即在於此。

徐傍興背後有兩個女人。每次寫到她們——他的母親和妻子，尤其是徐夫人邱壬妹，我腦中便浮現滿滿的那個年代客家婦女的樣貌。她們在家庭中的地位似弱實強，處境則似強實弱；總是溫柔而堅韌地支撐家庭，憂慮常比家人多一些，榮耀則比丈夫少一點；還有許許多多可以告人不可告人的心事。不知道我有沒有寫好、寫夠，希望讀者也能從本書看到客家婦女的簡要素描。

福佬客家在這塊土地上相逢、摩擦、交融，到現在相知相守，幾百年了，已經是台灣人命運共同體的重要元素。本書對此適時穿插了一些故事，因而在處理人物對話時會使用一些客語和福佬話，這是為了還原故事發生當時的語言情境，但多數章節仍用華語，讓不懂台語的讀者看得懂。寫作中，經常向曾秋梅小姐請教客語漢字，謝謝她。

還要感謝美和中學老校長涂順振不吝提供相關資料，感謝美和護專老教授曾秀氣以及我太太李錦珠為本書初稿仔細核校，感謝慈濟師姊素燦和我的兒媳劉姿妤耐心幫忙打字。完稿後有一些事務，常勞煩賴士安先生和曾美玲小姐協助處理，一併致謝。

二〇二一年四月於屏東寓所

本書常用客語詞彙

偓：我
屋下：家
真識：真的
儘採：隨便
共下：一起
哪位：哪裡
毋使：不必。如「毋使驚」是不必怕；「毋使客氣」是不必客氣。
睡目：睡覺
跈手：幫忙

CHAPTER

01

阿貴騎的舊腳踏車帶著一串嘰喀嘰喀的聲響，有點吵人又不怎麼刺耳，緩緩滑進忠心崙徐屋伙房，臉上帶著微笑。

他停好車子，卸下一個草編的袋子，先取出一條厚皮帶，掛在腳踏車後座，依序拿出一塊長方型的磨石刀、一支可以折合的刀子。幾乎同時，徐屋一位年輕的婦人端出一只木製的水盆，有點沉重的樣子，放在阿貴腳踏車旁邊。阿貴朝她輕喚一聲「姆姆」，即蹲在那水盆邊，撥了一點水在石上，光天化日下霍霍有聲地磨起刀來。

那位姆姆放下木盆時，只朝阿貴「ㄟ」了一聲，然後調高嗓門，向四周的空氣喊話：「阿貴仔來也嘍，要剃頭的趕緊出來喲！」

那時還沒有理髮店，像阿貴這種理髮師父在村莊裡有兩個，還是一對師徒。每逢週末、週日分頭到各個伙房營生，一座伙房大約停留一兩個鐘頭，為大男孩小男孩理淨頭髮。理一顆頭大人一塊，小孩五角，結束後數人頭收現金離去，換另一個伙房。

阿貴剃頭的手法輕柔，速度也快，一刀由上而下剃出一道頭皮上的肉痕，只見他連同頭髮和肥皂泡沫往地上一甩，再往自己的褲腳抹淨，繼續剃出第二道肉痕，沒有一個人喊痛。

伙房邊上，幾隻鷄咯咯咯來到禾埕，有兩隻在阿貴的腳踏車邊不聲不響解下鷄大便，沒人理會牠們。

禾埕另一邊，一位老一點的婦人在燒木屑的爐子上生起了火，灰灰的煙飄過來，飄著煙焦味，含帶淡淡的木材香。她在燒開水，鄉下人都說孩子剃好了頭，給他們用溫熱的水洗頭比較好。

阿貴刀起刀落，一粒頭理完換一粒。很快的，富興、來興等堂兄弟都剃完理好，留髮的大人也過來剪修完畢了，正要收拾行囊，又一位婦人高聲呼喊：「阿貴仔，等一下，偃屋下（註一）傍興仔還無剃。」

「趕緊啦！阿傍興還在做麼个屁卵（註二）？」這是沉默的阿貴今午說的第一句話。

「他在煞猛（註三）讀書啦，馬上就來，你等一下。」那婦人一身藍衫，衣著整齊，

註一：「偃」，等同華語的「我」；「屋下」，「家」的意思；「偃屋下」，即「我家」。

註二：「做麼个屁卵」，若直譯華語是「做什麼屁事」；但在客語中，只是一個日常土話，負面意涵沒那麼濃重。

註三：「煞猛」，客語，「努力用功」之意。

顯然是阿傍興的母親，朝屋裡喊：「傍興仔哪！趕緊啦，阿貴要歸去咧！」

一個青少年應一聲「好啦」，掀門簾走出，略瘦，不高，臉長長，南台灣大太陽曬出來的黑裏帶紅的皮膚。他只跟阿貴輕輕點個頭，往腳踏車旁板凳一坐，斜睨到阿貴正拿著剃頭刀在那個厚皮帶上正反兩面翻覆磨擦，耳中傳來祖堂內堂弟們朗讀的《增廣昔時賢文》：

逢人且說三分話
未可全拋一片心
畫虎畫皮難畫骨
知人知面不知心

這些句子他小時候背誦過，背得像母親煮的花生豬腳那般爛熟。阿貴已經開始在他頭上塗抹肥皂泡沫。他閉起眼睛，想著還沒完工的家庭作業，那是生物課老師交代的作業，題目是「觀察與記錄住家附近任何生物樣態」。他用圖表做記錄，大小框架已經畫好，還沒給每一個框架拉線。

他一面享受軟軟的毛刷在頭頂上塗抹泡沫的那種涼涼的、微癢的感覺，一面想著自己在畢業前有沒有可能擠上前五名，被學校推薦去台北免試升學。

現在剃刀上頭來了，阿貴的刀法總是讓人有感但不痛，剛剛在心中浮起的那個念頭，其實是一個不切實際的妄想：家裏這個堂兄弟徐來興成績就比我好，本島的同級生功課更好的大有人在，佳冬的林發香比徐來興要好，萬丹的戴炎輝又比林發香好，還有一個屏東頭前溪的吳振瑞又比戴炎輝成績棒。

且不理會阿貴的剃頭刀，徐傍興盤算著：我的強項是物理化學和生物，不過，吳振瑞這三科也跟我不相上下；其實文學科目才是我的強項，可惜日本詩詞一定會由小村剛信那些日本生拿高分；英文呢？吳振瑞總是全年級第一名；還有漢文，我敢說全年級沒有人是我的對手，可是漢文課是用日語誦唸和書寫的。我從小在廟堂學的是客語唸法和漢字書寫，真的考試起來，所有的日本生都有可能贏過我們這些本島生。「妄想！妄想！」徐傍興輕啟嘴唇自言自語，這時阿貴正好伸出一手摸他的下巴，說：「有生鬍鬚咧！來，倨來剃剃啊。」

徐傍興仰起頭，抬高下巴，又聽阿貴說：「上次來，都還無看到生鬍鬚，可見阿傍興開始轉身仔了。」

徐傍興想，這個阿貴平時話少得像啞吧，怎麼現在摸到我長鬍鬚了，就那麼興奮，連說了兩句話！

阿貴很快完工，徐傍興跨下板凳，直接進入房間做功課。他母親出來算錢給阿貴，順便喊：「傍興仔呀！頭那先去洗洗啊，正進去讀書。」

徐傍興從房裡應答：「無愛洗咧，偓無時間洗頭。」

同時聽到阿貴說：「姆姆，這擺要加五角，傍興仔有剃鬚菇，算大人的頭了。」

傍興的母親微微一笑，邊點算邊說：「細猴牯（註四），那麼快就生鬚菇！」

次日一大早，天剛微曉，兩輛腳踏車往竹田驛站方向急馳，伙房裡的堂兄弟騎車，一輛載著徐傍興，另一輛載徐來興，腳踏車把手的兩旁還各吊掛著從學校拿回來洗好曬乾的衣服。這兩個堂兄弟唸的是高雄中學，高屏地區最好的一所學校，全體學生必須住校，只在週末週日讓學生回家，週一上午八點半以前一定要趕回學校。

他們搭的是頭班車，徐來興一上車就找到從佳冬站上來的林發香，坐到一起去了；徐傍興則坐在鄰近一個空位，將行李放在旁座，佔住另外一個位子。

火車到屏東站時，徐傍興往窗外探頭，向站在月台上的吳振瑞揮手。吳振瑞帶著微笑上來，坐在徐傍興替他佔好的座位上。

吳振瑞伸手摸一下徐傍興的頭，「赫」一聲說：「頭剃得那麼光！我這個禮拜沒時間去理髮。」

「我們村莊是剃頭師傅到家裏來的，理個髮，很快。」

「生物科的先生交待的作業，我忙了一整個下午。你做好了嗎？」徐傍興聽了，從書包摸出一大張折疊方整的紙，吳振瑞接過來打開，是一幅蜘蛛網那般複雜的圖表，用框框和線條記錄水田裏稻禾、雜草、布袋蓮、蚯蚓、蝌蚪、青蛙、蛇、老鼠、飛虻蚊蟲、血蛭之間的食物鏈共生關係，線條繁多但不雜亂。吳振瑞看了又看，口中輕呼：「厲害！厲害！那麼的精細！」

又說：「生物科那位日本仔先生，尚蓋合意這款精密的圖表。」

「你的呢？你怎樣做？」

註四：「細猴牯」，客語，等同華語的「這個小孩」。「牯」在客語中常用，是對「雄性動物」的別稱，有時是暱稱，常用在「男孩子」身上。

吳振瑞從書包抽出一大張厚紙板，徐傍興瞄一眼，叫了出來：「這個好玩，有意思！」它的題目是「牛驅蚊蟲三策」，分三格漫畫表現，第一格畫兩條牛，一條牛尾巴向左橫掃，停在左邊屁股上，牛頭則向右擺；另一條牛頭搖左邊，尾巴擺向右邊的屁股，幾隻小蚊子在牛背飛起，旁邊有一行日文：「輕輕搖頭擺尾巴，像垂柳擺枝葉。」

第二格畫一條牛沉浸在水流中，全身是泥水，日文解說是：「泥浴護身，蚊蟲不侵。」

第三格的牛背上停著兩隻小鳥，看不出是什麼鳥，一隻在牛背上輕啄，另一隻仰頭在吞嚥。解說文是：「鳥來也，且不驚動，蚊蟲吃光光。」

徐傍興看完交還，連說：「佩服！佩服！這樣交作業，虧你想得出來。」

「可惜我的繪畫天份不夠，畫得不夠生動。」

「不錯，很好了。」

火車上很吵，有人擔蔬菜上車，準備挑去高雄販賣，新鮮的菜葉還流淌出水滴；也有人提一籠鷄上來，鷄隻在竹籠裏不斷鳴叫，展翅踢腳。幾個穿相同制服的高雄中學學生看見徐傍興和吳振瑞，有戴帽的，向兩人行舉手軍禮，沒戴帽的輕輕一鞠躬。徐傍興心裏明白，是因為吳振瑞目前擔任全校學生軍訓大隊中隊長，那些低年級學弟是向吳振瑞而不是向自己行禮。吳振瑞只顧著跟徐傍興討論作業，沒有逐一回禮。

車行不快也不慢，偶有火車頭頂上冒出來的濃煙飄進車廂內，飄進每位乘客的鼻孔，沒有人遮鼻掩嘴，大家似乎已習以為常。

到達高雄站要下車時，徐來興來到徐傍興身旁，傍興問他：「發香仔个生物課个作業，做的是麼个？」

「哦！他記錄他們村裏一棵茄苳樹的果實，由綠色轉變成金黃色，是在什麼時日，多久之後由金黃色轉變成黑色。」

「就只有這樣？」

「還記錄了常到茄苳樹上的兩種鳥，白頭翁和青啼仔，在果實變成什麼顏色時聚集最多。」

「聽起來也不錯。」

同年級還有一個客家人陳火旺。一天晚餐後，約徐傍興到操場散步，沒多久，兩人在一塊草地上坐了下來。陳火旺從懷裡取出一本書，是課堂上用的漢文課本，徐傍興瞄了一眼，說：「怎樣，你現在要複習功課了嗎？」

「不是，我要聽你用客語唸那些課文。」

徐傍興最自豪有這個能力，興奮地答應，拿過書來翻了翻：「先挑一首簡單的詩唸給你聽。」

「白浪茫茫與海連，平沙浩浩四無邊，暮去朝來淘不住，遂令東海變桑田。」

「好聽，真有意思！」陳火旺說：「再選一首困難的唸唸看。」

「佢同汝講，最難的是諸葛孔明的〈出師表〉，我唸兩三句，看你聽得識麼。」

徐傍興聲調放大了些，還有點賣弄地抑揚頓挫起來：「臣本布衣，躬耕於南陽，苟全性命於亂世，不求聞達於諸侯。先帝不以臣卑鄙，猥自枉屈……」

唸到這裏，兩人望見校長吉川祐戒和兩位軍服畢挺，身配長劍的軍官，一邊說話一邊走過來，似乎在爭論什麼，都「哦啊」了一聲；徐傍興停止誦讀，只見校長和軍官後面還跟著五個學生，是學生軍訓大隊中隊長，吳振瑞在其中。

他們兩人退到操場邊緣，聽到吉川校長果決的聲音：「這樣，我不同意。」

「這是軍部的意思，別忘了我日本大帝國武運昌隆。」

「我不在乎這個。」吉川校長又說：「我有我的辦學理念，武運昌隆也不能影響我們正常教學。」

他們一行人匆匆經過，揚起了些許灰塵。徐、陳兩人只聽到這兩三句對話。吉川校長那神情有點嚇人，嘴唇抿得緊緊，嘴角下彎，彎出兩道下垂的深紋。

那晚就寢熄燈後，徐傍興悄悄走到吳振瑞床邊，詢問校長和軍官之間到底發生了什麼事。吳振瑞說：「好像是軍部要本校刪除一些文科，增加軍訓課，詳情我也不是很清楚。」

吳振瑞停頓一會兒又說：「我明天想去找四年級時教我們歷史的一野先生，他對吉川校長和本校校務非常瞭解。」

「好，別忘了邀我一起去。」徐傍興回答。

高雄中學全校教席中只有兩位台灣人，一野先生是其中之一，本姓郭，由台南二中轉調來的。不知什麼原因，他跟吳振瑞特別投緣。那天，他們約在操場那塊草地，一野先生盤腿坐著，徐傍興和吳振瑞採日式跪坐在他對面。

一野先生一開始朝著吳振瑞穿插許多福佬台語，徐傍興請求全用日語，這樣才能完全聽懂。

「福佬話要多少學一點，將來到社會上才方便。」一野先生說。

「嗨！」徐傍興恭敬地應答。

一野先生繼續剛才的話題：「軍國主義逐漸成為日本內地的主流思想，越來越多軍官進入內閣，但我們這位校長是個有思想的知識份子，畢業於東京大學哲學系，那個系是『岩波書局思潮』的大本營。」

「岩波書局思潮是什麼？」徐吳兩人幾乎同時發問。

「簡單地說，是一種左派思想。他們主張生活儉樸，真誠做人、做學問，反對軍閥主義，反對什麼『日本第一』、『武運昌隆』等主流思想。」

徐、吳兩生沉默著。一野又說：「吉川校長在校務會議上說過，只要他擔任校長的一天，高雄中學就是實施全人格教育，為日本栽培精英人才，是那種懂得扶弱濟貧的精英人才。」

「哦！難怪！難怪本校那麼注重『修身』課，有那麼多關於服務與奉獻的課程。」

「不只是課程安排。」一野說：「他規定全體學生住校，就是要從生活上實踐他的教育理念。」

「我們在這裏整整五年，都快畢業了，今天才真正瞭解這是一間什麼樣的學校。」徐傍興如此感嘆。

吳振瑞附和：「我也是，終身以高雄中學為榮。」

「想起五年前，我是考了三年才考進本校，現在感到非常值得。」徐傍興再附和，提高聲量：「我也以高雄中學為榮。我愛高雄中學。」

「好，我要走了。」一野先生起身，又說：「希望你們兩位畢業後，能對社會有所貢獻。」

徐、吳兩生深深一鞠躬：「謝謝先生，謝謝！」

一野走遠了，吳振瑞提高聲量喊一句福佬話：「一野先生，感謝您，勞力。」

吳、徐兩生緩緩走回寢室，路上吳振瑞用福佬話問：「阿傍興，福佬你真正聽無？」

「聽有啦！多多少少啦！你麥看我袂起。」徐傍興也回以福佬話，帶客語腔。

「你有一字，我聽過多次，發音攏無正。我歹勢給你糾正。」

「哪一個字？」

「請問：我吳振瑞是住在屏東啥物所在？」

「我當然嘛知影，頭前溪仔。」

「那字『頭』是發『tao』的音，嘸是『tou』音。」

「哦！哈哈……！這字確實真歹發音。」徐傍興低聲唸兩遍：「桃前溪，桃前溪。」唸完後用客家話問：「請問，偓徐傍興係住在屏東奈位？」

「蛤！你講你徐傍興怎麼了？」吳振瑞一頭霧水，但很快瞭解，尷尬地說一句日語：「哈哈！剛才是我不好，不該那麼樣問你。」

幾個禮拜後，學校啟動一連串的畢業生談話會，它兼有就業意向調查與升學輔導的雙重目的，是校長吉川祐戒到任後推行的活動。校長會挑選十幾個優秀學生親自交談。

徐傍興是由校長面談的畢業生之一。那天，吉川校長聽了徐傍興的意向，抿著嘴，又皺起眉頭，沉默片刻才開口：「要唸文學嗎？你會比較辛苦。」然後指示：「你得先去讀台北高等學校文科，三年後報考台北帝國大學文政學部。」

徐傍興素知這位校長面惡心善，大膽詢問：「我可以直接去考帝國大學文政學部嗎？」

「不可以。帝國大學要求入學者必須先唸預科，台北高等學校就是帝大預科。」徐傍興靜靜聽著。校長又說：「台北高等學校文科出過中村地平、張冬芳等知名作家。」

徐傍興似乎陷入思考，沉默著。陪同他來校長室的教師林田二郎說話了：「台北還有幾家優秀的專門學校，都是大學水準，包括商業、農業、醫學各專科。」

校長顯然是要結束這場談話了：「好，你可以回去了。這個週末週日，你回家聽聽你父親的意見再決定吧。」

「嗨！」徐傍興站起，鞠躬：「謝謝校長和林田先生。」轉身要離去時，吉川校長又說：「在人生的職場上，大體上可分兩類，一類是農夫，一類是理髮師。」

「就只有農夫和理髮師這兩類嗎？」徐傍興感到這種說法很新鮮，轉身回來，聽到校長繼續說：

「一種職業是必須辛勞播種耕耘，土地才會長出營生之物，這是農夫一類。另一類是頭皮上總是生生不息長出頭髮，不管怎麼樣，理髮師總能營生，不怕沒有工作做。」

「哈哈！校長這話真有意思！」徐傍興下意識摸摸自己的大光頭，回說：「譬如教師，人類總是不斷生小孩，學校總有學生源源不斷進來，這屬於理髮師一類，對吧？」

「對，你一踢三通。」校長說：「除了教師，還有很多職業也是理髮師。」

「有意思極了！」徐傍興再度鞠躬，告辭。

那個週末晚上，徐家邊吃飯邊開家庭會議，徐傍興的大姊二姊和兩個姊夫也到了。徐傍興是獨子，他的升學是家中大事。可是這件大事却沒什麼討論，徐家父親徐永祥一槌定了音：「要唸，就去唸台北醫學專門學校。」全家附和，尤其二姊夫林己生是地方名醫，也是畢業於台北醫學專門學校，大談當年習醫往事，並開始傳授經驗。

席間完全沒有徐傍興表達內心真正想唸文科的空間。

林己生醫師說話不徐不疾，語調低沉，說到：「人類總是苦痛多於快樂，疾病隨著年齡增多，所以當醫生的，永遠很忙，病院一開門，病患總是源源不絕……」

徐傍興聽了這話，爆出一聲「啊哈」，像在廟前看戲，突然聽到一段特別精彩的句子，自顧自笑起來，冒出一句：「我想到了，原來醫生這一行也是一種剃頭師傅。」

徐傍興見家人都露出疑惑的表情，將校長吉川祐戒的「農夫與理髮師」的比喻轉述一遍，順便把自己想唸文學的志願告訴大家。

徐父友祥仔細聽完，揚一揚筷子，像罵人又像說教：「傍興仔，戇面猴！吉川校長是在向你明示：學文學當作家如同當農夫，非常辛苦的，還經常勞苦沒收穫；而做醫生就像做剃頭師傅，知無？」接著換成命令句：「你去考台北醫專就不會錯，就這樣決定了，不許你再三心兩意。」

「不過，阿母、阿爸，我真的想去日本一趟，直接考東京帝大文學院，好嗎？」

老爸重重放下碗筷，板起臉孔：「你真的不聽阿爸的話！」

「給我一次機會，我一定會考上，一定會成功歸來，絕對不會丟全家和祖先的臉面。」

席中氣氛嚴肅起來，大姐感嘆：「這隻大戇面猴！」，兩位姐夫低頭挾菜扒飯，沒再講話。

徐傍興再懇求：「我就是喜歡文科！從小在家裡讀唐書、詩句、傳記小說，是阿爸請來的秀才先生陪我讀的，我非常喜歡，我要去東京帝國大學深造，讀一個文學博士回來。」

「那麼喜歡做文人，不怕以後餓死？」老爸反問。

徐傍興沒回應，眾人也都低著頭吃食。沒多久，母親的臉孔先緩和下來，手肘輕碰丈夫一下，輕聲說：「不會啦！阿傍興是個大河壩。」徐母這句話有點無厘頭，眾人等她進一步解釋，但她沒再說什麼，只見父親的臉色也不再那麼兇了，沉默良久，最後的答覆是：「哼！我不管你了，沒有讓你出去跌倒一下，不會醒眼。」

在徐家，父親這樣答覆就是批准的意思。徐傍興開始積極準備去日本考大學的事，這中間，消息不斷傳來，徐來興和林發香已考上台北醫專，而戴炎輝上了台北高等學校文科。

CHAPTER

02

正好是農忙時節，數十個麻袋的稻穀正從田裏被揹回來，一袋一袋傾倒在禾埕上。工人耙散它們，在烈陽下，空氣中頓時瀰漫著稻穗加上禾稈，再揉雜泥土和雜草的氣味，非常濃郁。徐傍興嗡一嗡鼻子，從小聞到大的，有點香又有點臭，正是家鄉的味道。文學作家會如何描寫這種氣味呢？他擱下手中的書本，試著想些好的字句，起初從腦中浮起的是漢文，後來切換成日文，眉毛不自覺地皺了一下。

書房外面，他知道母親正在外面屋簷下為他編織一件厚毛線衣，一針一線，偶爾空出一隻手拿剪刀剪一剪。母親很少下場做農事，但他知道，田裏和禾埕上的工人都是母親費心張羅過來的。

他只約略默然想了一些描寫氣味的字句，又重新拿起書本。那是上個月剛出版的《文藝春秋》，東京的版本。正要誦唸的是一篇記述日本大學校園生活的散文。要報考東京帝大文學部，日文要夠好，好到能用日文寫作。他如此不斷暗自惕勵。

聽到一輛腳踏車騎進伙房，緊接著是嫁到萬巒的大姊桂枝喊叫「阿姆」的聲音。她此時回來幹什麼呢？她嫁的是大耕作的人家，這個時節，她不必打理夫家的農事嗎？

「阿姆，兩條手袖我都織好了，妳最後把它們接上去就行了。」大姊的聲音。

「妳的手板那麼快！家裏還沒割稻嗎？」

「明天要割。」大姊回說：「這兩天，我趁著還能抽出時間，快緊幫妳織好，拿過來。明天開始就要大忙了。」

「妳看要不要多織個衣領？」

「東京冬天真寒人，還會下雪，織個高高的圓領會更保暖。」大姊提議：「要不要我先把衣領尺寸量一量，拿回去織？」

「妳還會有時間嗎？」

「就一個小小的衣領，我儘採（註一）抽個時間，一下半下就能織好。」

「好。」母親說：「妳拿布尺進去量，阿傍興就去屋內。」

徐傍興聽到這裡，胸腔湧起一股暖流，深吸一口氣，「不努力，怎麼能對得起家人！」他低聲一嘆，同時收束心神，低頭繼續閱讀。

註一：「儘採」，客語，隨便之意。

幾天後，船期更靠近了。徐傍興正和母親一起整理行李，聽到父親從禾埕呼喊，趕緊跑過去。

「阿傍興呀！幫阿爸一個忙，昨分日內埔『順豐火礱』來收購家裏的稻穀，共八千三百五十斤，時價一千斤谷兩百五十元，等一下日頭弱下來時，你去跟他們算好帳，把錢拿回來。」

「嗨！」徐傍興一聲日式應答。

「這些錢是要給你帶去日本的。」

徐傍興又恭敬地「嗨」了一聲。

他先回房間拿筆算了算，先以八千三百五十斤除以一千，再乘二百五十元，是二千零八十七元五角。父親一次給他那麼多錢，不知道會不會影响到家裏的用度。他心裏感到有點不安。

「順豐火礱」是一間當地最大的碾米廠。「火礱」是客語。徐傍興騎腳踏車，遠遠就聽到米廠內轟隆轟隆的聲音。兩三輛「黎阿卡」(註二)在大門，一袋袋曬好的稻穀進廠，一包包碾好的米正要出廠。老板一家大小和幾個工人忙得團團轉。碾米機的一頭由兩人合抬一袋穀子緩緩倒入，四周揚起淡淡的穀毛，雲霧那般輕盈飛舞，飄落在打赤膊的工人滿身是汗的頭臉和臂膀上，也被吸入鼻腔。徐傍興下意識的以手掌掩住口鼻，但立即放下，警惕到自己這樣太見外了，太不像農村人！農家子弟怎能怕穀毛呢！

機器的另一頭，輸送帶像水流緩慢的小圳溝，但流出來的是半白半黃的米。另有兩個工人，也是打赤膊，合牽一只麻袋在最底部承接成品米，一袋裝滿，移開，另一只空袋子同時接上。那袋子，宛如飢餓的巨嘴怪獸仰著頭狂吞米糧，沒多久就吞飽了，被搖一搖抬到一邊去。哦！老板娘在這裏，她來過家裡好幾次，正忙著用一根半尺長的粗針，在每一袋成品米的上頭縫線，給那巨嘴怪獸封口，有點像阿姆在縫衣服，但縫米袋用的是粗線。

老板娘看見徐傍興了，張口叫老公，也是用吼的，順便吸進一大口穀毛和米香：「阿祥哥家的兒子來了，快過來給他算一算。」

註二：「黎阿卡」，台灣社會極通用的日式台語，原為馬車之意，後來所有拉貨的車子，牛拉的與人拉的，都稱「黎阿卡」。

徐傍興等了好幾分鐘，老板才有個空閒走過來。徐傍興先寒喧一句：「阿順叔，你這台礦米機是新裝的？我上次來都還是用手工。」

老闆阿順叔露齒一笑，得意地回說：「剛從日本進口的，新發明的，可以省很多工人。」一邊說話邊低頭從事務桌旁拿出一疊帳單，拇指沾一下唇舌，一張一張翻，翻到徐家的，往旁邊一擱，再翻閱，翻完總共有十一張。然後拿出大算盤，一張一張加，加完朝徐傍興說：「總共八千三百五十斤。」，再低頭，口中念念有詞：「八千三百五十斤乘上二百五十，再刪掉後面三個數字，得二千零八十七元五角。」算好，大算盤推至徐傍興面前，放大聲量：「阿傍興，這樣對嗎？你阿爸是不是也算好這個數目？」

「沒錯，完全正確。」徐傍興回答。

老板從褲頭裏摸出一支長鑰匙，打開最底層的抽屜，抓出一把鈔票，拇指又沾一下唇舌，點數完畢遞出。徐傍興沒有點算，接過來直接往褲帶一塞，連說幾句「多謝」。「是我要謝謝你們家。」阿順叔一邊這樣說一邊轉身，在背後牆上掛著的小黑板上寫下「友祥1結」幾個字。徐傍興看得懂，是註記他家第一次來結清的意思。他知道家裏耕作面積大，割稻季節通常要分四次收割，米廠也分四次來收購稻穀。

徐傍興還想多寒暄幾句，但見老板已匆匆投入工作。碾米廠轟隆隆響著，穀毛飛揚著，穀袋和米袋分邊堆疊著。這裏吵鬧而不雜亂，大家淌著汗水但不聞其臭，是從小見慣的農忙景象之一。他摸摸裝著鈔票的褲袋，安靜出門。

回到家正好趕上晚餐。徐父也是先用拇指沾舌，仔細點數傍興拿回來的錢，算完，一臉嚴肅問：「你跟人家拿這些錢的時候，有沒有點算過？」

「沒有。」徐傍興答。

「哼！怎麼可以不點算！」

「怎麼樣？有少嗎？」徐家母親發問。

徐父低頭重數一遍，回答：「不是少了，是多了一張十塊錢的紙鈔。」

「我以為是少了。」徐母低聲自語。

「多了跟少了同樣不可以。」徐父說完，責罵起來：「後生做事，要確確實實，分明清楚。怎樣可以多給人家拿一張！人家糶穀糴米，流汗在賺錢。」

徐母打岔：「阿傍興又不是故意要給人家多拿。」

「多拿回來的一張，吃飽飯後立即給我還回去。」

「嗨！」徐傍興大聲應答。

「明天一大早再還回去好了。」徐母提議。

「不行。不能拖到明天，天黑了也要去。」

飯後天漸漸昏暗了下來，徐傍興騎上一輛有前燈的腳踏車出發。那車燈必須靠後輪轉動時，磨擦一個小小的導電板才會亮，車輪轉動愈快燈愈亮，慢下來燈就暗下來，停下來前頭便會一片漆黑。徐母擔心暗路出事，情商伙房裡一個晚輩跟隨其後。多一輛車為伴，多一盞燈從後面照光。

兩輛腳踏車一前一後顛簸在從忠心崙到內埔的石頭路上，有時輾過石子，有時壓過小坑洞，踩踏的腳不能慢，勇往直前才能常保車燈明亮。

騎到約一半路程，距離順豐輾米廠還遠，徐傍興的車燈突然暗了下來，再騎，使勁踩踏，但愈用力燈愈暗，沒幾分鐘全熄了。

兩人都停下車，四周烏漆嘛黑，路旁稻田隱然有什麼蟲唧聲，田邊圳溝有水流動，似有聲似無聲。徐傍興在微微的天光中伸手摸到那片導電板，發燙，已磨平，而且斷裂了。同行的青年叫彩興，是徐傍興的堂哥，發問：「還要再走嗎？不能明天再去嗎？」

「要再走，你在後面幫我照路。」

「你阿姆有告訴我那是什麼錢，人家『火礱』老板也不知道有多算給你，你就自己放著，帶去日本用。」彩興停了停，補充：「你不說，我不說，誰會知道？不必那麼老實！」

徐傍興想都沒想，把父親罵他的話，原封重述一遍：「怎樣可以多給人家拿一張！人家耀穀糴米，流汗在賺錢。我不可以自己放著用。」

彩興沒說話。徐傍興又說：「十塊錢雖然不是小錢，但我也不缺這十塊錢用呀！是不是？」

彩興還是沒說話，徐傍興再說：「萬一有一天，我阿爸跟阿順叔聊天，聊到那十塊錢的事，那我不是會被阿爸捶死。」

「好啦，好啦，走啦。你小心一點，我在你後面照路。」彩興說話了。

兩人在半明半暗中到了礱米廠。廠內還有燈火，兩盞煤油燈直挺挺挑動著，礱米機停了，工人下班了，但阿順叔夫妻還帶著兩個小孩在收拾善後，穀袋一區，米袋一區，堆疊整齊分明。

見徐傍興帶著一個人到來，老板阿順叔先開口：「怎麼樣？你們家的帳單，我有算錯嗎？」

「帳沒算錯，是錢點錯。」

「少點了多少？」

「不是少點，是多點了一張。」

「是哦！」阿順叔一時不知如何回應，徐傍興已經將一張十元紙鈔遞到眼前，接下，隨口說了一句：「為什麼要這樣專工送過來呢？我過幾天還要去你家收購稻穀，一起再算就好了。」

老板娘不知為何冒出一句：「這兩個後生頭，大概是順便相約出來內埔街上打七錯（註三）吧！」

徐傍興聽了，不客氣地埋怨：「妳還這樣講！你們算錢不算好一點，害我給我阿爸罵一頓，又要摸黑送回來。」說完就逕往門口走去，彩興跟在後面。身後傳來老板夫婦的交談。

「這個徐屋友祥哥正經硬直，不會貪財。」
「人家是有錢人家，大財主。」
「有錢人家真的不會貪財的，也十分罕見。」

出發那天，家裏另外有一甲多稻田要收割，沒有人空得出來。終究還是徐母放心不下，帶著彩興送傍興去碼頭搭船。

半路上，母親叮嚀：「你阿爸給你的銀行帳簿有沒有收好、帶著？」

「有。」徐傍興接著問：「我們家不是一直都跟台灣商工銀行往來嗎？為什麼要特別去勸業銀行開個戶頭？」

「其實要匯款，郵便局也很方便，但你阿爸考慮好久，認為勸業銀行在東京比較大，最穩當。」

徐傍興想起一事，又問：「前一陣子，我聽妳跟阿爸說了一句『阿傍興是個大河壩』，我不明白是什麼意思。」

註三：「打七錯」，客語，此處取其音，遊蕩玩耍之意。

母親遲疑了片刻，說出：「那是去年底，屏東有一位遠親來家裏借穀子，要借三千斤，你阿爸一下子就答應了。那遠親是一位有名的算命師，跟我們要了你們父子的生辰八字。他仔細算了算，沒說太多，只說你爸一生有財有庫，像個池塘水；你呢？他說，這個阿傍興更豐厚，是一條大河壩，一輩子大水流進流出。

「我聽了有點擔心，問：『大水流進流出，是不是表示阿傍興以後很會賺錢卻守不住？』他又再算一遍，回說：『沒這個問題。此子福份就是有那麼大，河壩就是有那麼多水，不管流出去多少，總會再流進更多』。」

徐傍興朗聲一笑：「算命先生的話，聽聽就好，不必太認真。」說完，臉色暗淡下來：「這趟去日本，我其實沒什麼把握。我的日文用在物理化學和生物課，綽綽有餘；但要進帝國大學文學部，恐怕程度還不夠。」

「這是你自己的選擇，既然這樣決定了，就全心全力去準備，實在沒辦法就提早回來，像來興那樣去考台北醫專，也是好的出路。」

徐傍興默然不語，母親又說：「在外面要用什麼錢，不必太顧慮，你阿爸會定時去勸業銀行台灣分行多放點錢。」

一直在旁豎耳傾聽的彩興，這時插話：「毋使驚，一個是池塘，一個是河壩，毋使憂慮錢，你做你煞猛（註四）用功就好。」

徐傍興沒答腔，大家沉默著。快到港口時，彩興像想到什麼大事，高聲說：「我想起一個人，住內埔街上，叫做李萬二，聽說在東京帝大念書，你們說不定會碰面，同鄉人，有困難可以找他幫忙。」

徐傍興回答，興奮的口氣：「對，對，那個李萬二我認識，小時候在你家見過他。」

註四：「煞猛」，客語，勤奮用功之意。

CHAPTER

03

像一隻孤鳥飛進陌生而吵雜的叢林，徐傍興到了東京。他雇一輛「黎阿卡」直奔預訂好的留學生宿舍，一路上，形形色色的商店招牌進入眼簾，來不及細瞧又看不見了，首先是大大的「仁丹」，然後是「敷物特賣」，再來是「美松洋裝店」、「家乃竹料理」、「千代工作店」，哦！電線桿上有醒目的「島津電話店」，是賣電話機還是給人打電話的呢？東京的人日常都電話打來打去了嗎？

正在眼花撩亂中，宿舍到了。門口有「高砂寮」三字，徐傍興進去辦妥入住手續，安頓好行李，四下認識環境，發現這裏住的都是台灣來的留學生，大家上學的上學，沒上學的回到寢室，門一關，就誰都不理誰。

徐傍興站在高砂寮前廊，心頭湧起孤單的感覺，卻見一個輕飄飄的人影，手上抱著兩本厚重的書本，來到面前，開口就問：「你寢來？」徐傍興聽不懂，沒回答，只向他行了一個日式鞠躬；他也回個禮，心想可能是自己剛才的問候，說得太快了，於是放慢語調，用心咬字：「你搭ㄚ來？」徐傍興聽懂了，怎麼一見面就跟我說福佬話呢，故作不懂狀，「蛤」了一聲；那人第三次問，刻意吐唇，謹慎發音：「你嘟WU來？」這次徐傍興不想再裝，趕緊回答，用日語：「是的。我早上剛到，從屏東來的，還請多指

教。」（註一）

就這樣交談兩三句話中間，徐傍興大感訝異：這位是人還是鬼？是人怎麼瘦成這樣？臉色慘白，眼睛凹陷，下巴貼著牙床，再往下看，肚皮也貼著背脊。他穿一條黑長褲，腰間繫著的那條舊皮帶，顯然是向後面另外多打了孔，皮帶繞肚子兩圈，不是皮帶太長，而是腰圍太小。

這位先生開始為徐傍興介紹東介紹西，兩人很快談上話。他名叫許如霖，台南府城人，來東京四年多了，正在中央大學法政部修博士，「大概再一年多就能拿到學位，我正在苦撐。」他說。

此人談吐不凡，識見廣博，人又熱心，徐傍興喜歡上他。相處幾天後，發現他生活極端節省，沒在學寮搭伙，自己親手搞吃的，一天只吃兩餐，豆粕摻米飯，光配一粒酸梅或黃漬醃蘿蔔一片。探問之下，他說：「我出來時，家裏還很有錢，所以才敢唸學費

註一：「寢來」、「搭ㄚ來」、「嘟WU來」三詞皆為「剛剛來」之意。此處未採標準台語文，只取其音。標準字是「寢來」、「今仔來」、「拄來」。

很貴的私立大學，不幸今年初父親經營的生意失敗，家裏破了產，接濟幾乎全斷。」

「哦！原來是這樣，看他那身子，絕對撐不了一年。」徐傍興動了心念：「應該斟酌情況，多少幫他一些。」

當天中午，徐傍興約他外出用餐，各點一碗拉麵，外加生魚片和烤肉串。餐畢徐傍興搶先付帳時，察覺到許如霖的臉上有一股濃濃的「不好意思」，些許羞愧在眼睛裏，知道此人自尊心強，若直接遞錢幫他，會給他太大壓力，已經放在褲袋裏握著幾張鈔票的手掌鬆了開來，「另想一種方式幫助他吧！」徐傍興想。

兩人第一次外出時，徐傍興和許如霖肩併肩走在路上。許如霖習慣與同伴保持左右腳步伐一致，偶有不一致時，他會輕輕蹬腳換步，肩膀同時微微一震，一路上滑腳震肩好幾次；碰到街上人多時，他自動走在徐傍興身後，也是維持著同步伐。

徐傍興問他：「出來吃個飯，隨興一點，何必這樣？」

「習慣了，也很喜歡這樣，感覺有元氣。」許如霖說：「我念台南二中時，每周上軍訓課都嘛要踢腳步。」

「我們高雄中學也是。」

再一次相偕出來吃飯時，許如霖提議：「從這條巷子再走兩個街口，就到東京帝大本鄉校區，想不想去看看？」

「太好了，過去瞧瞧。」

東京帝大校內是一座樓門，除屋頂外全是朱紅色。許如霖在旁說明：「這是『赤門』，很早以前是加賀藩的『御守殿門』，所以漆成朱紅色。」

「哦！」徐傍興應答一聲，見一棵巨松高聳在赤門旁邊，五、六根粗壯的枝幹強勁有力地橫向伸展，不覺心頭一凜，隱約感覺這所大學有一股旺盛的生命力，由校內向四周輻射；不過，松樹的翠綠，搭配那一片朱紅，稍稍柔和了那種強霸的氛圍。

赤門兩側另有較矮的偏房，也漆成朱紅色，應該是當時加賀藩的護衛住的房舍吧！從赤門望過去，左邊是一排教室，右邊像是行政辦公廳舍，正中央也有一棵大樹。正忖度著不知自己能否順利考進這所大學，許如霖觸撥一下他的肩膀，說：「這座『赤門』並不是正門，正門在那邊不遠處，我帶你過去。」

東京帝大的正門宏偉，但不如赤門精彩。此刻，徐傍興的臉上洋溢著對這間大學的熱切嚮往，許如霖似乎猜到他的心事，輕聲細語提醒他：「讀這間大學之前，需先考上它的預備學校，叫做第一高等學校，簡稱『一高』，就在隔壁。」

「這我知道，高雄中學校長告訴過我。」

「一高的入學競爭十分激烈，好像全日本最優秀的高中生都會來報名。」

徐傍興心頭一冷，詢問：「許桑，文科方面要加強閱讀哪些讀物？你可否給我介紹幾本，同時做我的指導？」

「指導是不敢當。回去學寮，我書架上就有幾本現成的書籍。」

徐傍興心裡盤算：「請他幫忙補習，助我考上一高，又可以名正言順支付若干教席費，支助他的生活，痾屎順手挖芋仔（註二）。」

回學寮後，許如霖拿來幾本書，徐傍興接過瞄一眼，是《源氏物語》、《古今和歌集》、《俳句選讀》、《新潮》、《新小說》、《日本古詩》，耳邊傳來許如霖熱心的指點：「《文藝春秋》和《中央公論》在台灣很普遍，我想你一定有了。《源氏物語》和《新潮》一定要多看，至於古詩、俳句、和歌是上了大學才有的課程，你隨便翻翻就可以了。」

「你唸的法政部也讀這些文學書籍嗎？」

「有，集中在大學一、二年級。我們現在讀非常多關於自由主義的書。」

「哦！我猜想，『大正民主』時期剛過去，是它的餘緒吧？」

「是的。現在進入『昭和』時代，日本國力日強，軍國主義蠢蠢欲動，我的指導教授非常擔心。」

徐傍興向許如霖吹了一個大牛，說他們徐家有良田百畝，沿著一條河的兩邊放眼望去，綠油油的稻田看不到盡頭，用「黎阿卡」運送穀袋從田的一頭推到另一頭要一個多小時。家裏雇有長工數十人。每次收穫季節，米穀堆積成好幾座山。

吹了這個牛，徐傍興才表示：「我下決心來東京，目標是要進讀東京帝大文學部，而我自知日文程度可能無法跟當地學生競爭，所以希望您幫我補課。」他停住，察言觀色一下，又說：「許桑，從小我家一直都有聘請秀才先生來教我讀漢文，我父親從優支付『束脩』，不知許桑肯不肯當我的『先生』？」

「我當你的『先生』可以，你兩天一次到我寢室上課一小時。不必給我『束脩』！你開什麼玩笑！」

註二：「痾屎順手挖芋仔」，客語中的常用俗諺，去田裡大便順便挖點芋頭回家的意思。

「謝謝您願意。教席費我一定要給。」徐傍興停下來，看了看許如霖的臉，開價：「這樣好了，教席費一小時十五元，懇請『先生』一定要接受。」

「你跟我開什麼玩笑？一小時十五元？我怎能收那麼多！」

「要不然許桑認為多少比較適當？」

「一小時收十元，我就感到難為情了。」

「好。就這樣決定，一小時十元。我另外應該支付書籍費一小時二元，共十二元。就這樣決定了，今天晚上就開課。」徐傍興這樣說完，後退一步，深深一鞠躬，許如霖也回了鞠躬禮，一場反向討價還價的拜師儀式至此結束。

此外，徐傍興每周日還約「先生」外出吃飯，刻意過量點餐，吃不完請「先生」帶回。如此這般，幾個月後，徐傍興發覺許桑的氣色轉好，臉上泛著淡淡的油光，像個人樣了。

已經講定教席費一小時十元，這位徐傍興又自動加價到十二元，許如霖內心真的十分感恩。他感謝上蒼，感謝家鄉的「開基媽」，在他生活最艱困的時候，為他送來這個「阿舍囝」——徐傍興顯然是一個花花大少爺，花錢不會痛，也有花不完的錢。太感恩了！

半夜裡都在夢中雙手合十。

居於好奇，許如霖開始暗中注意這位花花大少的生活習性。

一天晚上，徐傍興來上完一堂「日語修辭學」，離去十多分鐘後，許如霖去他的寢室「探望」。心想他應該累了，正在準備就寢吧？但從窗縫望進，室內一盞孤燈，照見他跪坐在榻榻米上，輕聲誦讀剛才教他的日語課本。唸了一會兒，改為台式坐姿，那種本島人坐在門檻上或田埂上吃飯或者聊天的姿勢，而他一面改變坐姿，還是一面不停地唸著書。許如霖心想，是的，本島人不習慣長時間跪坐，不像日本人。回想自己剛來的時候，自恃家裡有錢，去買了一個矮藤椅，外加一張軟軟又暖暖的呢絨墊，舒舒服服坐著讀書，可以一坐三兩個小時不必更換姿勢，而這位徐大少爺難道不懂這種享受？

下一次徐傍興來約外出用餐時，許如霖帶他繞去一座商場，找到那家店，半提示半建議：「我剛到時，有買這些藤椅和墊子，坐著讀書可以很久不會腿酸。」

徐傍興不置可否，反問：「但我看你現在全用跪坐。」

「今年年初家裏不再寄錢來，我把它們賣給一個台北來的留學生，換錢吃飯。」

「哦！」

「你有想買一套回去嗎？」

徐傍興沉默片刻之後才回答：「我看不必。我們農家子弟腳骨都很勇健。」

許如霖聽了心頭一驚：難道他並不是一個「阿舍囝」！「阿舍囝仔」怎麼會如此吃苦？

從那天開始，兩人一起用餐時，徐傍興特有的，一些以前見過但沒在意的小動作，現在看在許如霖眼裡變得格外有意義。他在吃完一盤菜餚後的那個瞬間，會趁人不備，伸長舌頭將盤裡的菜渣肉末捲食乾淨，那通常是一秒半秒間的快動作；之後，他希里呼魯吃完拉麵，又見他倒一點清水在碗裡，搖一搖，喝下去，也是在一兩秒間完成。這種劇情畫面，一不小心便會錯過。那天，他舔完盤中殘汁，發覺許如霖兩眼灼灼注視著自己，低頭靦腆這樣解釋：「粒粒皆辛苦，我們農家子弟體驗特別深刻。」

許如霖依然兩眼灼灼，感覺自己額頭在猛然冒汗——此人對我花錢那麼大方，自己卻如此惜物儉省！卻又看不出有任何做作，他的人生修為明顯在我之上，我哪有資格做他的「先生」呀！

又有一天，許如霖為他在《日本文化概述》一書中畫重點，提到一間「順天堂大學」，說它是一間由私塾型的診所演變出來的醫科大學，並講述此類特色大學在日本文化發展上的意義。徐傍興不知道為什麼對它很好奇，一再追問。許如霖被問到詞窮，提議：「乾脆，我帶你去實地參觀好了。」徐傍興欣然同意。

順天堂大學位於東京都文京區，距離兩人住的高砂寮說遠不遠，說近也不近。約定出發那天，許如霖心存測試，問他：「去順天堂約四里路，走路要三十多分鐘，坐車約五分鐘，票價每人二元五角。你會喜歡走路還是搭車？」

「聽先生的意見，您若喜歡坐車，我陪您坐，車票我會買。」

「我都可以，你來決定。」

「那我們走路好了，三十分鐘不算太遠。」

許如霖心中更確定了：此人絕不是花花大少！若是一位「阿舍哥」，一定會選擇搭車。許如霖還注意到，那天他的穿著一如往常，樸樸素素，樸素到有點隨便。

兩人安步當車到達時，都興奮了起來。順天堂大學沿著一條美麗的河流興建，風景怡人。在校園裡還要走很多路，但徐傍興不辭腳力，邊走邊看，走到校史紀念室時，才見他坐了下來，仔細閱讀創辦人佐藤泰然以及醫學塾、田塾的資料。

回程時還是走路，兩人邊走邊閒聊。對徐傍興這個人，許如霖心中的感恩更強烈了——上天在我許某人最潦倒、最無助的時候，送過來一位「人生導師」，讓我能就近向他學習，而他卻是以「學生」的身分出現！

此後，徐傍興每次去上課，許如霖都以恭敬的態度對待這位「學生」。

幾個月後，徐傍興收到了父親的責備信函，是由漢文老師代筆的，其中有一段寫得非常嚴厲：

「為父前往勸業銀行查看你的金錢用度，大為驚訝……雖然家中耕種幾甲粗田，略有財富，但絕不容許你在日本如此揮霍。要知家中積蓄乃一禾一穀一滴汗，艱辛勞苦而來……你自幼衣食無憂，未嘗匱乏，你可曾想過，家鄉大多親人，咬薑啜醋，節衣縮食，一錢當做兩錢用，而你，竟在日本過著闊少生活，你能心安，而為父斷不能忍也。」

徐傍興極為惶恐，趕緊修書一封，詳述與許如霖結識與交往的經過，以及他因家道中落，求學生活陷入困境的情形，說「不肖兒見他面容乾枯如旱田，忍不住為其蔭水（註三）也」，並且陳明自己如何幫他脫困、添食，而他又是如何盡心為自己補習功課的細節，整整寫了兩大張紙，日文漢文併用，火速寄出。

沒多久，家裏回信，只短短一行，字跡歪扭潦草，徐傍興一看即知是父親的親筆手跡：

「傍興吾兒：

你曉得阿呢使錢（註四），利人又利己，阿爸同意。」

「好在喲！好在阿爸諒解我。」徐傍興捧著這張簡短的家書，吁了一口氣，發呆良久。家鄉的許多人許多事在腦海裏翻騰。他有想哭的衝動。不知有沒有人將我寫回去的信一字一句念給我母親聽？彩興常去家裏，但他恐怕識字不足；來興和富興在外念書；貴興和梅興可以念，但他們有空嗎？徐傍興的思緒一直在這方面打轉，後來他想通了：

註三：「蔭水」，灌水入田之意，客語、福佬通用。

註四：「使錢」，客語，與「用錢」同意思；有時候說「使錢」，是說一種比較有規劃或策略的「用錢」。

母親對於我想要做的，以及已經做的任何事情，沒有不同意的，都是百分之一百贊同；既然是這樣，有沒有人幫她讀信都一樣。他想通了這點，卻哭了出來，趕緊將虛掩的寢室門關緊一點。

剛和許如霖認識的時候，徐傍興自我介紹是來自屏東鄉下的客家人。許如霖對客家沒什麼概念，自稱是台南府城街上商家之子。兩人交談以日語為多，但許如霖經常穿插福佬台語，有時說得興起甚至以台語為主，日語為輔，也不管徐傍興是否聽得懂福佬話。許多時候，徐傍興聽不懂，「啊蛤」一聲重問一遍，再複誦一遍，把它當做台語練習課程，也能心平氣和跟他繼續交往學習。

有一次，許如霖劈里趴拉說一大串艱深的台語，徐傍興忍不住埋怨，用日語裏的敬語：「閣下既知我是客家人，為何一直跟我說福佬話？」

「蛤！你聽不懂福佬嗎？為何不早跟我講？」

「有些福佬人是自我意識強，福佬沙文主義，以為所有客家人都會福佬話。這裏頭隱含著對客家人的漠視，甚至歧視。」

「哦！哦哦！你千萬不要這樣多想，我是單純的習慣使用我的福佬母語。」許如霖怕徐傍興不諒解，又補充：「你知道，語言文化學裏有一個通則：人是習慣的動物，而語言受習慣驅策。」

此後，許如霖就不再自顧自使用福佬話，反倒是徐傍興要求恢復既往：「其實我的血統，有百分之五十屬於閩族。我也在利用機會練習福佬，你沒注意到嗎？」

「怎麼說你有一半的閩族血統？」

「我阿爸告訴我，大約一百八十年前，我家第十五世先祖隻身來台開基，娶的祖婆是閩人，十六、十七世祖也一樣，而十八世的先慈則是閩客混血。這樣一來，我確是半個閩族人。不過我完全認同父系所屬的客家。」（註五）

「哈哈！那我就更應該多教你講福佬話了。」

徐傍興又感嘆：「在我們台灣，客家人有必要學習福佬話，而福佬人不必要學客家話。」

註五：許久之後，徐傍興在為「六堆客家鄉土誌」寫序時，對自己的身世和族群認同做過相同的陳述。他自述此事時，台灣社會尚未對平埔族的漢化有足夠認識，因而，他所謂的「閩人」，也有可能是平埔族人。

「這是語言文化學裏的『語言宰制現象』。一種語言，使用的人口佔多數就會成為強勢語言。強勢語言會開拓疆土也會消滅別種語言。」

「換句話說，」徐傍興拍了一下大腿，又伸出左右食指放頭上，說：「強勢語言有腳也有角。」

「哈！這比喻絕妙，果然是讀文學的料。」

「不過，日本人在我們台灣不佔多數，日本語也成了強勢語言。」

「你說的對。第一，因為日本語比漢語更早現代化，表述現代事務時更方便、更有效率；第二，日本政府用政治權威造成人工的宰制。」許如霖說：「人工的宰制，跟我剛才說的是自然的宰制現象，兩者不可等同看待。」

「所以，我們客家話會被福佬話消滅，你認為是自然現象。」

「很抱歉，是的。我希望你們能努力減緩客家話被消滅。」許如霖沉吟片刻，又說：「不過，隨著總督府在台灣逐漸加大推行國語的力度，說不定有一天福佬話和客家話會一齊被『國語』消滅。」

許如霖的寢室，除了一張單人床和棉被外，被書籍塞滿滿。徐傍興每隔一天敲門進去上課，許如霖總要先挪移一些書籍，像砌磚那般向上堆疊，才能讓徐傍興有個空間盤腿坐下。

有一天，兩人正在一起研讀《日本文化地理》，堆疊好的幾本書籍突然像崩山落石那樣滑落，正好翻跌在徐傍興身旁，中斷了上課。徐傍興迅即起身，拾起，幫忙堆砌，順便瞄到有一本是《三國志物語》，作者野村愛正；另一本是《繪本通俗三國志》，沒有作者，於是發問：「先生對三國志感興趣？」

「豈止興趣，我正在寫一篇三國志的論文。」

「真的！我以前在家裏曾跟漢文教師唸過三國演義，很有意思。」

「哦！你讀的應該是羅貫中的那本，但在日本，三國志有點不一樣。日本作者依照日本人的文化和風俗習慣予以改寫，重新創作，像你手中這本《三國志物語》，你可以拿回去看看，很多不同的。」

「這我有興趣讀！先謝謝您了。」徐傍興問：「先生寫的三國志論文就是寫他們的異同嗎？」

「不是。我在比較研究諸葛孔明和武田信玄的兵法和政治謀略。」

「有意思！武田信玄就是日本戰國初期那位『甲斐之虎』？」

「沒錯。他是那時的第一兵法家。」

那天回寢室後，一直靜不下心來，徐傍興又想家了，想家鄉，想以前在高雄中學的同伴，特別思念佳冬的林發香。他是同學中最喜愛《三國演義》和《水滸傳》的一位，不知有多少次，兩人在火車上、在操場散步時談關公、談諸葛亮、談劉備、談魯智深、談宋江。記得他最心儀的三國人物是趙雲，而水滸傳裡，他最常評論的是林沖和吳用。

一天夜裏，徐傍興突聞有人敲門，開門一看，是許如霖。通常都是徐傍興去先生的寢室，今天先生怎麼親自過來呢？

徐傍興來不及鞠躬施禮，許如霖急著告知：「我專程去帝大文學部打探，今年的作文，可能不出題，由考生自行發揮。」

「是嘛！為什麼？」

「十年來，六次有出題，四次沒有。我在文學部的朋友研判今年不出題的可能性很高。」

「所以呢？」

「你先想一個能夠充分發揮、能得高分的題目，預先打草稿，譬如你在屏東農村的生活經驗、你家稻田收割時的盛況或高雄中學的求學歷程等等皆可。」

「感謝先生如此費心。」徐傍興想了想，說：「我準備一篇羅貫中三國演義的讀書心得，先生認為如何？」

「若能跟野村愛正那本《三國志物語》略作比較會更好。」

「好，我來開始準備。」

徐傍興在東京日夜用功，不知不覺入學考試的日子就要到了。學舍附近的出租館舍、餐廳、居酒屋都人滿為患，許如霖見徐傍興壓力上了臉，提議：「我帶你去淺草寺逛逛，順便參拜，許個願。」

兩人先到了淺草寺老街，遊客如織，本來併肩走的，變成必須一前一後。許如霖改不了老毛病，總是偶爾要滑蹬腳板，齊一步伐，徐傍興提醒他：「出來隨興走走，我們放輕鬆，不必同一步伐。」

街道兩旁都是賣伴手禮和點心小吃的店，許多商家在門前撐起帆布棚，把商品擺出來賣。偶爾在角落，看到有年輕人席地擺攤賣東西。許如霖隨機解釋：「一九三〇年代的世界性經濟大恐慌剛過，日本的經濟也受到影響，失業率還很高。」兩人邊看邊走，過了「雷神」便是參拜道路，人潮更擁擠了，許如霖說：「我看不必擠進去參拜了，我們放輕鬆，當成看熱鬧。」

徐傍興踮高腳跟拉長脖子向前方望去，參拜道路還有二十幾米，寺前水槽邊大排長龍。感覺這座淺草寺十分老舊卻乾淨、莊嚴、生氣蓬勃，許如霖在旁邊說：「我每次大考都在心裏向台南的『開基媽廟』參拜，都會考中。」

「我們客家人拜開基伯公。」

「恁攏是共一掛的，咱台灣本島人共同的保護神。」許如霖說了這句福佬話，改回日語：「只要心內虔誠參拜，你們客家的開基伯公也會飛過來庇佑你。」

「哈哈！先生講按呢，親像是真的咧！」徐傍興講起了福佬話。

兩人於是向後轉身，慢慢走回大街。徐傍興注意到東京的人，男士穿西式服裝，女性穿洋裝的很多，反倒是台灣的日本人多穿傳統和服出門。兩人慢慢走著，偶有歐式轎車馳過去，不久又見兩輛軍用大卡車駛過，車上載著軍品，幾位佩刀軍士荷槍站在車上。

考試連續兩天，許如霖從頭到尾陪考，猶如親人。作文只是眾多科目之一，今年仍有出題，徐傍興用心準備的三國演義草稿沒用上。考完後，許如霖詳細詢問答題情況，給出的判斷是：「錄取機會不是沒有。」

但一個月後，許徐二人相偕去看榜單，徐傍興沒有考上。

那是三月天，東京依然冷冽，兩人在赤門大樹下漫步。徐傍興兩手藏在褲袋裏，縮著脖子，一臉沮喪；卻是許如霖先感嘆：「去年，我家破產消息傳來，我也是十分徬徨，本應立即束裝回去，但放不下學業，決心硬撐，然而無經濟奧援，怎麼能撐下去呢？

「就在那個徬徨時刻，你來到東京，用心良苦幫了我的大忙，但是你幫了我，我卻沒能幫上你，真的慚愧呀！」

「我自己實力不足，考運不佳，怎能怪你呢？」徐傍興說：「我的處境跟你相反，我是金錢無慮，但學業不順。我現在能怎麼辦呢？再留東京一年，明年再考，有可能嗎？」

「我有自私的想法，希望你多留一年。此處，有不少台灣學生一年一年留，一年一年再考。」

「我還得寫信向家裏稟報才行。」

屏東寄來的家書很快就到，又是父親的親筆信：

「傍興：落第就歸來，快緊。來與講，台北醫專六月底入學考，還趕得上，不可延誤。」

這次徐傍興不敢違逆父命，速速退房，訂船票，與許如霖相約台灣相見。那座「赤門」，那棵巨樹，那些東京街頭的一景一物，不敢回頭多瞧一眼。

剛好近期有船班，徐傍興的歸途很順利。

「想好的，不要想壞的；想自己這趟來日本有什麼收穫吧，東京一高落榜又怎樣！」

徐傍興在回台的船上，靠在甲板船舷邊，海浪不斷在眼下翻滾，努力這樣勉勵自己，好讓心情舒暢起來。

又一個浪花打過來，幾滴水珠濺在臉上，他再三思量：是真有收穫的，第一，眼界大開，對世事有了更多了解；其次，日文程度以及相關文科的實力都大大增強了；其三，福佬話的聽與說都有明顯進步；第四，以前一知半解的三國演義，竟然來到日本獲得了精讀的機緣。

這樣用心一想，真的感到開懷了，尤其是，「要學福佬話，怎麼是來到日本學呢！」他自言自語，想放聲大笑，反正船上很吵，船下海濤更吵，沒人會聽見，這件事實在太好笑了，於是「哈哈哈」笑了出來。

沒想到身旁不遠處有人同時發出「哼！喀！咳」的怪聲，是向我抗議嗎？還是向我示警？還是真的在清喉嚨？徐傍興側頭望去，看到一張倨傲的臉孔，正用一雙輕蔑的眼睛瞪過來。徐傍興見此人西裝筆挺，輪廓神似內埔公學校那位李萬二，再定睛凝視，確是他沒錯，走上前去，自然而然用客家話招呼：「哦！阿二哥，沒想到會在這裏碰見你！」

他張大一雙眼從頭到腳打量徐傍興，冒出兩句日語：「你是誰？你怎麼知道我的名字？」

徐傍興還是回他客家話：「俚係忠心崙的徐傍興，俚在內埔公學校就熟識你，你們同班的徐彩興是俚个叔伯阿哥，俚等還在一起玩過。」

「唔！哦！」他這兩聲喉音和鼻音聽起來有點客語口音，但接著聽到的還是日語：「我依稀想起來了。你是去日本做什麼事來的？」

「俍是專程去報考東京帝大，沒考上『一高』，現下要歸去。」

李萬二一聽這話，臉上露出明顯的不屑與鄙視，停頓片刻，還是用日語：「沒考上，有臉歸去家鄉？」

「沒關係。歸去再另外想其他个出路。」

「我是在東京帝大畢業了，醫學部畢業，第一名畢業。」還是日語，每一聲每一字都含著滿滿的傲氣。

徐傍興輕輕「哦」了一聲，仰頭望望天空，再俯視著大海，沒再想說什麼了。心中突然浮現許如霖，一個總是習慣穿插幾句福佬話的朋友，而眼前這位李萬二卻連自己的客家母語都不肯哼嘿半句。

一轉頭，斜睨到李萬二正要移步到別處。也沒打聲招呼！那離去的身影，一舉手一投足模仿日本貴族的身段，愈看愈感到反胃，像是要暈船。

船上人聲喧嘩依舊，船下浪聲依舊喧嘩，此刻，心中只想：「到了屏東，應該還是彩興哥會到車站載我吧！」想到彩興哥那謙恭的臉孔，感覺胃舒服了些。

CHAPTER

04

徐傍興現在的學力已今非昔比，回鄉不久即赴台北應試，順利考取了台北醫專（註二）。註冊開學後住台北，學雜費和生活用度仍用老方法，徐父在屏東的銀行存進錢，徐傍興要用多少，逕自到台北的分行取款。只不過，往來的銀行換成台灣商工銀行（註二）。

徐父希望兒子能專心向學，不要為生活費擔心，到銀行存款時，通常多存。

一個月後，徐父有一天去銀行辦事，發現先前為徐傍興多存的錢已被提領一空，心生狐疑，回家與徐母談及此事，開頭就說：「莫非我們徐家會出一個敗家子？」

「你在說誰？發生了什麼事？」

「我為傍興在銀行多存了很多錢，全被他領走花用光了。」

「不會。一定有什麼特別的緣故。或許剛開學，課業忙，未能及時寫信回來向你稟告。」

「我當初反對他去日本留學，就是擔憂此事。」

「什麼事？」

「怕他交到什麼壞朋友，染上什麼壞習慣。」

「不會。你總是那麼過慮，多慮！我的兒子我最清楚。絕對不會。」

「我的憂慮不是沒根據。」徐父停了停，又說：「那時妳還沒嫁過來，我鳳祥哥的兒子立興，我原認定是徐家難得出一個優秀人才，出錢送他去日本留學，結果學業沒有成就，卻因交友不慎中途輟學。我斷其糧草，逼他回鄉，回來不久得到癆病死掉了。我鳳祥哥，還有阿嫂哭得剩半條命。」

「我給你生的這個兒子，阿傍興，絕對善良、正派、上進，我有信心。」

「我是一朝被蛇咬，心裏愁慮，怕，怕傍興又像立興那樣。」

徐母激動了起來：「你那麼擔憂，可以派人去台北瞭解一下呀！」

「我正有此意。好，去叫阿彩興過來，他最老實可靠。」

彩興一輛腳踏車，風一般從田裏趕到。徐父把事情原委詳細說了，要他去瞭解傍興的生活情況，「這是為傍興好，不是要害他，這樣你懂嗎？」徐父說。

「懂。我瞭解。」

註一：台北醫專全名是：「台灣總督府台北醫學專門學校」，後來被台北帝國大學併入，升格為醫學部，即為現今台大醫學院的前身，日治時期台灣各地區醫師大多出身於此。

註二：台灣商工銀行於一九一〇年創立於屏東，戰後改名為「第一銀行」。

「要怎麼做呢？你先在暗處觀察傍興的行為，看看有沒有準時去學校上課，下了課都跟怎麼樣的同伴在一起，有沒有去打牌、上酒家等等不良行為。

「聽好囉，我要你暗察三天，如果發現有行為不檢，馬上回來，由我去處理；如果一切正常，你就現身，說你是為你父母的事情來台北辦事，順便來探望兩位堂兄弟。我要你問傍興，學校註冊都辦好了嗎？阿伯寄的生活費夠不夠用呀？看他怎麼回答，然後趕緊回來，一五一十向我報告。」

「嗨！」

徐父數了一疊鈔票給他，交代：「這幾天，晚上你就去住旅舍，吃的和交通，用錢不必省，知道嗎？」

「嗨！知道了。」

彩興去了四天，第五天回來，向徐父徐母做了詳細的「偵察報告」。

「阿伯，伯姆，阿傍興在台北，不管在學寮還是學校都非常正常，一天上課六、七個鐘頭，下課後去打網球，打球後吃學寮的伙食，晚上又回學校，參加樂隊的練習。阿傍興在樂隊裏是打鼓手，等練完打鼓已經九點，才回學寮洗澡睡覺。我暗察的三天，只有一天晚上沒去樂隊，那天跟來興、林發香等人一起讀書，都讀到快十二點才睡覺。」

彩興述說到此，徐母突然掩面哭泣了出來，嗚嗚嗯嗯，徐父和彩興一時不敢說話，只聽徐母哭了一會兒，爆出一句：「我就跟你說，我生的兒子絕對正派、上進……」

「好啦！好啦！沒什麼好哭的。」徐父口氣威嚴，但含著溫婉，說完轉向彩興：「繼續講。」

「阿伯、伯姆，有一個北部客家人，姓范姜名義。有范姜這種姓，我第一次聽說。」

「新竹客家很多人姓范。複姓范姜的我也沒聽過。」徐父問：「怎麼樣，這個人怎麼樣？」

「醫專註冊那天，這個范姜跟阿傍興同一組，一關一關辦手續。到了要繳交學費那一關，范姜向學校人員請求延後繳錢被拒，滿臉沮喪退到一邊，準備要離去。傍興知道沒走完註冊程序，就等於放棄入學，於是走上前關心他，知道他家境有困難，心生不捨，當場答應幫他繳費。那天下午，傍興去銀行把錢全部領出來，不夠，又去跟來興借了一點，幫那位范姜湊足學費，繳清了，現在兩人同在一班……」

「有這樣的事？你怎麼知道的？」

「阿傍興親口跟我說的，來興也在旁邊一直點頭。傍興從來不會騙人。」彩興說：「我是暗中觀察了三天，發現一切行為都很正常才現身。我先找到來興，然後一起去伙食堂用餐，傍興也在餐廳，他們看到我去，都高興得不得了。」

「阿傍興跟那位范姜第一次見面，就那麼一大筆錢給人家？」

「傍興說，看到范姜被拒絕的那一刻，臉色像有一盞蠟燭火被吹熄，頓時晦暗了下來。幫助他，是一時衝動，想重新燃起一個人心中的希望。」

「傍興又說，范姜一再鞠躬道謝，說這筆錢一定會還。他家在山上有種柑橘，收成後會分批還錢。」

徐父聽到這裏，雙掌放在腦後，仰頭沉思，胸膛一起一伏，嘆出一大口氣，而徐母又哭了，邊哭邊說：「這筆錢我會負責。我會回娘家張羅⋯⋯」

「不必，不必，我徐家幫得起這個忙。」徐父提高聲浪：「我明天就去銀行，給他再放一點錢進去。」

有一天傍晚，天空飄著細雨，一個瘦瘦的男子，身穿灰黑色夾克、黑長褲，頭戴一頂日式塑盔，來到台北醫專校門口，站了許久，塑盔和夾克肩膀上已有明顯的雨水痕跡。

他拉長頸子，往下課的學生的臉上一個一個看，久久沒認出他要尋找的人。

過了一會兒，一個人從左後側拍他的肩膀，同時呼叫：「許桑，先生，是你嗎？你是來找我嗎？」

猛然回頭，是徐傍興先發現他。兩人緊緊握著手，久久不放。

「你怎樣那麼久無甲我寫半張批呢？」許如霖埋怨，用福佬話。

「我寫過一張批呼你，去呼郵便局退回，知影你已經無住在那間學寮。」徐傍興也回以福佬話。

似乎察覺校門口是公共場所，許如霖改說日語：「我回台灣一年多了，博士學位拿到，第一份工作在台南師範學校任教，但我同時申請台灣總督府民政局和台北高等學校法政科講師兩份工作，正在等候通知。」

「先生怎樣知道我讀這間學校？」

「我在東京有個要好的同學，名叫小林十一郎，也來台北，在總督府任職。我這趟來台北就是專程來看他。在他家碰到他哥哥小林久次郎，閒聊中談起你，那小林久次郎說：『哦！徐傍興嗎？就在我班上，上我的熱帶傳染病學，屏東來的，粵族人（註三），對嗎？』所以呢，我知道來這裏一定找得到你。」

「走，我們找個地方好好聊聊。」徐傍興興奮地說：「你是台南人，台北不熟吧？我帶你逛逛。」

兩人併肩走出校區，往東走了一小段路，徐傍興感覺他的肩膀微微一震，知道他又在換腳步了，指給他看左邊一個招牌，寫著「日本赤十字社台灣支社」，說：「從赤十字社看過去，正對面不遠處有一個兩邊寬宏，正中間聳立高塔的大建築物，那就是總督府。你將來如果有被民政局錄用，就會在那裏面上班。」

兩人佇立觀看良久，望見一面日本國旗高高飄揚在總督府高塔之上。許如霖沒說話，臉上看起來充滿複雜的心思；徐傍興說：「那面日本國旗在風中飄揚顫動，我彷彿聽到『啪啦啪啦』的聲音，有強勁的感覺！」「那麼遠怎麼聽得到？是你這個『文學家』敏銳的感知吧？」「我真實感受到那面國旗在勁風中叫囂、吶喊。」許如霖沒接話，沉默了一會兒才說：「雖然我有小林十一郎的引荐，但真的要進去總督府上班，心裏還是很矛盾。」

「什麼矛盾？」

「在那裏面，我這個本島人將始終是一個外人。我跟那座總督府將始終有心理距離。」

徐傍興沒說話，許如霖繼續發表：「台灣總督府起建得真正美觀、雄壯呀！伊其實是一個外來政權的大本營，從日本過來管理咱本島人的指揮中心。」

「外來政權？我第一擺想到這個問題。」

「您卡實是外來政權。咱本島人一直給外人管理，數十年來嘸知影欲去反抗，嘛無力去制衡您。」（註四）

「既然你這樣想，那麼，依我看，你還是選擇進去台北高等學校擔任講師好了。」

徐傍興說這話時，望見那面日本國旗萎縮下垂，原來風停了。

兩人再往前走，不久經過東門町水泳場，徐又說：「我有時會跟幾個南部上來的同

註三：日治時代，日本人以閩族人和粵族人，稱呼福佬人和客家人。戶籍資料上的註記，一為「福」，一為「廣」。

註四：「您」，「他們」的意思；「卡實」即為「確實」，皆為福佬台語。

學來這裏游泳，學生門票才五角銀。」過了水泳場，右彎向南，穿過一大片寧靜、乾淨、樹木高聳、花木扶疏的住宅區，徐傍興介紹這是新開發的日本人高級住宅區，報紙上有做廣告，名叫「文化村」。許如霖大發感嘆：「這裏的環境比日本內地的更高雅，難怪許多日本人都想來台灣。」

兩人併肩漫步在東門町街頭，細細的雨絲在他們頭上飛舞，帽子和上衣有點濕了。其中一人偶爾腳步一頓，肩膀微震。不久穿過了「文化村」，再走兩個路口，在一條窄巷口看見一間「府城料理」。兩人走進去，還沒坐下，徐傍興繼續導遊：「這條巷子名叫『六條通』，很多情色店在巷子裏。」

「哈哈！我們在這裏用餐就好，不進巷子。」許如霖說：「話先講在前面，我現在有薪水了，今天不可以再由你付帳。」

「嗨！沒問題。那我倆今天吃好一點。先叫兩碗擔仔麵、黑輪兩條、土魠魚羹大碗的，海產鹹粥也是大碗的好了，哦！這裡有阿松蝦捲，叫兩條。這樣不知夠不夠，台南燒肉粽大粒的叫一粒，我們兩人分吃如何？」

「都可以。再叫一瓶清酒。」

「哈哈！先生付帳，喝點酒不錯！」

等酒菜上來，徐傍興話匣子打開：「許桑，你現在好看多了。在東京初認識你時，看了真很難過。那時，你就像一條曬乾醃過的魚，乾乾扁扁，臉沒臉色，身無身形，我常擔心一陣輕風就可以把你吹倒在地。」

「哈哈！文學家講話果然不同，比喻、形容、誇張一大串。」許如霖飲一口酒，話鋒一轉：「可惜呀！一高沒考上，文學家未遂。」

徐傍興悶聲喝一大口酒。許如霖擔心「文學家未遂」這句話會刺傷他的心，再補幾句：「不過，我現在真替你高興，你再過幾年醫專畢業後隨便開家診所，社會聲望和富裕生活可以兼得。」

「我對醫學讀出興趣來了，說不定畢業後不回鄉開業。我現在已經在一位教授竹林的辦公室幫忙。」

「果然是這樣。我昨天在同學家就知道你會走上醫學家的道路。」

「怎麼說？」

「昨天在小林家，我把你在東京如何間接接濟我的故事告訴他們；你那位小林久次郎教授聽了以後說，你是一個有潛力的大材，幾位科系主任都器重你。」

徐傍興得意起來：「許桑，你知道嗎？我雖然只是一個學生，但有幾位知名的日本教授跟我處得相當好。剛才提到的竹林教授，他教我們基礎外科學和臨床外科，對我一見如故，對我的指導格外用心，還邀請我去他家，親手做壽司、傳統飯糰、味噌湯給我吃。」

許如霖眼睛張大，忙著咀嚼的嘴巴暫停一下，心想：「大概那位竹林教授也跟我一樣，發現你的某些人格特質，根本就可以當許多人的『人生導師』，你只是以『學生』的身分出現。」

徐傍興繼續口沫橫飛：「你知道嗎？那位竹林教授娶的是本島太太，艋舺姑娘。竹林很認真向他太太學講福佬話，已經會講一些，好像講得不比我差。」

許如霖哈哈一笑：「我猜你的福佬話確實還有很大的進步空間。」這樣婉轉批評後又說：「因為那位竹林教授，你將來要選擇外科。」

「是的。但不只一位竹林，還有其他教授也經常特別給我指導，也鼓勵我。」徐傍興端起湯碗，豪氣地說：

「以後，我受不了賺錢的誘惑或無法違逆家人的期盼，要出去開業時，我就用你今天賜給我的那句『文學家未遂』來自我激勵，一定讓自己要成為實在的醫學家。」

「哈哈！我還擔心那句『文學家未遂』會讓你沮喪。」

兩人有聊不完的話，漸漸飯飽酒足了，徐傍興說：「真希望你能進去台北高等學校任教，那你就能搬來台北，我們可以常見面。」

「我也真心盼望著。」許如霖啜呷一口酒，透露：「屆時我可能會先在台南結婚，然後帶太太上來台北住。」

「是嘛！婚事有在進行了？」

「父母之命，相親提親都已完畢，剩下看日子。」

「到時通知我。我專程去台南喝你的喜酒。」

「一定？」

「一定。」

那個暑假回屏東，徐傍興自己也有婚事了。他的二姊蘭枝回娘家來，說要給傍興「做一個媒人」，徐母聽了最高興，急問：「哪裏的小姐？」

「美崙庄人，名叫邱壬妹，唸高雄女子高等學校，今年畢業。」

「阿呢嘟好，阿傍興嘛係今年畢業。」

徐傍興不置可否，算算年齡，今年也已經二十有四，要拒絕已沒理由。

母親和二姊興沖沖操持此事，到了要登門相親那天上午，二姊不經意說了個消息：「不是只有我們徐家，聽說內埔還有一個李姓人家也已經安排好要去相親。」

「是哦！還會有人比我們家傍興條件更好的？」徐母說。

「聽說條件更棒，人家是東京帝大醫學部畢業，現在已經是台北病院的正式醫師。」二姊回說。

「二姊，你去問問看，那個人是不是叫做李萬二。」

「正是。」

「那麼，取消，取消！我今天不去了，那隻高毛猴要去看的小姐，我不要。」

「怎麼可以取消！早講好的，取消多失禮呀！」

「要去妳們去，我是不去，絕對不去。」徐傍興口氣格外堅決。

CHAPTER

05

徐傍興在屏東家裏收到許如霖的喜帖，內附一信封，要求他在婚禮上擔任伴郎。他高興得不得了，特地去訂做一套西裝，買條領帶。到了婚禮那天，擦亮了皮鞋，平生第一次西裝革履，再照照鏡子，頭髮黑亮，臉色紅潤，鼻樑寬厚，雙頰豐滿，發覺自己長得還滿帥的，興沖沖前往竹田驛站搭車。

車站候車室已經坐著一位姑娘，一襲粉紅色連裙洋裝，搭配黑皮鞋，從那頭短髮判斷，她還是一個高中學生。徐傍興只看了她一眼，感覺似乎是熟識很久的親人。再斜睨一次，低頭沉思，以前確實不曾認識。想再盯著她看，怕會失禮，趕緊移開視線，並挪動身子，背對著她，故作漫不經心狀。

沒等多久，北上的火車到站了，是以前高中時代常搭的頭班車。他上車，那位姑娘也上車。她竟跟他跨上同一節車廂！從竹田站到台南站，是一個漫長的旅程。那位姑娘就坐在他對面那排座位斜方不遠處，再看她幾眼，身材不胖不瘦，臉孔不圓不扁，眼睛不大不小，嘴唇不薄不厚，但整體看起來相當順眼，是那種出身農家但不必下田做粗重農事的女孩。她的每一個眼神、側一下臉孔、摸一次頭髮，每一個舉動都顯得很有氣質，「我這位『文學家未遂』的，一時之間能描寫的就是這些了，總而言之，她是一位有上學讀書的農家女！」他嘴角浮現一絲淡淡的笑意，感覺自己有點心慌意亂，於是拿出書本，強迫自己閱讀、收心。

在顛簸的車上看書久了，眼睛酸澀起來，想睡一覺；卻想到自己睡著後不知會不會嘴巴張開，口涎流出；不知會不會有鼾聲出來；想到如果這樣，被那位姑娘看到，會不會不雅觀。管她呢？就睡吧！火車行進間好像跟鐵軌合奏什麼怪異的曲子，偶爾碰撞廝磨，那是聽慣的噪音，已不煩人，就睡吧！有些人是可以不必在乎什麼雅不雅觀的事情的，譬如在自己的母親面前，在跟來興、富興這些堂兄弟在一起的時候，有屁想放就放出來；吃飯狼吞虎嚥，湯汁飯粒黏在嘴角，那有什麼關係！有時大熱天，拉起上衣擦汗，露出肚臍，那又怎麼樣！在很親近的人面前，哪有什麼雅不雅觀的考慮呢！

此刻，他不知自己為何會想到這些無聊的事情，緩緩把兩條腿張開些，腰坐斜一點，頭向後歪歪靠著，這樣舒服多了。他確實已經睡著，卻伸手扯一下領帶，鬆開一些。距離台南站還久，不怕睡過站。

半睡半醒中聽到屏東站到了，沒張眼，聽到有不少人上車，感覺那位姑娘旁邊有了伴，正在講話，且不理她。

又睡了一會兒，車廂內人聲喧嘩起來，張開眼，是到了高雄站。那位姑娘四周已坐滿了盛裝打扮的女生，其中有三位穿體面的日本和服，徐傍興用心聽出，穿和服的女生操持道地的福佬話，顯然是本島人。她們似乎都熟識，嘰嘰喳喳講著話，日語、福佬話都有。從竹田上車的那位姑娘話還滿多，但全用日語，沒聽她吐出一句福佬話，斷定她也是客家人。然後就睡不著覺了，坐直身體，繼續看書，努力收束心神，但思緒無法集中在書本內。

到台南站下了車，一夥盛裝女生竟跟他走同一條路，同個方向！漸漸知道，她們跟他一樣，是來參加許如霖的婚禮的。路途中，徐傍興意識到那位竹田上車的女生偷看了他好幾眼，似乎想過來跟他講話，又不敢。

許如霖的婚禮就在許宅前面的街道上，搭一個大帆布棚子，棚內擺置十幾廿桌。時值盛夏，附近的鳳凰木紅紅火火，滿樹開花像在燃燒。許家是落沒的商家，場面不大，倒是新娘方面來了一大群賓客。徐傍興問明白了，跟他一路坐火車來的女生就是新娘在高雄女子高等學校的同學。許如霖的新娘子名叫培英。她們今年剛畢業。

台南人的婚禮相當尊古，程序講究，禮節多。新娘將坐轎子抵達，媒婆領著新郎和伴郎等在街口迎轎。四周古樂響著，鞭炮偶爾爆炸兩三聲。漸漸地，觀禮的賓客圍了上來，望那轎子由遠而近，緩緩放下，只見那媒婆腳踏小碎步，趨前引領新娘下轎，然後新郎和伴郎要轉身走回禮堂，媒婆牽引新娘緊隨在後。

在新郎和伴郎要啟步時，一位身穿粉紅色洋裝的女孩突然快步走近轎邊，臉朝徐傍興，低聲說一句客語：「你的內固帶（註一）無戴正。」

徐傍興沒時間思考，立即回應，也用客語：「快緊，幫我拉正一下。」

那女孩也無暇思考，立即伸手在徐傍興衣領前輕輕扶一扶，又動一動。那手法、那姿態非常自然，自然得像一個妻子幫臨出門上班的丈夫調整領帶。徐傍興匆匆說一聲「多謝」，見她什麼都沒說，臉上也沒表情，快步回到觀禮群裡，前後不到半分鐘。

嗩吶和殼仔絃吹奏著，鞭炮聲響起一串，另一串又起。

註一：「內固帶」，領帶之意。本書故事發生的年代，「領帶」一詞尚未出現。領帶是外來的語詞，在它被漢語吸納之前，台灣人人皆以「內固帶」稱之。

媒婆已經牽引新娘等在新郎和伴郎身後，第一步跨出時，徐傍興想起一事，低聲提醒新郎：「今天你不可以滑蹬腳板，由我來調整步伐。」新郎聽了朗聲大笑，伴郎也笑出聲音，兩人在笑聲中一步又一步，左右腳都齊一。觀禮的賓客都不明白這兩位在笑什麼。

婚宴開始不久，徐傍興隱約聽到背後隔壁桌那群女生起哄：「壬妹，妳剛才是在幫妳男人調整內固帶？」

徐傍興聽到了「壬妹」這個名字。聽過，但想不起來何時在何處聽過。那壬妹急忙否認：「哪裏是什麼男友！我跟他完全不認識。」

「別騙人！那模樣，不像完全不認識。」

「真的。我是見他內固帶歪了，怕他丟臉⋯」

「不認識還怕他丟臉？」

「我跟他同一個驛站上車，應該是同鄉的人。」她停了停又說：「我只是不想見到一位同鄉那個樣子。」

「我不相信。」「我也不相信。」「有什麼好消息要通知我們啊！」「妳們不要這樣誤會我啦！真的不認識啦！」

徐傍興背對著她們，不好意思回過頭看看那壬妹此時是什麼表情。不過，那些對話很快被其他話題淹沒了。

婚宴結束後，那群女生與新娘話別，一齊離開。徐傍興知道她們要去搭火車，沒跟在後面，自己叫一輛三輪車去驛站。

他刻意避開她們，也沒坐同一車廂。依然在車上拿出書本，卻只是隨便翻翻，心裏盤算著：過了屏東站，車上人少了，是不是過去跟她聊聊？起碼再道個謝。要不要就坐在她旁邊？一個男生一個女生公然坐在一起，別人會怎麼看？「向她道完謝就離開，比較妥當。」他又想。

火車一過屏東，他真的走過去，站在她面前，淺淺一鞠躬，說：「頭先俚个內固帶無正，好在妳來幫忙，真感謝。」

「嘸使客氣。」她問：「你是竹田人？」

「不是，我家在忠心崙，徐屋伙房。」

「哦！我住美崙庄。」

「美崙」一出，徐傍興腦中電光一閃，立即想起這個人是誰了。二姊安排要去相親的對象就是她，叫做「壬妹」沒錯。

但他沒動聲色，見她向旁挪移一下，旁邊空出一個座位。是叫我坐下的意思嗎？可以嗎？她如此磊落大方，我若不敢坐下，豈不是要被她見笑了。

生平第一次跟女孩子單獨坐著聊天，邊坐下邊開口：「我叫傍興，徐傍興，台北醫專剛畢業。」

「哦！我姓邱……」

「我知道，妳叫邱壬妹。」

「你怎麼知道？」

「我二姊本來已經安排好，上個月要去你家相親，臨時沒去成，對妳真的很失禮。」

「哦！我想起來了，忠心崙有個徐屋人家。」邱壬妹說：「我倒是不介意，那只是我父母親在處理的一件事情。」

「今天，在這個場合跟妳認識比較好，很自然。」

邱壬妹沉默片刻才說：「相親的場合我很不喜歡。前一陣子有個姓張的，後來又有個姓李的，對象倒是不壞，但那種場面氣氛尷尬，手都不曉得要放哪裏，也無法真正談些什麼。」

兩人聊著。同車廂內漸漸只剩十幾名旅客，偶爾投來異樣的眼光，徐傍興不在乎，邱壬妹好像比他更不在乎。

火車很快到竹田，兩人同時下車，一面出站一面講話，像家人那般。步行一小段路後，攔到一輛三輪車，也相偕坐上去。

兩人在狹窄的後座，車子搖來搖去，手臂也摩來摩去。行到竹田庄要左彎時，邱壬妹指著路旁一條小河流說：「小時候，我們常來這裏用畚箕網蛤蠣和田螺，也抓泥鰍。」

「到這麼遠的地方來？」

「不算太遠，還有人走到更遠的老北勢、新北勢去。」

當三輪車咿咿呀呀騎進美崙，在邱家門前停住時，已經是晚上。許多村民晚飯後搬凳子在禾埕乘涼，十幾廿幾對眼睛看著邱壬妹跨下車，車內另一個男生沒下來。兩人還在講話，壬妹還伸手一指，指向邱屋伙房旁邊的巷子，然後三輪車才離去，給這個純樸的農村留下一個謎團和一些閒話。

在美崙、二崙、忠心崙一帶，許多人注意到有一對男女正為平凡的鄉村增添一些以前沒有的景色。

那是一個尋常的雨後的下午，空氣涼爽了下來。遠處的大武山，墨綠與翠綠相間，稜角分明。邱壬妹黑長褲白上衣，獨自走到伙房旁邊的巷口，徐傍興騎一輛腳踏車適時來到。一對男女上路了，來到二崙溪旁的小徑，騎得很慢。鄉間小路總是崎嶇不平，邱壬妹緊抓著腳踏車坐墊的扶手，任由車子搖晃。跟隨著兩人的影子搖晃得更厲害，下午的陽光有點斜了，光看那團影子，這對男女似乎是緊緊摟抱在一起，在溪畔共騎一車，還顛搖起舞。

騎了一會兒，他們在一棵茂密的茄苳樹下停住，跳下車，走向溪旁。徐傍興俯身指向一個凹窪處，似乎在說，這裏是黃鱔最多的地方，說著說著，眉飛色舞起來，是在吹噓當年在此捕鱔抓魚的神勇事蹟吧！

兩人後來又折回茄苳樹下，靠在樹幹上講話，講著講著徐傍興掏出一本書朗讀起來，讀了幾段又交給邱壬妹讀。過了一會兒，徐傍興突然直立身子，唱起客家老山歌。那山歌，每一個音都拉得很長，提得很高，纏綿而豪放：

綠竹開花球打球　山上落水下山流
有介金童對玉女　也有紅花對石榴

邱壬妹鼓掌叫好，但說：「唱老山歌很費力氣吧？有點擔心你的聲帶會拉傷。」徐傍興聽壬妹這樣說，改唱平板，曲調平坦多了：

河中溪底沒浪波　屋前屋背草芒多
山間山田蔭山水　山人山上唱山歌
田間草地起學堂　兩片開窗好透涼
阿哥讀書望做官　阿妹讀書望排場

又一個尋常的傍晚，徐傍興騎腳踏車去美崙庄把邱壬妹載出來。這次讓有幸目睹的村民都張大了眼睛。邱壬妹一坐上後座就將手環繞在徐傍興腰間，放得非常自然。可以這樣嗎？一般結婚多年的夫妻一起出門，都是丈夫走前面，妻子後面跟著，連並肩走在一起都怕人笑話，而這兩位年輕人是怎麼樣了？鄉間議論蜂起。

徐傍興的腳踏車沒有停下，先路過自己家的田，現在是割完稻灌滿水，準備耙田的時節，大武山影朦朧在遠處，也倒映在水田裏。徐傍興告訴壬妹：「我小時候常常來這畝田工作。」「你家還需要你這個大少爺做什麼事？」「如果學校成績退步了，我阿爸會罰我來這裏割田埂草，一路割，沒割到盡頭不許起來。」

一輛腳踏車兩個人影繼續在田野鄉間移動，沒多久來到公墓區，彎了進去，野草在各個墓塚四周蔓生，徐傍興又說：「你可能不知道，我念公學校時，放學後要牽牛出來，這裏就是最好的放牛區。」「我哥哥也要『掌牛』，好像也是牽來這裏。」

兩人後來在墓區邊緣一個小涼亭停下。坐在亭內望過去，景色一變，一座土墩高起；苦楝樹兩株，一高一矮枝葉茂盛，宛若土墩的護衛。墩旁田裏，種的是兩季稻米中間的雜作，邱壬妹比較內行，看出種的是苦瓜。

風吹過來了，吹過徐傍興的臉龐，吹拂邱壬妹的頭髮，也吹著在附近窺視的好奇的村民。許久之後，涼亭傳出敲擊木頭的聲響，是徐傍興以涼亭桌面當鼓，樹枝為槌。敲打了一陣，邱壬妹說：「這是過年舞獅時打的鼓，很熟悉。」

徐傍興手法一變，綿綿密密的敲擊聲出來，猶如斜風細雨飄過來；然後，一聲槌一聲響，一聲重一聲輕，好像馬蹄由遠而近。徐傍興面有得色，說：「這是日本陸軍進行曲中的一小段。」

一個禮拜後，竹田驛站又出現徐傍興和邱壬妹的身影，還提著厚重的行李。一位奉了邱家老祖父之命在後面觀察的年輕人飛快回去報告，邱家人大吃一驚：「怎麼樣，兩人一起上車走了？」「沒有，只有徐傍興上車，壬妹姊姊大概過一會就會回來。」

邱家祖父母、父母、叔叔伯伯共九人圍坐在大廳下，都憂慮在臉上。整整等了快一小時，見邱壬妹好整以暇，安步當車回家來。母親先問：「你跟那個姓徐的公開這樣走路、那樣騎腳踏車到處玩，不怕人家笑？」

「有誰在笑？」

「全村都在笑。隔壁村莊，二崙、忠心崙全村都在笑。」

邱壬妹沒答話，沉默著。

母親又說：「現在該如何是好？」

「什麼如何是好？我們會趕緊辦結婚。」

「結婚？人家連講好的相親都臨時取消了。」

「會的。我會盡快通知對方來正式提親。」

「我再問妳，那姓徐的是不是一個人去了台北。」

「對。他要回學校，醫專的課業很繁重。」

「還要多久才畢業。」

「還要兩年半。」

「還在唸書怎麼成家？」

「沒問題。婚後我要跟他一起住台北。」

徐家在一個多月後上門提親，陣仗不小，除徐家父母外，徐傍興的大姊夫，堂堂內埔名醫林已生；二姐夫，萬巒數一數二的大地主都來了。隨伴的禮數也很豐厚。雖然主角徐傍興沒出現，但大家都知道原因，也都完全理解。

徐邱兩家擇定徐傍興在醫專放長假的日子辦理婚事，席設徐家伙房禾埕。有三對來賓格外引人注目，是台北醫專外科系竹林教授夫婦、婦科主任迎諧教授夫婦、解剖學教授森於菟（註二）夫婦，他們都穿正式的日本和服。

還有一位客人徐傍興也奉為上賓，而且是伴郎身分，經介紹名叫許如霖，是台北高等學校法政副教授。他跟徐傍興一起到伙房入口處等新娘的轎子。沒等多久就望見迎親隊伍緩緩過來，前頭有吹嗩吶的、拉絃索的、敲小鑼子的樂隊引領，兩旁擁擠著看熱鬧的村民。

當轎子來到新郎和伴郎前面時，許如霖注意到轎前有一個清秀的男童手執精緻竹籃，籃內竟然放著一隻活生生的母雞，雞翅膀和雞腳綁著紅絲帶，雞眼生靈地四下張望，偶爾嬌啼一聲，似不畏生。許如霖問：「莫非這就是所謂的『帶路雞』？」徐傍興回說：「沒錯。」「哈哈！還用母雞帶新娘子來，有意思！」媒婆在旁接許如霖的話，吟唱一句：

「雞嬤帶子帶路來，子孫滿堂共下來。」

註二：其中，徐傍興特別敬重解剖學教授森於菟，其次子出生時取名徐於菟，就是為了懷念那段師恩。

新娘下轎後，兩人肩並肩向後轉，在禮樂聲中同步向前，伴郎在啟步時突然腳底輕輕滑蹬一下，肩膀微動，還和新郎同時發出很大的笑聲，沒有人知道他倆是在笑什麼。

新房十分擁擠。幾個月前一起去台南參加許如霖婚禮的高雄高女畢業生，也原班人馬來到徐宅，也都穿得花枝招展。上回去台南身穿正式和服的女生，這天也是一襲和服，剪裁高雅，不遜那三位日本人太太。談笑間，她們揶揄：「接到喜帖的那一刻就都恍然大悟了，原來那位內固帶打歪的男生，老早就是妳邱壬妹男朋友，就是嘴巴上不承認。」「就是嘛！如果不是真的，戲演不了那麼真。」壬妹一身新娘裝未卸，只是微笑，沒有辯解。

時為三月底，南臺灣有點熱了但不算太熱，徐家在禾埕上方架設大型帆布棚，婚宴就在棚下。席開三十桌，三個日本人夫婦和許如霖被安排在主桌區。他們都是第一次下鄉參加客家人的婚禮，從進門開始，接引的、端茶的、送熱毛巾的、到後來端菜上桌的全是穿藍衫的婦女。那藍衫，衣長及膝，右邊從領口開襟，配上兩個布製長條繡花鈕扣，開襟處從領口斜下到左腰。整個婚禮場面，藍衫飄飄，藍影綽綽，是一個奇特的風景。

大帆布棚的前面是祖堂，男女雙方主婚人和新娘新郎站在祖堂前沿，旁邊有一位仕紳用客語介紹，三對日本夫妻聽不懂。迎諧教授眼尖，對吊掛在祖堂前沿上方的六個漂亮的彩色燈籠感興趣，詢問同桌的許如霖：「大白天，懸掛那些燈籠有何用意？」許如霖不懂，問身旁的太太培英，培英也不懂，過去問鄰桌的高女同學，其中一位客家人解釋：「那是『添丁發財燈』。」然後許如霖便展現口才，用日語詳細講解「添丁發財」在本島民俗上的意涵。

竹林教授則對現場那幾位吹奏樂器的人們感興趣，離座去樂隊旁觀賞。那位擔任介紹人的仕紳特別走過去，用流利的日語告訴竹林，他們吹奏的是「客家八音」；竹林再追詢「客家八音」的內容和演奏技巧，那位仕紳就解釋得結結巴巴了。

徐傍興的父親身穿莊重的黑色長袍，表情有點嚴肅；徐母穿一襲體面的藍衫，衣襟和袖口加了別緻的飾品；其他男士大都穿尋常莊稼衣裳。許如霖注意到，全場只有新郎和伴郎穿西裝打領帶。

婚宴上的菜餚有幾道是他們外地人少見的。有清水煮熟的切片章魚，說要沾薑汁醬油；有一大盤炒冬粉，端上來的冬粉還在無風顫動，嚐一口，略帶胡椒味，它拌炒的不是肉絲，而是章魚鬍鬚；有一大碗公橢圓形的肉丸湯，湯裏放著些許豌豆莢；還有鳳梨切片炒一種軟軟帶細孔的肉片，用圓盤端出，沒人知道那是什麼肉，詢問藍衫姑娘，她說那是豬肺。

許如霖被安排與三位台北醫專教授同桌，自告奮勇權充菜餚介紹官，用台菜的觀點講解客家菜。當藍衫姑娘端上一大碗公黑黑油亮的大塊魯肉時，許如霖介紹：「這道是滷豬肉，上面的豬皮油亮，是因為放了冰糖。」，但竹林教授的艋舺夫人似乎更懂料理，她嚐了一口，委婉糾正：「我吃不出有糖的味道。它是本島人常吃的紅燒豬肉，客家人叫它『封肉』。」

席間，許如霖穿插一些與徐傍興在東京留學時亦師亦友的往事，為婚宴提供了許多談助。

他後來話鋒一轉，朝著竹林教授說起福佬話：「在阮本島，福佬話有兩種主要的腔口，一個是漳州腔，另外一個是泉州腔。」

竹林試著回以福佬，但只生硬地吐出一句：「這……我只是略略仔知影。」後面就以日語為主了：「這我略知一二，但還無法分辨。我太太說的是台北腔，我試著跟她學講，但只學到一點點仔。」

「台北腔大體上屬於泉州腔。我是府城人，我們台南腔比較偏向漳州腔。」

竹林眼睛發亮，整張臉興奮起來：「真高興能在這裡認識你，希望以後有機會向您請教兩種腔調的差異。」

「本島的福佬話我略有研究，我樂於協助你。」

「徐傍興能有你這種朋友，是他的幸運。」

「哪裡！他一個鄉下出身的本島人，能得到在座幾位知名醫學教授的青睞，才真正是他的幸運。」許如霖突然問一個問題：「不知是因為徐傍興的什麼特別的人格特質，能獲得諸位教授的喜愛？」

三位教授互望一眼，幾乎同時互比一個「請」的手勢，只客氣了一下下，達成一個默契。見竹林教授抓抓頭髮，啜一口汽水，開講：

「我來說好了。小時候我在日本唸過一則童話故事。說有幾粒蘋果的種籽隨風飄浮，想尋找一塊好地方落地生長，發聲詢問：『土壤公公，你這塊地方讓我們落地發芽好嗎？』，土壤公公跟身邊的土壤婆婆商量，土壤婆婆表示：『不行！讓它們落地，會吸走我們的養分。』土壤公公想了想，回說：『我們給它們養分，大地的陽光空氣和水也會一直讓我們生出養分，沒關係的！』土壤婆婆也想了想，認為有道理，於是允許種籽掉下來，幾年後長出一片茂盛的蘋果園，蘋果樹也每年回饋很多落葉、果子、枝椏給土壤。」

這種回答，其他兩位教授聽了直點頭，微笑在臉上。許如霖哈哈一笑，雖然聽懂了這則童話在說什麼，還是問一問：「竹林桑的意思，徐傍興應該是那一位？土壤公公還是蘋果種籽？」

竹林笑著夾一粒肉丸和一片豌豆莢入口，慢慢咀嚼，似乎用心在品嘗味道，沒回答。就在這時，許如霖注意到竹林教授濃髮之下有個圓圓的額頭；下額後方也圓，是一個標準的圓型臉；而鼻子寬大厚實，有日本人中比較少見的寬厚嘴唇。絲毫沒讓人感覺是一位嚴厲的教授，說話的聲調還含蘊著溫暖。他心裡決定，一定要找機會好好教他講福佬台語。

婚宴後，許如霖說想去看看客家庄的「開基伯公」，徐傍興忙著送客，隨手一指不遠處路口那矮矮不起眼的小祠堂，說：「那就是我們的『伯公』，全村人的『伯公』。」

CHAPTER

06

徐傍興還在婚假中，睡在新房新床，新人在側。一條牛悄悄走進夢中，是小時候放學回家要牽出去吃草的那隻。彩興、來興、富興也各牽一隻。牛行緩慢，偶爾還停住低頭啃草，要人催促；不久行經一處石埤，埤下有小湖，湖水混濁，牛群見水突然快步向前，牛拉著人，一直拉到湖邊，急急下水，側身斜躺，全身浸入，只留牛鼻和牛角在水面，牛鼻子偶爾吐一口大氣，湖面被吹出陣陣漣漪。

而鄰居的同伴也都跳入湖中戲水，只有徐傍興一人立在湖邊。

牛隻只是入夢卻不擾人。那夜，新婚倆小口一夜好眠，醒來後，告訴嬌妻夢中事，邱壬妹只問：「啊後來咧？」「後來的，記不起來。」「沒事啦，農村長大的人，鄉間的事常會在夢中浮現。」

那天早上，兩人在新房準備北上的行李，外面客廳一陣喧鬧，原來是新結的親家公，也就是壬妹的父親到來。徐傍興想出去請安施禮，被壬妹拉住。她耳尖，聽到父親正和夫家父母開始談論傍興的前途：

「我在屏東看中一塊地，將來可以蓋間診所，給傍興畢業後回來開業。」

「我也在找房子，是不是開在內埔比較近。」

「內埔街上已有你的女婿林己生，傍興開業最好避開他。」

「說的也是。」

徐傍興從窗戶縫中看出去心想，都還沒畢業，那麼早就在談開業的事，真是的！剛插秧不久就在討論割稻。

醫專畢業那一天，牛又來了。在兩人租來的台北東門町小房子裏。那房舍沒有前院，紙門拉開就是林蔭小徑；後院倒是種了兩棵大榕樹，許多樹鬚安安靜靜垂下來，樹上的麻雀睡了，偶有夜鶯一聲長一聲短吱吱叫著。還是那隻牛，場景相當清晰，徐傍興穿短褲以及被汗漬染黃的白汗衫，頭戴斗笠，牽牛出門時，人在前面拉牛繩，快到公墓區時，牛加快腳步，變成牛在前人在後，牛拉人了。他被牛拉著跑，跑向一片春雨過後怒生的雜草。

醒來談起這夢境，壬妹不當一回事。梳洗既畢，吃早餐時才聊起：「我想，你常夢到牛，是不是我生肖屬牛，你娶了一隻牛睡在身邊的緣故？」徐傍興笑出來：「我夢中那條牛是公牛。」說完正經地說：「我是學醫的，學科學的，不信這個。」

那天，徐傍興在實習的赤十字病院，正準備下班，竹林教授傳話叫他回校一趟。台北醫專正在改掛招牌，它被台北帝國大學醫學部併入。他一到，竹林就說：「你的實習成績良好，以後的執業科別，你填外科？」

「沒錯。」

「你曾表示願意留校當研究助手，現在有無改變心意？」

「沒改變。希望在你的外科繼續學習。」

「你的同學，尤其那幾個南部來的，都準備回鄉開業，你不想？」

「不想。」

「今天叫你來，就是要確認此事。我要向總督府提報。」

「是哦？」

「留校當研究助理，職位不高，薪水也不好，但它是一份授予日本文官職銜的工作。」

「這我不知道。」

「所以，你實習期滿就過來。」

「嗨！」

正事說完，竹林教授從抽屜取出一本筆記簿，徐傍興探頭一瞄，封面工整寫著：「本島言語練習帖」。

竹林告訴徐傍興：「學習本島語言是我的業餘興趣，閩南話向我太太學，南部客家話要跟你一起練習。」

「太好了，我很樂意。」

竹林跟徐傍興對看一眼，兩人的眼神都洋溢著興奮。竹林翻開筆記簿，到「南部客語」那一頁；徐傍興挪移椅子靠過去，聽到竹林吩咐：「我今天想練習親屬稱呼，我已寫好幾個詞在這裡，請你用客語唸一遍，我跟著唸一遍。好嗎？」「好，開始……」

お父さん、お母さん、お爺さん、お婆さん、おばさん、お兄さん、おねえさん、おとうと、いもうと

徐傍興只匆匆讀一遍，叫出來：「哈！這些對我來說，太簡單了！來，開始了，我一個一個唸，您一個一個跟……」

阿爸、阿姆、阿公、阿婆、姆姆或伯姆、阿哥、阿嫂、老弟、老妹

唸到姆姆和伯姆時，徐傍興解釋：「叔叔的妻子叫姆姆，伯父的妻子叫伯姆。日語裡沒分別，但在漢語系統裡各種語言都有區分。」他一邊解釋一邊注意到竹林在筆記本上每一個「姆」字旁邊加注一個「梅」字，徐傍興明瞭，那「梅」字是日文中的漢字，用來標注他唸的客語發音。

實習期滿，徐傍興留校當研究助理的日子，每天過得充實而忙碌。外科手術課時，常要執刀做示範，也要幫竹林教授準備論文資料，漸漸獲得參與論文寫作的機會。至於教他客語，只是兩人忙裏偷閒的一件小事。

許如霖夫妻也住台北，好久沒跟他聯絡。若有聚會，想告訴他：「我這個『文學家未遂』的，現在已走上了醫學家的道路。」

對徐傍興來說，這天是一個大日子，帝大醫學部外科系舉行一年一度的外科手術教學觀摩。它是先由森於菟教授講課，同時由徐傍興擔任「執刀示範官」，向學生展示解

剖與手術清理的步驟和要領。最後特別邀請附設醫院第一外科主任澤田平十郎做指導講評。

澤田也有教授身分，在外科領域是一位巨人，是許多外科醫師的偶像。他的開刀紀錄最多，成功率最高，每次手術使用的時間最少。

從他一進門，徐傍興就盯著他看，注意到他儀表出眾，頂著一頭濃髮，抹油梳理整齊；眼神中透露出精悍，上唇留有短鬍。在做指導講話時，臉上沒有出現過一絲笑容。講話的間隙，上下唇會用力一抿，嘴角之下，深紋立現。奇怪的是，他在講話中偶爾會瞄向坐在前排的徐傍興，眼神似乎突然柔和了些，徐傍興眨了眨眼，感覺那柔和感又不見了，瞬間恢復滿臉的權威和嚴肅。

觀摩活動結束後，一夥人在竹林教授的辦公室閒聊。澤田開口要人，要求將「剛才那個執刀示範官」轉調去他的部門擔任外科醫師並兼任他的研究助手。那個人就是徐傍興，正站在竹林教授右後方，澤田要人時，眼睛只看著竹林，完全沒看徐傍興一眼。

這是一個年輕醫師更上一層樓的機遇，竹林教授回說：「我樂於放人。」

約定報到那天，徐傍興一早來到台北帝國大學附屬病院。那是全台灣首屈一指的大醫院，大樓完工不久。站在大門口，看其建築物外觀，徐傍興大為驚艷。想起以前和許如霖在東京參觀過的一些洋樓，知道那就是歐洲風格。日本人在台灣興建了許多這類典雅的歐式洋樓，回想自己去過的台南驛站、銀行、法院都屬於這類，其中尤以那座巨大的總督府最宏偉、也最歐洲。

而眼前這座，不算宏偉，但古香古色，外牆以紅磚和洗石子相間砌成，有兩根兩根併排的粗壯圓柱，豎立在前廊兩側以及在二、三樓牆緣，給人牢固穩定的印象，病患進來這裏，大概會有安定和信任的感受吧！再略為仰頭，見二、三樓外牆有石雕，雕工精緻。他瞇眼望去，瞧不出雕的是什麼東西，像是蔬果、玉米，又像是一串串的花。

走了進去，感覺各科室的裝飾和雕刻洋溢著柔美的人文氣息。他在迴廊走著，邊參觀邊想：「能來這裏工作真好！每天的心情一定會很好吧！」他剛望見第一外科的招牌在轉角處，一個身穿白袍的醫師迎面而來，向他打招呼，用日語：「徐桑傍興嗎？澤田主任叫我來接你。」

徐傍興定睛一看，不是別人，就是李萬二，在船上碰到過的那位內埔同鄉，自然用客語回話，臉上記得該擺個笑容：「哦！阿二哥，原來你就是在這裏做醫生喔！」

李萬二沒答話，眼睛在徐傍興全身上下遊走。那股瞧不起人的傲慢神情還在。

徐傍興再補一句客家話：「在這裏工作真棒！這麼古典優雅的建築物！」

李萬二說話了，還是日語：「這棟建築的形式叫做『巴洛克風格』，是義大利式的。」

「是哦！我特別喜歡那些兩根兩根併排的圓柱。」

「那些圓柱是有名稱的，叫做『愛奧尼克柱』。」

「哦！這我不知道。」

「巴洛克風格的建築源於羅馬人文主義的文藝復興思潮，後來由於耶穌會的提倡，此類建築遍於……」

他後面說的那些專門知識，徐傍興沒興趣聽。心想，這傢伙博聞強記，確實有兩把刷子，難怪那麼驕傲。

進了第一外科大門，各式藥品的氣味撲鼻而來。還沒見到澤田主任之前，李萬二以前輩的口吻指揮徐傍興洗洗這個又清清那個。徐傍興一律元氣十足地「嗨」一聲，盡力完成他的要求。

「他把我當他的助手在使喚，哼！且忍著，等澤田出現，你就會知道，我不是你能指揮的工友。」徐傍興這樣自我安慰。

澤田許久以後才從手術房出來，白袍上染了幾片血跡。徐傍興上前，恭敬地一鞠躬，澤田一面脫卸白袍，一面叫徐傍興進去他的主任辦公室。他話不多，第一個動作是將徐傍興列入正式醫師的排班表，下午開始就要進手術房；第二個動作是在圖書資料室清出一個空間，擺上桌椅，作為徐傍興的工作室。

這兩個動作讓徐傍興心裏平衡了些。「希望李萬二能儘快看到排班表上我的名字和那間專屬工作室。」他心裏這樣想著，同時環顧四周，沒看到那個傢伙，大概是在某一間手術房裏吧！

他小心翼翼走進自己的工作室，略事整理桌面，遐想著今後嶄新的醫學生涯，忽見護士送來五號手術房內一名盲腸炎病患的病歷表，以及手術相關資料，執刀醫師寫著徐傍興三字。他看完病歷，心想，這是最簡單的刀，實習醫師都可以勝任。他準時進去，發現李萬二竟然坐在裏頭，互相沒有打招呼，「他在這裏要幹什麼？蛤！執刀醫師白紙黑字寫的是我的名字。」徐徬興與護士簡單討論了一下，他交代：「我是左撇子，所有器械和刀具，從左手邊過來。」

就是因為這一項，護士們手忙腳亂了起來。徐徬興不得已親自動手，調整擺放位置，然後靠近手術枱，相同的標準程序，很快完成了手術。徐徬興自信一切順利、完美。

病患只局部麻醉，能交談，徐徬興朝他說了一些安慰的話，口氣盡量放溫暖些，然後向護士致個意，步出手術房，故意不理不睬那李萬二。

那天下班前，澤田主任傳喚徐徬興，沒等人坐定就說：「是我疏忽大意，那天在醫學部教學觀摩時，見你執刀手法伶俐，解說邏輯清楚，但沒注意到你是用左手。」徐徬興不知發生了什麼事，未及回應，澤田又說：「奇怪，竹林桑是外科老經驗了，怎麼沒事先提醒我？」

「請問，我用左手開刀，有發生什麼麻煩事嗎？」

「你是開得很好，不過，你看這個」澤田遞出一張表格，是這次手術的紀錄，下面有一欄是「前輩醫師監看評語」，寫著：

「以左手執刀，與病院器械和儀表使用慣性不合，護士與助手無所適從，徒增慌亂，為手術房所不許，建請移除排班，改調其他工作。」

那是一段用詞不客氣，且有具體建議的日文。文後的紀錄者是李萬二，有親筆簽名。

「新進醫師初次執刀，會有監看，這是院方的規定。」澤田解釋。

「但是我的手術順利，使用時間四十分鐘五十七秒。」

「這個速度超乎標準。同樣的手術，我的紀錄是三十二分鐘四十一秒。」

徐傍興沒話說。澤田又說：「你今天做的是簡單的盲腸摘除，可以一人掌控，才有這個效率。以後會有更複雜的大手術，那時病院不可能為你一人重新設計儀器、調整手術程序。」

聽了這段話，再想想李萬二的那句「建請移除排班，改調其他工作」，徐傍興胸胃之間一陣陣絞痛。我有做錯什麼嗎？自幼在家裏、田裏、學校教室裏，長大後在化學實驗室、在網球場、在樂隊打鼓，我用左手做所有的事情，都是優等生。現在，我怎麼會什麼路不走，偏偏走到這個不容許使用左手的工作領域來呢！而這份工作又是我深深喜愛的。

以前在台北醫專的同學，名字一個個想起，畢業後大多各自回鄉開診所，服務自己的鄉親多好呀！在鄉下還可以當「知識皇帝」，很快就會望重一方又富甲一方，而我，現在——

澤田在徐傍興胸口絞痛的當下宣佈：「我決定停止你的排班，但當初講好的研究工作，還是留你繼續。」

徐傍興幾乎想跪下，但忍住，感覺自己講話時在發抖：「我可以改用右手，請求給我一個月的時間。」

「不可能！我們都是學醫的，天生的左撇子不可能一個月後改用右手。」

「兩個月一定可以，請相信我。」

澤田盯著徐傍興，眼睛裏一會兒柔和一會兒嚴厲，徐傍興等了好幾分鐘，好像等了好幾年，聽到：「好，給你三個月。三個月後再進手術房時，我親自監看。」

徐傍興又有一股想跪下的衝動，但臨時改為日式的深深一鞠躬，說：「謝謝。謝謝澤田主任給我這個機會。」

那天下班後，徐傍興一路上心情很壞，沮喪與奮發在心裏交替湧現。到了家門口，習慣性用左手推門，在碰觸到門框的那一剎那改用右手，推得不是那麼順暢，但門還是開了。

太太在家裏準備好了晚餐，母親剛好也從屏東上來，有一個小生命已經在太太肚子裏。徐傍興從這一餐飯開始改用右手拿筷子。他費力地挾菜扒飯，同時將今天發生在醫院裏的事講出來。

母親聽完，長長一聲嘆氣，說：「乾脆辭掉算了，回來去屏東，阿姆娘家長治那邊還沒有診所，給它開一間，給阿姆以及娘家的親戚增光榮。」徐傍興聽了很難過，母親忍著這個期望，不知忍了多久？現在才說出來！但我的醫學家之路才剛剛上路，不可以停住。他咬咬牙，繼續用有右手握緊筷子，低頭吃食。之後，好幾次母親要幫兒子挾菜，壬妹開口阻擋：「阿姆，讓阿傍興慢慢練習吧！既然已經答應人家三個月，就要做到。」

他開始抽時間恢復打網球，用右手。起初會有隊友把他當作初學的新手，上前教一些基本動作，講話稍微倚老賣老，他就會感到被人瞧不起，心裏不是滋味，好幾次想恢復用左手一展身手，讓隊友們吃驚吃驚，但忍住了。

他也改用右手練習寫字。一開始寫得很慢，澤田主任的研究資料，在醫院裏做不完，總是帶回家來，用右手一筆一劃工整地將它們繕寫完成。寫完不夠，壬妹經常拿來紙筆，讓他用右手畫直線、劃橫線、畫圓圈、畫各式圖案。畫得不夠好，得一再重來。

連續好幾個晚上，壬妹將白米和小石子混在碗裏，讓丈夫從碗裏用右手一粒米一粒米撿出來，放進另一個碗，挑撿完才休息。

壬妹總是陪丈夫練習到深夜。上床後偶爾丈夫性起，夫婦總要擁抱愛撫，壬妹在陶陶然之際會突然想起，冒出一句：「用右手。」

就在他努力訓練右手的第一個月，一天晚上，他所敬重的迎諧教授因膽囊發炎延誤就醫，導致高燒昏迷，被送到帝大醫院時已呈生命瀕危狀態，急診室醫師無策，家屬半夜三更到家裏把徐傍興挖起來。

他火速趕到，花了兩個小時進行手術，終於把迎諧從死神手中搶回來。

這事轟動了帝大醫界，迎諧教授本身是婦科權威醫師，救他一命，是大功一件（註二）。次日，澤田主動與徐傍興談及此事，說：「昨晚謝謝你了，迎諧一家人應該特別感激。」

「迎諧先生對我很好，教我很多，這是我應為之事。」

澤田臉上難得出現一抹微笑：「你為迎諧桑動刀時還不敢用右手？」

「有想，但還沒把喔。由於事態嚴重，還是用左手。」

「手術期間沒什麼困擾嗎？」

「有，但我強勢要求助手和護士配合我的左手習慣，由於情況緊急，他們都服從我。」

「哈哈！」澤田再一次開懷發笑，詢問：「怎麼樣？我們訂下的三個月之約，要不要繼續？」

「繼續。」

「繼續？」澤田再問：「要不要多點時間？」

「不必。」

那個年頭，日本大帝國國力日強，國威日盛，攻打中國勢如破竹，第二次世界大戰緊接著爆發，報紙和電台常有戰爭的消息。漸漸的，肉類不容易買到了。邱壬妹常在早晨挺著懷孕的身子奔走在各個傳統市場。她要買一整片大塊的豬肉；還要買雞，殺好尚未開腔剖肚的雞隻，多貴她都想買，但好幾天下來都沒買成。

婚後搬來台北住至今，租一間小房子，徐傍興的薪水沒有一個月不是透支。後來隨著戰事的演變，日本總督府實施嚴格的物資管制，台北帝大醫院由支半薪變成無薪，而徐傍興沒心思管家裏的財務，壬妹也不敢回自已娘家要錢。娘家父母曾熱切期待壬妹能勸夫婿回鄉開業，當一個現成的、人人尊敬的「先生娘」，但是徐傍興偏偏沒有動靜，也不知道是傍興不肯還是壬妹不盡力。每次過年過節回鄉，壬妹逢人都說在台北一切都很好，是呀，堂堂台北帝國大學醫院的醫師，怎能不是一切都很好！

註一：迎諧退休後在台北開設「迎產婦人科醫院」，終戰不久，被遣返日本前，因一件醫療糾紛與一名國府軍官打官司。當時的台北醫師公會副會長施江南依據檢驗報告支持迎諧，為迎諧聘請律師李瑞漢辯護，結果在法官吳鴻祺審判下判決無罪。之後，在二二八事件中，施、李、吳三人皆無故被押走，並遇害。史學界多人相信，此三人之死與為日本人迎諧打贏官司有關。

唯一瞭解實況的是傍興的母親。她暗地裡觀察許久，有一天忍不住了，質問：「你們家，一個大醫院醫師的家，真的錢不夠用？」

「真的。我嫁過來時，帶來的一些金飾都賣了。」

「怎麼有可能？妳是怎麼用錢的？我們來算算，阿傍興一個月拿多少薪水回家來？」

「阿姆，我一直不敢告訴妳，半年前改支半薪，現在一毛錢都沒有領。」

「一毛錢都沒有？」

「是。」壬妹解釋：「我也明問也去暗查了，是日本在亞洲到處戰爭的原因，要求大家共體時艱，效忠天皇，帝大醫院由最高主管帶頭，回捐薪水給國家，二、三級主管先跟進，基層醫護也隨後跟進。這情況已經有三個月了。」

「沒領薪水，大家照樣去拼命工作？」

「對。」壬妹說：「傍興也感嘆，說這就是日本精神，將對群體的奉獻與付出，和效忠天皇揉搓在一起。」

此後徐母不斷掏出私房錢，暗中支助壬妹。

一個炎熱的傍晚，徐傍興夫婦到台北驛站等母親。一班車沒等到，再等下一班車，才見徐母提著沉甸甸的包袱走出車廂，左右手各提一個；後面跟著一個陌生的年輕人，幫忙拿著母親常用的那只行李袋。徐母介紹：「這位後生仔，係竹田頓物潭人，共下坐火車上來，一路同偓跈手（註二）。」

那名年輕人留平頭，戴眼鏡，斯文中帶有穩重的氣質；向徐傍興自我介紹，姓吳，名文華，「聽你阿姆講，徐先生係帝國大學病院的醫生，真歡喜在這同你相識。」

「非常感謝你一路照顧偓阿姆。」

徐母插進一句：「這位吳先生也是高雄中學畢業的。」

「是哦！偓也係，偓昭和五年畢業。」

「偓卡慢，偓昭和十年才畢業。」

「你在台北食頭路嗎？」

「對。在龜甲萬醬油會社奉職。」

註二：「跈手」，客語，幫忙之意。

此時邱壬妹接下母親手中重重的一大包，驚呼出來：「哦哇！阿姆帶了一整塊豬肉、兩片豬耳朵、一對豬蹄上來。」徐傍興轉個身接過來的是一隻活雞，雞腳綁牢牢，左右雞翅膀也牢牢綁著，就這樣用大洋巾包著提到台北來！雞頭露出在洋巾外面，雞眼睛在台北驛站月台好奇地東張西望，渾然不知道自己即將成為一個外科醫師右手刀下的亡魂。

徐傍興感激得想哭出來，母親是知道壬妹在台北買不到肉品後專程南下，去程一整天，回程又一整天，帶回來這批練習用的手術替代品。

吳文華適時向徐家老少告辭，徐母和傍興齊聲說：「常來我屋下坐遼，同鄉人，毋使客氣，蛤！」

徐傍興寫好地址遞上，吳文華低頭瞄一眼，回說：「這地方偓蓋熟識，有閒偓就會過去，一定。」

母親回來的那天晚上起，徐傍興開始用右手執刀，像實習醫生那般認真工作。壬妹在旁陪伴，權充手術房助手。他先從豬肉塊開始，在肉上畫紅線，然後順著紅線執刀割入。生活上改用右手已有一個多月，此時真正執刀，起初還是會發抖也會打彎；於是再畫線再割，重複十幾次之後才漸漸能割得順割得熟練。他也練習縫合，那原是使用雙手的程序，只練習一兩次即拿出手術用的各式夾子，從割開的肉層裡，挑出瘦肉某幾條纖維，夾出粗纖再塞回去；又翻找細纖維，找到夾出再放回原部位。

這些都是他的左手已經十分熟練的動作。在專心使用右手的時候，他感覺左手會無意識地、間歇地移動過去，手指又不時翹起一下。壬妹也感覺到了，輕聲問：「你的左手看起來無乖，緊動，蠢蠢動，要佢幫忙按住它嗎？」徐傍興停住，沒搭理老婆，只吁一口氣，悄聲跟左手講話：「你不要動，不許你動！你已經活躍了將近四十年，從今以後輪到你休息了，由右手管事，蛤！」說完再繼續做畫線、割開、夾出、塞回的動作，單調而枯燥地重複著。「熟練的技術是重複千百次練出來的。外科手術的領域沒有天才，有的只是手勤和心細。」這是竹林教授以前上課時講過的話，此刻突然浮現腦中。

從飯後一直練習到十一點多沒休息，徐傍興突然冒出一句：「好了，這塊豬肉拿去冰庫放好，明天解凍後再練。」

「你頭昏了嗎？我們家哪有冰庫？」

「哦！是我昏頭了。我以為這裡是醫院。」

「好了，好了，休息吧！我看今晚的練習成果相當好，你自己的感覺咧？」

「還不錯。」徐傍興說：「既然家裡沒有冰箱冰庫，這豬肉洗乾淨煮來吃了。明天晚上來練習那隻雞。」

次日是母親幫忙把雞殺好，由徐傍興用右手拔淨雞毛，然後為牠開膛。想像那雞腸是人腸，雞肝是人肝，現在要為他摘除生病的器官。以前是右手持夾，左手拿刀；現在改為左手持夾侵入夾出，右手橫刀輕輕一畫，放進止血棉球，再將健康器官復歸原位。下一個練習課目是翻找出雞頸部細微的血管，挑出來，拉出來，細心而輕巧放回去；再找出另一條血管，也是挑出來，拉出來，試著用右手緊握手術剪刀，瞄準一個部位，輕聲發話：「右手阿哥呀！我要你從這個地方剪下去，要一次就精準剪斷，不可以剪歪了，來！這裡，就是這裡，相準了，不許發抖，不許有一厘一毫的偏差哦。」

這回，徐傍興感覺左手比較安分些了，沒像一開始時那般不甘寂寞。

這樣重複練習到深夜，該休息了。明天還要上班。壬妹在收拾廚房，徐傍興一邊梳洗雙手一邊喃喃自語：「家裡沒有冰庫，還是要煮來吃掉才行。」他腦裡電光火石一閃：

下一步應該回學校用實體來練習了，不知道可不可能。

替那隻從自家雞籠辛苦提上來的雞隻動手術時，壬妹還是在旁陪伴，而徐母不敢看。她躲在房間，注意聽廚房的聲響，聽到兒子發出挫折的嘆息，自己跟著嘆息。逐漸地，一分鐘一小時過去，有一刻她聽到兒子高興地歡呼起來的聲音，她卻在房間掩面哭了出來。

幾天後，徐傍興回醫學部探望老長官，竹林教授聽完那段「左手變右手」的故事後大笑，然後感嘆：「我在教學單位，比較不在乎你用左手還是右手；澤田在實戰單位，每天真刀實槍，也難怪他會如此。」

徐傍興請求：「我可不可以進入屍體儲存室，做幾次右手的實地演練？」

「呵呵！不可以。院方規定，除非是上課，不得私人使用解剖用大體。」

「那就算了，我其實已經有自信了。」

「明後天，森於菟教授有兩堂解剖實習課，我去請託他，讓你再擔任『執刀示範官』。」竹林說：「到時我會在旁監看，看你的右手是否已經完全熟練。」

還差兩天才滿三個月，徐傍興那天上午請求澤田主任為他恢復排班。澤田和這個本島青年共事了三個月，對他已有更多的瞭解，只輕描淡寫反問一句：「有自信了嗎？」徐傍興回說：「有，有信心。」

依然是安排簡單的盲腸摘除手術。開刀房坐著兩位監看前輩，除李萬二外，澤田自己也加入。手術跟上次一樣快速，用了四十分鐘二十五秒，全程用右手。

從這天開始，正常排班表上的徐傍興，也開胃，也開肝，在台北帝大醫院站穩了腳步。

他在那裏埋首工作，忘情地追求成就。偶爾，許如霖會來告訴他，我們日本帝國軍現在已經佔領了大半的東南亞；過了不久又聽他說，戰爭即將打到太平洋上來，而敵手是美國。這些都還只是一則又一則的外面的消息，徐傍興聽聽，聽完繼續浸沉在他的外科手術的世界裏。

一個沒排班的日子，徐傍興又回醫學部向竹林教授報告自己的右手手術實績。竹林抓住機會，從抽屜拿出他的「本島語言練習簿」，翻至南部客語部份，裡頭還分門別類，「我今天想練習『水果篇』。」竹林請徐傍興一字一句唸，而他也一字一句複誦，像個小學堂裡用功的學生：

西瓜。木瓜。拉拔仔。甘蔗。蒜果。番酸。芎蕉。

竹林學習興致很高，盡量模仿徐傍興嘴形，每一種水果都複誦兩遍或三遍，但唸到「芎蕉」時怎麼發音都不對，都十幾遍了還是講不標準。他停住，說：「沒想到香蕉那麼好吃，客語卻那麼難唸。」

他抿一抿嘴唇，翻至次頁，說：「難得你來，我們再來練習幾個難唸的『食物』。」徐傍興探頭一瞧，是好幾行密密麻麻的食物名稱，居然是動詞加名詞的複合詞！這竹林先生的用心和用功，實在感人！竹林用一支鉛筆指著：「你看，我用紅筆圈起來的這幾個，是自己唸不好，須要你幫忙的。來，我們開始。」

糕仔（做糕仔）。蕃薯簽（刷蕃薯簽）。甜粄（蒸甜粄）。發粄（蒸發粄）。

圓粄（搡圓粄）。粽仔（裹粽仔）。

竹林再練習了幾頁後，收起練習簿。兩人又談回來醫院的事，閒聊了一會兒，徐傍興告辭時，竹林提示：「外科手術這一行，有點像野球。投手、捕手、打擊手都十分重視記錄。你將來執行各種手術各多少例、每例使用時間若干、失敗率是高是低，也請加以注意才行。」

徐傍興聽了這段話，朝竹林一鞠躬，說一句：「謹受教。」

在家裏，壬妹挺著大肚子，臨盆的日子到了，幸好母親留在台北幫忙照顧。徐傍興經常以加班做研究為由，替同事值夜班，因此急診室送過來的緊急手術病患，便大多由他執刀。「譬如野球打擊手，要有很多出場機會，才能頻頻打出安打或全壘打。」他不斷想起竹林教授的這句話。

不出兩年，澤田檢視全體外科醫師的記錄，發現徐傍興開刀的甲狀腺手術都在六十分鐘內完成，開肝、膽、胃都使用五十五分至五十八分鐘之間，做 Billroth1 最快約五十分鐘，Billroth 2 普通約八十分鐘，確實傑出，已追過了李萬二。（註三）

徐傍興在台北帝大闖出名聲後，一位台北醫專同學邱雲福找上門來，此人是苗栗客家人，在台北敕使御道（註四）開一家「邱內科」，業務好得不得了。他上門的時候，坐著私家三輪車到來，手上提著香菇一盒、日本富士蘋果一箱，開門見山要徐傍興到他的診所去幫忙。

「帝大一路栽培我，我怎麼能離開？怎麼對得起澤田先生？」

「沒要緊，帝大那邊不必辭，你只要有空就過來幫忙就好，算病例，開刀一例一例計酬，我只會多算，不會少算。」

「這可以考慮。」

「那太好了，我要把招牌改成『邱內外科』。」邱雲福停頓一下，又說：「還有，要幫我『出診』。」（註五）

註三：Billroth1 是胃十二指腸切除術，Billroth2 是胃空腸切除術。

註四：「敕使御道」，即現今的台北市中山北路。

註五：「出診」即醫師被通知到病患家裏看診。那個年代，台灣各地尤其是偏鄉小鎮，常可見醫師騎著腳踏車，車後座放著一個黑色皮箱，出入民宅，解人苦痛。皮箱內有聽診器、注射針筒、藥材、還有簡易外科器材。出診當然收費，是日治時代台灣社會常見的景象。終戰後，此一景象大約於五十年代末消失。

「『出診』恐怕有困難。我在帝大那邊也是忙得像猴子那般。」
「有出診，坐我的三輪車來回，可以省很多時間。」
「好，我儘量。」
客人走後，壬妹眉開眼笑，全家就數她最高興。
許如霖夫婦是徐家的常客。兩家現在都有了小孩。丈夫是在東京結緣的老友，太太是高女同班同學，現在兩家的下一代也已經玩在一起了，關係非比一般。有一天，許家大小沒事過來徐家吃飯，許徐兩人都喝了一點酒，話題轉到這一任台灣總督長谷川清的作為，徐傍興借題發揮：「先生當年雖然未能進去總督府任官，但現在是堂堂法學副教授，也是可喜可賀！」
許如霖藉著酒意，也不多作客氣，說：「在我們法學這個領域，台灣本島人拿日本大學的博士學位，又被正式聘為副教授的，很少很少。」
邱壬妹也接著吹噓起來：「我們家的徐傍興現在也不得了，在首屈一指的帝大醫院，外科醫師中大概是名列第一。」
徐傍興趕緊糾正：「哦哦！不可以這樣講，第一名還不敢當，五根手指頭伸出來，我大概已經在其中。」

「哈！五根手指頭！文學家講出來的話就是這樣！」

「哈哈！我是一個『文學家未遂』，你許教授發明的詞句。」

「不過，我說正經的，以你現在的處境，你真的有機會成為醫學家。為什麼我這樣說呢？你同時是竹林教授和澤田教授得力的研究助手，跨學術和實務兩個領域，利用這麼好的際遇，多發表外科醫學的論文，論文發表夠多夠好，你會，會……」

「會另外開出一朵美麗的花。」徐傍興搶話，幫許如霖完成一個句子。

「唔！對，『文學家未遂』說出的是形容詞。」許如霖說：「我要說的是，日本文部省授予博士的方式中，有一類叫做『論文博士』，等同於『學位博士』，也可以在醫學部任教。」

「謝謝先生，……」

話沒講完，突然停電，窗外響起空襲警報，聲音淒厲。大家都知道這只是演習，但依規定要出去躲防空壕洞，兩家聚會因而結束。

次日回醫院，徐傍興找機會與澤田談話：

「先生，這些年來，我在您的指導下所有發表過的論文，有沒有哪一篇是特別有價值的？」

「你為什麼問這個？」

「有一位朋友告訴我，文部省有一種博士授予的方式，叫做『論文博士』。」

「我知道。你想走這條路？」

「想試試。」

「那必須是有新意的題材、有紮實的研究方法、又有創意的論述，提出論文的人還要有良好的執業記錄，才有可能通過審查。」澤田想了想，繼續：「在我印象中，你以前發表的那幾篇……」

徐傍興搶進一句：「共十七篇。」

「那些我都看過，還不到那三個高標準。」

「我再想個好題材來做研究，請您做我的指導教授。」

「樂意。沒問題。」澤田又盯著徐傍興看，眼神中一會兒嚴厲一會兒柔和，想了一下，才說：「我提供三個方向，你自己去想題目。第一，找台灣本島的題材；第二，找你這幾年在外科手術中，認為對本島居民而言，最須要提出一個有效治療方法的疾病做題材；第三，找有足夠實例做研究分析的疾病做題材。」

「真感謝，容我試擬幾個研究綱要，再來請教您。」

「隨時過來討論，我樂於跟你一起做研究。」

此後，兩人只要沒有排班進手術房，就都聚在一起討論，題目敲定為「台灣地方性甲狀腺腫瘤疾病之研究」。

題目定好後，澤田以指導教授的口吻嚴詞開示：「你要先到本島各州廳的病院採集甲狀腺腫瘤實際病例，把各州廳的病患人數統計出來，然後再根據各地嚴重情況，每一州每一廳去調查致病原因。完成一項有價值的研究論文，一定伴隨著大量艱鉅的工作。你考慮清楚了才來開始做，現在要放棄還來得及。」

「嗨！謝謝指點。」徐傍興一鞠躬，表示：「我一定會跑遍每一州每一廳，盡我最大能力完成這項研究。」

「你可能須要聘雇幾名研究助手，到各地病院採集病例、收集飲用水和食物的樣本，你一個人難以完成。」

「先生所言甚是。」徐傍興停頓一下想了想，詢問：「我可以借用您的電話嗎？」

澤田點點頭。

徐傍興移步到澤田辦公桌旁，用力搖幾下電話機右手邊突出的搖柄，告訴總機：「請接醫學部外科系竹林教授。」

幾分鐘後接通了竹林。徐傍興向他報告正準備開展的研究計畫，那口氣就像跟一個老朋友說話那般；報告完請求指派幾名研究助手幫忙。

放下電話，徐傍興說：「竹林先生答應為我物色三名在學學生，兩三天之後就會來向我報到。」

「赫！」澤田神情有點詫異：「竹林桑對你很特別！這種事通常須要親自登門請託，有時還要填寫一些申請書狀。」

「發自內心感謝竹林先生，也非常感激您。」

「研究甲狀腺腫瘤的致病原因，還有一項是病患的用藥內容。這須要各州廳病院跟你配合，這方面有困難時來找我，可能要動用竹林桑、迎諧桑、森於菟先生的人際關係。」

「嗨！知道了，謝謝指點。」

這本論文窮兩年時間完成，送審一年後通過，獲帝國大學頒發醫學博士學位，也在台北帝大醫學部取得講師的資格。那些年，徐傍興忙得不知年不知月，只知道開始的時候，偶爾會停電，是防空演習；到了被頒授博士學位時，更常停電了，那已不是演習，而是真有美軍轟炸機飛到了台北的上空。

博士授予典禮當天，他特別邀請李萬二參加，但未見出席；也邀請許如霖和吳文華。典禮完畢後，眾人在台北帝大校園漫步，許如霖又在那邊滑蹬腳步，齊一步伐，同時講了一句話：「傍興桑，你的醫學生涯到達最巔峰的時候，卻是日本大帝國往谷底下掉的時候。」

許如霖這話講完不久，又響起防空警報，聲音急躁而尖銳，眾人都感覺那警報聲不像是演習。

CHAPTER

07

戰爭用飛的過來，來到台北的天空。轟炸機一批又一批，尖銳的喧囂和爆炸聲以及刺眼的火光從天而降。台北帝大外科部格外緊張，醫師經常在彈火與病患之間、在自己的安危和病患的安危之間掙扎、拔河。每次空襲警報大作，衝出去尋找掩護的慌亂腳步聲加倍擾人心神。徐傍興總是如此自我安慰：「放心！醫院不會是空襲的目標。」但隨即又暗地憂慮：「萬一炸彈不長眼睛呢？」

好像全台北的人們都驚慌了起來，徐傍興還擔心炸彈會落在他住的社區。

那天，一輛牛車停在徐傍興家門前，邱壬妹用背帶揹一個小男孩，同時牽著二個女兒爬上牛車。徐傍興跟在後面將大包小包行李拉出來，牛車車伕見狀上前幫他抬上車，然後徐傍興跳上去，坐在牛車座，車伕的身旁。

眾人坐定後，見車伕拉一下牛繩，喊一聲「噢—」，牛就慢慢邁步向前；車行不快，徐傍興交待車伕，用生硬的福佬話：「我要先去新公園前的三井物產台北支店前面接另外一個朋友，接到了後再一起去火車頭（註一）。」

那車伕「嗨！」一聲，用客語問：「你們是客家人？」他說的是海陸腔；徐傍興回說：「是，我們全家都是客家人。」是南部的四縣腔。

知道對方是客家人之後，兩人似乎都有點興奮；但接下來的交談卻不順暢，互相聽不懂對方在講什麼？偶爾必須穿插日語，而車伕能說的日語似乎不多。

快到新公園時，徐傍興沒話找話：「頭先，你怎麼一開始就知得佢係客家人？」

「因為你講个福佬，一大半帶客語腔。」

「哈哈哈！」

在三井物產前接的是許如霖一家四口，也是行李好幾件。幸好牛車夠大，容得下那麼多人那麼多東西。

許如霖一上車先向車伕打招呼，用福佬話：「歐吉桑，敖早，辛苦你。」

車伕回答：「佢毋會辛苦，係佢个牛仔辛苦。」

許如霖低聲問徐傍興：「伊講啥物人辛苦？」

「牛仔啦！伊講人袂甘苦，是牛在甘苦。」

「那當然，牛永遠是尚甘苦耶。」許如霖換成日語：「你怎麼坐在前面，好像他是

註一：那個年代，牛車是街頭公共運輸工具之一。

主要的運轉手，而你是預備的運轉手。」

「小時候，我家也會雇牛車拉穀袋，我最愛坐在前座，跟車伕坐一起。」徐傍興說：「驅牛起動時，我們南部客家也叫一聲『噢』，想不到北部客家人也用相同的命令。」

「好像我們福佬也喊『噢』這個音。」

車伕聽了「哈」一聲，高興地說：「你們講這事，講生趣嘛真生趣，講無聊嘛也有息吔吔無聊（註二）。」

牛車慢慢行駛，快到台北驛站時，眾人站起來準備下車，車伕問徐傍興：「你們是要去『熟慨』（註三）的嗎？」

「對，無毋錯。」

「熟慨，要熟慨，熟慨到南部去。」這是現今台北最熱門的一句話。徐家和許家相約在一個禮拜天攜家帶眷，大包小包行李一堆，一家前往屏東鄉下，另一家要回台南老家。

他們一行九人到達驛站時，南下的月台特別擠。徐傍興在擁擠中碰見吳文華一家人，緊緊牽著一子一女，吳太太背上還趴著一個小女娃兒。現在兩家人變三家人了，要照顧行李又要看顧小孩，大粒汗小粒汗直直流。火車靠近月台時，由於台北是起站，車廂空空，日本教育下的台灣子民人人排隊，依序上車，但當每一節車廂都已坐滿、站滿、擠滿人潮時，秩序就亂了。儘管有車站驛夫吹哨、喝令，月台上的人潮依舊死命的推擠。

吳家五口先到先上了車，徐許兩家到得慢，擠到最後，剩下徐傍興和許家一個男孩上不去。眼看一位在不遠處的驛夫就要向司機遞出開車信號圈（註四），身旁一名男子用福佬話向驛夫大喊：「拜託吔！等一下，我家還有一個人還沒擠上去。」那驛夫回答：「快緊，我袂賽擱等啦！」

徐傍興只聽那句「快緊」就知道他是客家人，久聞鐵道部員工多半是客家人，於是

註二：「息把吔無聊」，客語「有一點無聊」之意。

註三：「熟慨」，當時極通用的日式台語，疏散、逃難之意。

註四：鐵道信號圈是一種鐵製圓圈，火車進站時，車站驛夫站在月台邊緣，舉起手臂，讓火車司機從駕駛座將信號圈瞄準驛夫手臂擲下，火車才緩緩停住，旅客開始上下車；至驛夫認為月台上的乘客和貨物皆上下車完畢，才將該鐵套環遞交司機，即為可以開車之意。該套環如此一站一站傳遞，是當年常見的鐵道景象，於鐵路電氣化後消失。

拉開嗓門接腔，用道地的南部客家話：「這位阿哥，拜託你等一下，俚身邊這個小猴仔，無擠上去的話，家庭會拆散，拜託！」

那驛夫聞言走上前來，將許家那男孩抱起，從車廂窗戶硬塞進去，孩子被擠壓得哇哇哭號；還耐心等徐傍興擠進了車才遞出信號圈，通知開車。

三家人在火車上緩緩移步，車行許久才團圓在一塊，許如霖感慨：「日軍和美軍在太平洋各個島嶼纏鬥，沒想到會打到我們台灣來。」

「戰爭像一隻野獸，原以為只在野外奔跑，現在闖進家門來了，」徐傍興接話。

「就怕美軍不只轟炸台北，也炸到南部來。」

「大家不要去飛機場、港口、兵營等要塞地，應該就會安全。」

許，徐、吳三人各自在家鄉安頓好家眷後，又各自漏夜趕回台北，回到工作崗位。

徐傍興從屏東返回醫院時，因為班車問題延誤了兩個多小時，排班表上該由他主持的手術，臨時改由李萬二上場。

這種事在大醫院常發生，代理就代理了，澤田主任有權臨時調度。

三天後，由李萬二代理開刀的那位病患突然發高燒、昏迷、休克，最終的搶救罔效。徐傍興參加搶救時，匆匆閱讀病患資料，知道該病患是唐山廈門來的茶商，從基隆港下船前來台北城途中遇到空襲，左腹部被炸彈破片擊中。

當年，廈門和台灣同屬台灣總督府管轄，死者家屬認為是醫療疏失造成，向總督府醫療事故審議委員會申訴，依例要組成一個獨立的醫療疏失鑑定小組，而該次鑑定小組由醫學部外科系竹林教授擔任「招集者」（註五）。

鑑定小組多次來第一外科，調閱原始病歷、訪查手術流程、察看消毒器具，甚至去解剖過遺體。李萬二看在眼裏，濃濃的憂慮在眉宇間、在嘴角、在整張臉上。

有一天早上，李萬二來找徐傍興，開口就是客家話，這是以前未曾有的現象，而且臉上有強裝出來的親切笑容，他說：「你昨晚哺去哪位？我去你屋下找你，緊等，等無人歸來。」

「我的家人歸鄉下去『熟慨』了，我昨晚沒回家，睡在醫院，怎麼樣，找我什麼事

註五：「招集者」，日語，即為「召集人」。

嗎？」

「無啦，無麼个事啦，我阿姆剛好從內埔上來，帶了一隻鷄，她老人家說要給壬妹補圓身。」

「阿呢做毋得！應該留給老人家吃才好。壬妹身體健健，無需要吃太補啦！」徐傍興對此人能如此一百八十度改變態度，調整身段，心中大為歎服，問：「找我有什麼事情嗎？可以現在告訴我嗎？」

「你今天晚上會回家睡覺嗎？」

「會。」

「那我今天晚上再去找你。」

「我同汝講在先，歡迎你一個人來，如果你又帶你阿姆來，又帶鷄來，我就不開門。」

「是，是是。」

那天晚上，李萬二如約而至，一個人，空著手。

徐傍興端茶水給他，故意說日本話，他一律以客家話回答，非常鄉土，非常親切。

「是這樣的，」李萬二先說明：「我的學歷不錯，也夠資深，我們醫院第二外科主任織田岡秀即將他調，我在候選主任名單上。」

「這我相信，預祝你順利當上主任。」

「但是，坦白跟你說，這次那個廈門茶商的事情，可能會毀掉我的機會。」

「有那麼嚴重嗎？鑑定報告又還沒有出來。」

「我聽說了。小組成員發現遺體內有腹膜炎徵狀，但沒有找到任何異物。我自信手術清理得非常徹底、乾淨。」

「哦！導致腹膜炎，而且是急性發作，高燒、昏迷，不知道鑑定小組會怎麼樣做報告。」

「我就是為了這個報告來找你。」

「找我？」徐傍興揚眉發問：「這件事跟我有什麼關係？」

「跟你沒關係，但鑑定小組招集者是醫學部那邊的竹林教授，眾人皆知他跟你交情最好，最疼愛你。」

「那又怎樣？我又能怎樣？」

「我想懇求你去向他拜託，請他在報告中將導致腹膜炎急性發作的原因，歸咎於患者個人術後的發炎反應或者是醫院感染，這在我們醫療界是常有的事，不是嗎？」

徐傍興聽了，立即衝口而出：「阿二哥，鑑定小組有他們的專業判斷，他們都是在各自的領域有名望的人。阿二哥，你想想，我只是一個做過他學生的人，這種請托，我怎麼敢向竹林教授開口！又怎麼能開這個口？」

「阿傍興，傍興哥，拜託你！」徐傍興見他低下頭，腳在微微彎曲，只一兩秒間，他竟想要跪下去，徐傍興迅速拉住他的雙臂，板起臉孔，再一次鄭重告訴他：「阿二哥，我再講一遍，這種事，我不敢去講，也不能講，希望你諒解。」

李萬二突然筆直站立，挺胸，臉呈猪肝色，濃濃的怨恨在眉宇間、在嘴角、在整張臉上，原有的懇求眼神不見了，徐傍興心中一懍，再補一句話：「阿二哥，你真的認為竹林教授會接受我的關說？」

「會，會的。」李萬二吐出這句後猛然轉身，快步衝向門口，粗魯地拉開紗門，又「碰」的一聲用力關上，走掉了。

現在，徐傍興一人在台北，乾脆以醫院為家了，偶爾去「邱內外科」出勤後又趕回醫院。

一天夜裡，一名男士來醫院找他，是他在台北醫專的同班同學范姜義。在會客室才講了兩句話就把徐傍興拉出室外，從隨身包袱裡拿出一塊黃金，硬塞進徐傍興口袋，把他的口袋塞得鼓鼓的，而且壓得下垂。

「你這是幹什麼？」徐傍興急問。

「以前在醫專第一年，你幫我繳學費，我才能有今天，特別來謝你。」

「你已經分好幾次還錢，還清了不是嗎？」

「永遠還不清的恩情。這點小意思請一定收下。」

徐傍興硬把黃金塊塞回，說：「沒有這種事。我不能收，不能收就是不能收。」

黃金被塞回包袱後，范姜雙膝一屈，竟跪在徐傍興跟前。那天，台北不冷，沒有路燈，但醫院裏泛出來的燈光照射著那一站一跪，一高一矮的人影；但人影只出現一兩秒鐘，范姜即被徐傍興扶起。范姜兩手伸出，在黑夜中探索徐傍興的手，不久摸到了，緊緊抓住，嘴裏同時爆出哭泣的聲音：「阿傍興，同學、恩公，救救我，再救我一次。」

此時徐傍興心裡已約略猜出范姜有什麼事了，透過微弱的燈光，見淚水泛流在他臉上，自己也一陣心酸，盤算著：「這種忙，我能幫嗎？會有什麼後果呢？」邊盤算後果邊問：「你有抽到被徵調去南洋當軍醫？」

「是，沒錯。」范姜的哭聲又出來了：「我怎麼能去？我小孩一個三歲，一個剛滿月，還有老人家要扶養，我怎麼能去？」

徐傍興沉默著，盤算著，聽范姜又說：「被徵調去戰區，八成回不來。阿傍興，我不甘願呀！我不願為日本人埋骨在南洋呀！你說是不是。」

徐傍興開口了：「你有沒有想過，我幫你偽造體檢表，萬一事跡敗露，我也是死路一條，我也有小孩，有老人家……」

「傍興，我有打聽，整個台北帝大醫院，只有你最受澤田主任信任。大家都說，自從有徵召軍醫以來，你經手的體檢，你簽名了，澤田一定簽准。」

「唉呀！我不能憑持這點就造假呀！造假是我們學醫的人一大恥辱呀！我怎麼能做這種事。蛤！」

此時，范姜又悄悄把金塊往徐傍興口袋塞進，口袋又鼓脹下垂起來。徐傍興立即再拿出來，塞回，范姜再一次塞進，在這樣一來一往中間，徐傍興似乎做了決定：「好。我答應幫你，但這金塊我不收，你要是再硬要給我，我就不幫你這個忙了。」

范姜趕緊收回金塊。再次緊抓徐傍興的雙手，淚水隱然在他臉上泛著光，兩片嘴唇看得到在激烈抖動，但沒哭出聲音。

徐傍興既然決定了，口氣就很果決：「明天我有一個手術的排班，上午九點進去，約九點五十分出來，你十點到體檢科等我。」

范姜又再一次把那金塊塞進徐傍興的口袋，然後速速轉頭離去，徐傍興一把抓住他的後衣領，用力一拉，把金塊塞回他手上，罵一句：「馬鹿呢！我怎麼可以收你的這東西！」

「走吧！明天上午見。」徐傍興丟下這話，轉身回醫院。

回到醫院後，一面梳洗準備就寢，一面思考：明天有兩個做法，第一個；自己為范姜偽造第三期肝疾病的體檢結果，呈送澤田批定；第二；事先將實情向澤田報告後再造假。而這兩個辦法，前者是憑恃澤田對自己的信任，成功率大約九成；後者呢？實在沒把握，他想起澤田盯著他看時，那一會兒嚴厲一會兒柔和的眼神，成功率大約五成，一半一半；這樣要選擇那一個做法較好呢？

而第一個辦法是層層欺騙，欺騙自己又欺騙澤田；第二個辦法則只是欺騙自己的專業倫理而沒有欺騙澤田。而澤田會願意違背他的醫師信條嗎？

徐傍興已經躺在床上了，心裡還在盤算這件事，從學生時代到出社會，回想所有相處過的日本人，他們的言行、處事習性、做人原則是如何，來判斷澤田主任會如何面對並處理這種事？這幾年，跟澤田相處，自己是如何獲得他的信任的呢？是什麼特質或優點使他對我一直信任有加呢？

思量到這裏，徐傍興想通了：「應該保持誠實坦白，不要欺騙澤田，這才是上策。」壁鐘此時發出清脆的響聲，一直在「叮叮叮」，大概是十二點鐘了吧，他想好明天該怎麼做了，心頭一定，很快就進入夢鄉了。

第二天，徐傍興從手術房出來就去向澤田報告范姜的事，一五一十，報告完將自己決定為他偽造體檢記錄的想法也說了。澤田瞪大眼睛，盯著徐傍興看，這次眼神嚴厲多了，但眨眨眼，還是感覺出有一絲柔和在內，只是幾秒間，見澤田揮揮手掌：「去！去！去！」那是趕人走開的意思，對范姜一案，沒給答案。

徐傍興退出主任室，腳步不自覺地往體檢科移動，心想，澤田那「去！去！去！」，是「可以。去做！去做！」的意思，還是「你這傢伙，去死！去死！」的意思呢？

他一邊揣忖一邊加快腳步，到了體檢科，見范姜一臉焦慮坐在候診椅上，是「去做！去做！」還是「去死！去死！」呢？必須在幾秒鐘內判斷清楚，而體檢的標準程序已經擺在眼前，表格上大部份步驟已由護士完成，剩下兩個重點項目必須由醫師親手為之。他再瞄一下范姜那張淒楚的臉孔，這個忙怎麼能不幫呢！很快完成作業，然後簽上自己的名字，行政助理人員會拿去呈閱。

約半小時後批准並用印完成的正式體檢報告書送到范姜手中，徐傍興刻意走上前瞄一眼自己動手的那兩個項目，以及右上角「體檢審定官」欄內澤田平十郎的親筆簽名，然後朝滿臉感激的范姜說：「去！去！去！快去辦好免徵調手續。」

「徵調軍醫去南洋的事，都好幾年了，怎麼范姜現在才被徵到？」

「或許是日軍最近都打敗仗，傷兵多了起來，須要更多軍醫。」

「我們要開始思考一件事，如果最後日本打敗，台灣會怎麼樣？」

「日本一定死守台灣。他們在台灣做了那麼多的紮根和經營，還把一個一個日本移民村建了起來。」

「不知道，再看看情勢的演變吧！總之，它跟美國打起來是不智的。」

「不是日本要跟美國打，是美國用石油禁運逼得日本軍政府狗急跳牆。」

「我太太從南部寫信來，說現在『經濟警察』查得很緊，家家戶戶都在藏物資，尤其是藏米，怕違反戰時規定。」

「我太太也來信說，我們家白天將米袋擔挑到田裏，偽裝成廢棄的雜物，到了晚上才又擔挑回家，每天這樣跟『經濟警察』捉迷藏。」

「唉！大家都在過苦日子。」

徐傍興在幫了范姜的次日，去「邱內外科」看診，留下來吃晚餐，順便把住在不遠處的許如霖也叫過來聚聚。三個人，二個是當代名醫，一位是法學副教授。三人邊吃邊聊。餐桌上擺的是菜脯煎蛋、黃色日式醃蘿蔔，北部客家人的福菜煮湯，台式鹹鯖魚，另加每人一碗白飯。只有醫師家庭才能有如此豐盛的晚餐。

混沌的情勢逐漸明朗了。有一天，徐傍興在醫院忙裏偷閒，跟一名南部家鄉來的病患閒話家常，聊著聊著，他說：「阿傍興，你有沒有發覺，好像連續好幾天沒聽到『空襲』的警報聲響？」

徐傍興一愣，想了想：「是，三天了，已經有三天沒出去『跑空襲』。」

澤田主任此時匆匆從走廊走進他的辦公室，臉上有明顯的憂慮。

又過了大約一個禮拜，八月天，午飯時間，窗外的樹上已有蟬鳴，單調而淒厲地叫著。偌大的台北帝大醫院，沒有人有心工作，都擁向行政事務科那台收音機四周。「有大消息，聽說天皇要親自宣佈停戰。」「日本軍『擋袂牢』了，要投降了。」徐傍興跟著人擠，但沒擠進人群的核心，只能在外圍吃力地聽著。那收音機顯然收訊不良，不時爆出嘰嘰喳喳的雜音，但大家豎著耳朵仔細聽著。果然是昭和天皇正在宣佈終戰，日本軍無條件投降。那聲音有點尖銳，但語調沉靜，說的是古典的日語。

他注意到人群的右側，十幾位日本醫護人員排隊站立在走廊，站得直挺挺，都低下頭，神情肅穆，沒多久，澤田帶著四個外科醫師也入列，那些都是熟面孔，澤田偶然抬頭，看到徐傍興，兩人互看一眼，澤田嘴唇緊抿，臉上的威嚴不見了，天皇的廣播聽起來已近尾聲，併排肅立的日本同事中有人就地跪坐下來，上半身又伏在地上，其餘的幾乎同時跟進，那是標準的日式跪姿。他們就這樣跪著，沒有起來。

圍在收音機四周的都是台灣本島人，有人緊抿嘴唇，宛若怒火中燒；有人張著嘴巴，彷彿變呆傻了；有人歪頭閉眼，像哲學家在思索什麼；有人舉起雙臂呼喊：「吔！吔！」；有人雙手插腰，要找人打架似的；也有臉上似哭似笑卻流出眼淚的。

他剛好站在這兩個截然不同的人群中間。內心裏頭，他對澤田以及他身旁的外科醫師們有較深的感情，一度動念要走進他們的行列裏，跟他們一起跪伏，但理智告訴他，不可以，當然不可以！此時此地，怎麼能把對日本同事的真感情顯露出來！

呆立片刻，人群漸漸散了，徐傍興轉身啟步要回去工作崗位，却跟一個人擦了一下肩膀，差一點相撞，定睛一看，是李萬二。他匆匆忙忙往另一個走廊半走半跑而去，徐傍興用客語埋怨一句：「撞撞�劖，要去滅嘛个肖（註六）？」

不久，醫院貼出公告，是「台灣總督府」具名，也有二十多人擠在前面看。徐傍興在後面踮起腳跟，只望見幾個句子，知道幾天前那個收音機內的終戰廣播，總督府稱它為「玉音放送」，而這個公告對象是全體日本人，「應即解除現職，並為未來的『引揚』

（註七）回國做周詳的準備。」

徐傍興看了這公告也憂愁起來。從小到大，許多日本同學、老師、長官，他們就要走了，要分離了。聽聞街上有人成群結隊要打日本人，闖日本官員宿舍，說是「報復」，但他自忖心中沒有仇恨，有的只是跟若干師友的離緒。

那天晚上他沒辦法入睡，在床上轉輾中發覺妻子也沒睡，在枕邊輕問：「怎呢？無睡嗎？」「睡毋落覺」「有麼个事情嗎？」「你又有麼个事情？」「日本戰敗了，本島人大多數盡歡喜；不過，澤田先生那些人跪伏在地，我看了難過。」「無法度啦！日本同事再怎麼要好，他們是日本人。」徐傍興沒回話，壬妹又說：「你們徐屋的人，從小讀漢文，對『唐山那邊』有較多的感情。」「有人講，那叫做『祖國情懷』。」「所以不必擔心，如果『祖國』來了，你會更吃香。」「還不知道，睡覺吧！」

註六：「撞撞劏劏，要去滅嘛个肖！」客語；意思是：「亂闖亂撞，要去哪裡幹什麼！」

註七：「引揚」，日語漢字，撤退回國之意，這是日本方面的觀點；於國民政府而言，即為「遣返」。

次日一上班，澤田叫他。快步走進主任辦公室時，兩人四眼對看了一會兒。徐傍興感覺到他有許多話要跟自己說，但又像沒什麼話要說似的。他向來不多話，這點徐傍興知道。正想自己先開口，說一些安慰或道別的話，他說話了：

「徐桑，我被接收委員會留聘一年，已經接受了，但不能再擔任行政主管職務，只當醫學院教授。」

徐傍興發出「啊！哈！」的聲音，高興地說：「這樣太好了，我們還能在一起一整年。」

「接收委員會徵詢我這個第一外科主任誰來接，我推薦你；本院末代院長森於菟也推薦你。他們應該會接受，來徵詢我的接收委員就是杜聰明先生。」

徐傍興又「啊！哈！」出聲，但不知要說什麼才好，澤田又說：「不過，這人事要等他們正式公告才算數。」

幾天後又一個公告張貼出來，全部用漢文書寫，具名公告的單位很長，分兩行，一行是「台北帝國大學接收委員會」，另一行是「國立台灣大學」。它主要是發佈一長串主管人事異動。徐傍興看到自己的名字在其中，是升任第一外科主任。在昨天以前，那原來是澤田桑長期擔任的職位。

同一天，徐傍興另外接到聘書，被聘為台灣大學醫學院副教授。在昨天以前，他是日本總督府所聘的台北帝國大學醫學部講師。

感覺自己所在的這所大醫院，是在一天之內改朝換代了。換老闆了，像一塊農田要換人耕作了。萬幸呀！接收委員中有個杜聰明，被接收的人員有森於菟和澤田平十朗，有他們在，我徐傍興才能升任升等吧！他突然想起許如霖，在他服務的學校應該也在改朝換代吧！不知他目前的處境如何？他曾說過：「你的醫學生涯到達最顛峰的時候，卻是日本大帝國掉落谷底的時候。」如今，我的醫學生涯似乎又上了另一個高峰，是不是日本帝國又跌進了更深的山谷裏了？是巧合吧？不會是因為我的緣故吧？

徐傍興上任外科主任那天，佈告欄又有一個奇怪的公告貼出來。這回他走上前，大家都讓他站在最前面看。是一張醒目的紅紙，用毛筆書寫的漢文，徐傍興能讀懂全部：

「敬啟者：欣逢台灣光復，本院亦回歸祖國懷抱，為方便全體醫護人員學習我國國語，茲於每週一、三、五晚上七時至九時，在第一會議室舉辦漢語補習班，聘請國學名師輪流授課，免學費，機會難得，希請全院同仁善加把握。」

徐傍興閱讀至此，瞄到：「籌備發起人李萬二醫師」，乃後退一步，緩緩走回自己的主任辦公室，不動聲色，心中却想：李萬二籌辦的，我不參加，漢文我又不是不懂。

他對該佈告上說的「本院回歸祖國懷抱」一詞心存懷疑。回到辦公室，翻找澤田留下來的資料，確定本校的前身台北帝大是創建於日本時代昭和三年，而本院的前身台北醫專，台北醫專的前身「台灣總督府醫學校」是日本人於明治三十三年創立的，「祖國從未懷抱本校、本院，怎麼會是重回懷抱呢？哼！這個李萬二竟敢在佈告欄公然撒謊！」「這種人發起的活動，怎能去參加！」他想。

他又想回來，李萬二如此積極向新政府表態，說不定將來會飛黃騰達起來，也不能太小看他。

那天晚餐時，聽小孩嘰哩呱啦述說學校課程如何改變，新來的老師如何又如何。徐傍興聽了許多，心想這些都是好的轉換吧？如李萬二所說，本島人正在回歸祖國懷抱，是真的！

飯後，一切就緒，小孩都睡了。徐傍興一人在後院榕樹下來回散步。夜空下，四周寂靜，有微光從屋內一盞孤燈照出。多走一點，走到腳酸了，上床躺下就能入睡。走吧！

走累一點。他愈走愈快，沒多久壬妹也出來了，陪著走，都沒講話。走著走著，真的有點腳酸了，徐傍興停下來，牽妻子的手，說：「壬妹，這幾天呀！我對日本先生和同事掛念不已，又滿心期待祖國新政府，心裡掛掛吊吊，很不安寧。」

「都趕走它們！全部趕走！不要有掛吊，什麼都不想，來去睡覺！」

「怎麼趕得走，日本人掛念在左肺，祖國期待在右肺，緊緊壓著我。」

「歐歐巴巴！」（註八）壬妹笑了出來：「那好解決，用力咳嗽幾下，將它們都咳出來。」

徐傍興沒答腔，啟步，又來來回回走起來。壬妹追上，夜色中真有心事重重在他臉上。兩人一直走到腿快麻痺了才回房。

遣返日本人的行動似乎開始了，那天，徐傍興從主任辦公室步出，看到一個新公告，竟是漢文與日文併用，也是以前未見過，於是上前，具名公告的是「台灣省行政長官公署」，它規定所有即將遣返的日本人，登船時應該接受長官公署的行李檢查，公告後面附一個大表格，詳列不許攜帶出境的物品名稱。徐傍興只匆匆瀏覽一遍，想起共事多年

註八：「歐歐巴巴」，客語中常用感嘆詞，此處為「沒有這種事！」之意。

的日本長官、同事，他們都看到這個公告了嗎？

那天下班後，徐傍興去院本部找澤田。他跟另一位被留聘的前校長堀內次雄合用一間教授研究室。因為裏面有幾套研究用精密儀器，入內時，外用鞋必須脫掉，換成室內鞋。徐傍興先將脫下的鞋子，換個方向，鞋頭朝外，然後穿另一雙鞋進去。

澤田從室內觀看徐傍興這個小動作，沒說話。

徐傍興進去後略作問候寒喧即說出來意：「『引揚』行動要開始了，我想去跟迎諧、竹林、森於菟等教授拜別，先生跟他們有連繫嗎？」

「迎諧桑有連繫，我給你地址，你應該去看看他。至於竹林呢？失去了聯絡，一直不知道他的動向。」澤田停了停又說：「我聽說迎諧正在託人買白金，不知道他要怎麼帶走？他出來開業那麼久，賺了很多錢，這你是知道的。」

「好，我改天先去看迎諧教授。」徐傍興說完提出邀請：「先生有空嗎？我想請您去吃一家新開的餐廳。」

「哦！今天剛好有事，與杜院長聰明有約，是公務，改天吧！」

徐傍興見澤田桌上堆了許多待處理的文案，不便久留，於是告辭。

走出門時，他脫下室內鞋，穿好自己的鞋子然後又將室內鞋換個方向，鞋頭朝內。澤田這次看了說一句：「謝謝你如此費心。」

「哈！這是以前念高中時，被舍監訓練出來的。您自己也經常這樣做，不是嗎？」

「這就是『思いやり』（註九），不只擺鞋子，在任何時候任何方面。」

「是的，在手術房使用完器械，洗乾淨、擺好，方便下一個使用者，就是『思いやり』。」

「哈！哈！哈！」澤田滿臉高興，送他到走廊，分手時說：「見到了迎諧和竹林，代我問候一下平安。」

等到徐傍興有空去看迎諧的時候，他家已經收拾乾淨，行李也打包妥當，迎諧見徐傍興來，高興地拉他的手進去書房，拿出一支口琴和一個小鼓，說：「我知道你也喜歡樂器，這兩樣我帶不走，正愁不知如何處理。」

註九：「思いやり」，日語；「為別人著想」之意。

徐傍興收下，見他的行李箱另外擺放一個醫師「出診」用的黑皮箱，發問：「先生準備在船上行醫？」

「是的。」迎諧打開那皮箱，徐傍興見裏面滿滿堆放著手術用的各式刀具和器械，多是舊品，隨手拿起一支瞧瞧，比一般手術用具重了許多，抬頭見迎諧先生以異樣眼光看著自己，心中一動，說出：「澤田主任跟我說過，迎諧先生正托人購買白金，難道這些是白金做的？」

「我問你，你打開乍看之時，看得出來是白金做的嗎？」

「看不出來。它打造得非常像。」徐傍興又挑其中看起來較舊的那幾支在手，惦惦重量，說：「是一雙巧手打造，還故意做成有新有舊。」

「幫我製作的是我一個學生的哥哥，太感激他了。」

「檢查官員若問，這些器具為什麼要帶那麼多回去？先生要怎麼回答？」

「我會說，我的醫院結束營業了。這些器械舊了，接手的台灣醫師不要，丟掉可惜，只好帶回去，將來自己開業時還能用。」

「先生真是天才，想出這個好辦法。」

「我還可以放一些針筒、葯品在上面，說船上若有人生病，我還可以為人醫治。」

兩人又聊一些別的事情，離開時，徐傍興表示想去跟竹林教授拜別，不知要如何找到他？迎諧回說：「學生告訴我，他的宿舍已搬空，沒人知道他去了哪裏。」

「會不會已經回日本去了。」

「不可能！我就在『引揚』的第一批名單內，都還沒開始登船。」

徐傍興一直在找竹林教授。有遣返的船期消息出來，如果抽得出時間，他會跑一趟台北車站或基隆碼頭；雖然都沒碰到竹林，卻有機會目睹到一場大規模的人口遷移。他在現場走來走去，來送別的本島同胞也不少，感覺自己是局外人又像是圈內人，長長的隊伍總是排得好好的，行李包袱大件小件總是排放有序；他們臉上的離緒感覺得出來，集體的壓制也感受得到，那是他自小再熟悉不過的日本——每一次去碼頭回來，心裡便踏實一次，是的，是真的改朝換代了。

遣返行動一批一批，花了大半年的時間，在接近尾聲的時候，有一天晚上，澤田來到徐家，手中還提著一個沉重的包袱。

才幾個月不見，感覺澤田教授老了很多。徐傍興向他行一個日式跪坐伏身之禮，他也跪坐下來答禮。兩人在徐家客廳面對面，沒等壬妹奉上茶水。他先說：「大阪一家醫科大學及其附屬醫院提供我一個很好的職位，我因而向杜聰明院長懇辭留聘獲准……」

「啊！」徐傍興說：「所以先生要回日本囉，什麼時候？」

「下個月初。」

「那我趕緊來連絡你以前的學生、部屬，來辦一場送別會。」

「不必了。不要太勞煩人家，你知道我的個性不喜歡如此。」

「一定要的，怎麼可以不要！」

「千萬不要。」澤田眼神嚴肅起來：「現在所有的機關、學校，整個政治圈『反日本』、『去日本化』的氣氛濃厚，你通知大家來送別，會害他們有麻煩。」

「先生說的也是。」壬妹說。

澤田一邊打開帶來的包袱一邊說：「我在台灣二十多年，有一些儲蓄，買了各種紀念性質的金幣和銀幣，全都無法帶出境，放你這邊。」

徐傍興馬上叫壬妹拿紙筆來，點數清楚，記下數額。澤田搖搖手：「不必了，就放你這邊，以後看時局發展，該怎麼處置，你可以全權決定。」

徐傍興非常清楚澤田的個性。他不多話，但處事明理又明快，於是收下來，交給壬妹，口說：「先生請放心，我會好好保管。」

兩人又談了醫學院裏最近發生的一些事情，在告辭時，徐傍興提及：「我一直在找竹林教授，還是沒消息。」

「他也都沒跟我連絡，應該是已經回去了。」

「他不可能不跟我見一面就離去。」

「失敗的帝國的子民，見本島故人而情怯，或許是這樣吧！」

CHAPTER

08

台北的上空飄著綿絮似的雨絲。那天，許如霖下班後去台大醫院，約徐傍興出來吃飯，也沒說好要去哪一家飯館，隨意走著，不久走到一家大型餐廳，招牌上寫著工整的漢字：「凱歌歸餐廳」。徐傍興記得這樓房以前掛著的招牌是「日本赤十字會社台灣支社」，現在竟改成了餐廳，看起來還滿豪華，隨便一問：「進來去這間用餐好不好？」許如霖乾笑一聲，說：「咱兩人還無資格進去吃飯。」「是按怎？」「這間今嘛是台灣行政長官公署唐山來的大官、小官娛樂、享受的場所，咱小百姓，袂呼咱進去。」「是哦！」

記得「日本赤十字會社台灣支社」的正對面不遠處就是總督府，兩人不約而同向總督府的方向行走。細雨霏霏，頭上和肩膀上有點濕了，都不太在意。行走的這條路又寬又直，以前沒有路名，徐傍興只知道這裏是「文武町」，現在看見路名了。許如霖先看到，唸出來：「公壽路」，徐傍興漢文底子較好，糾正他：「不對，應該唸『介壽路』。」「哦！我知道了，是蔣介石的那個『介』。」

總督府那棟既寬廣又高聳的歐式建築，依舊安安穩穩座落在那邊。兩人都望見頂樓懸掛著一面新的國旗，嶄新的，陌生的。剛巧一陣濕潤的清風吹來，本來低低萎垂的新國旗，正緩緩揚起在半空中，隨即又緩緩垂下。徐傍興隨口秀一則新知識：「我聽小孩說，現在的國旗叫做『白日青天滿地紅』。」許如霖用鼻孔「唔」一聲，肩膀微動，換一次腳步，才說：「你的小孩講錯了，是『青天』在上，說『青天白日滿地紅』才對。」

「哈哈！或許不是小孩講錯，是我記錯了。」

徐傍興隨口換個話題：「該換唐山來的總督了。」

「會換，但唐山來的不叫『總督』，叫做『總統』。現在……總統是誰我也搞不清楚，目前掌實權的是蔣介石。不過他人在支那，還沒過來。」

「所以這座大樓現在沒有首長？」

「這我也不清楚。」許如霖瞇眼凝視那大樓，感嘆：「我還一度肖想進去裏面上班，當日本官，哈哈！」

「我記得你那時說，你如果進去任職，也只是一個『本島的外人』，有『心理距離』什麼的。」

「是呀！幸好那時沒被錄用。」

「那現在呢？以你日本名校法政博士的學歷，申請裡面的一官半職……」

「免肖想。我是本島人，又有留日背景，恐怕他們只瞄一眼我的履歷表，立刻丟進垃圾桶。」

「所以，現在總督府變成總統府了，他們跟我們還是有相同的『距離』。」

兩人邊走邊閒聊。細雨停了，一陣較強的涼風吹來，樓頂那面嶄新的「青天白日滿地紅」昂然飛起、揚起。許如霖視而不見，接話：「你說的沒錯，還是有相同的『距離』。」

「你自己呢？你心裏面還是有『距離』嗎？」

「還是有。一樣的心理距離。」

「我們本島人是不是要主動靠過去，把那個心理距離縮小一點？」

「統治者也應該努力跟我們縮小距離呀！你說是不是？阿傍興。」

兩人併肩走著。徐傍興聊起「玉音放送」後那幾天，沉重複雜的心情；說到自己心中的兩件大事，一個在左肺，一個在右肺。許如霖聽完停下腳步，正色道：「外科醫師才會分左肺右肺。心事都混合著壓在一顆心上。」

「『文學家未遂』的人喜歡胡亂比喻。」徐傍興問：「你呢？你也跟我一樣嗎？」

「我當然有日本情懷，還滿重的；但沒有你那種祖國情懷。」
「那你的左肺右肺大概一輕一重。」
「會說笑了，表示你現在心情不再沉重了。」
「不知道呢？」
許如霖邊輕輕滑蹬一下腳板。肩頭微微一震。兩人相視一笑。徐傍興笑道：「我聽收音機，說現在是台灣光復了，你還在那邊踢日本軍訓課的步伐！」
許如霖聞言，腳下又故意滑蹬一下，還用日語大聲唸數：「一、二」「一、二」然後開心大笑起來。
徐傍興偶然側頭看到不遠處也有三個行人在學許如霖踏腳步，也用日語喊「一、二」「一、二」。許如霖也看到了，更起勁地在故意耍弄換腳步，喊數的聲音也更大了。徐傍興沒想到這麼一個稀鬆平常的動作，此刻竟然能傳染，「這有點好玩、有趣！」徐傍興心想。
就在此時，兩個看起來是外省人的中年人，都穿著寬鬆的米黃色褲子，剛好從一間寫著「中山堂」的大房子走出來，瞪著大大的眼睛在觀看這一幕，看著看著，突聞一人輕聲罵出：「媽的，小日本奴才！」另一人雙手比一個拿槍射擊的動作。徐傍興心頭悚然一驚，拉許如霖快步離開那裏。

兩人不快不慢地走著，徐傍興將剛才所見那兩個外省人的反應告訴許如霖。許如霖回頭一瞧，那些人已不在了，用日語罵一句：「馬鹿野郎！我們只是一時興起，有礙到你們什麼嗎？」

不久，來到東門圓環，不知不覺又走到東門町水泳場來了。它現在開放著，有人在門口買票，泳場裏有人正在游泳的聲音隱約可聞。徐傍興環目四望，看到了「信義路」的路牌，又發現「東門町水泳場」現在改為「東門游泳池」，心裏更篤定了，連一座小小的泳池，現在都已改朝換代了。

兩人幾乎同時憶起十幾年前也曾路過這裏，於是心照不宣照著那次的漫步路線往前走，像離家很久的旅人回到故居，啊！哪裏變了，哪裏沒變，哦呵！什麼被改掉了，什麼沒改。兩人此刻的心情都很複雜，有點難過，但不知道到底在難過什麼；難免會懷念過去的一景一物，又不知該不該去懷念。

走著走著，以前經過的日本人社區「文化村」，現在還有濃濃的日本味道，但走在路上的人，從住宅門口走進走出的，多是最近從大陸來的，男女老幼都有，他們的穿著、走路的姿態，還有社區的環境，乾淨度和安靜感都不同了。「我聽人家說，現在這裏已被改名，叫做『建村』。」「哦！這倒是一個好名字，『健康的村莊』的意思。」

穿過那一大片住宅區，又走了許久抵達六條通，上次吃「府城料理」的那條窄巷子，巷口已有新路標，是「林森路一〇七巷」，「府城料理」，現在改為「福井日本料理」。兩人進去，點了一些吃慣的生魚片、壽司、燒肉、蔬菜和味噌湯。

點的菜還沒上齊，兩人就聊開了。

「日本人一個個走了，我很有感觸。你知道嗎？我其實最懷念你那位竹林教授。他真的非常有心，好幾次專程來向我請教幾種福佬台語的特殊『氣口』。」

「唉！他『引揚』前沒跟我見上一面。」

「也沒跟我『挨沙子』（註一）。」

「我有一天去基隆碼頭，看到一人很像竹林，大聲呼喊，走近一看原來是認錯人。」

註一：「挨沙子」，是當時常用的日式台語，意為「致意」。

「碼頭很熱鬧吧？」

「熱鬧得很。有一次看到載日本人的船剛離去，載國府官員的船剛好進港，船的汽笛聲齊鳴，進港的越來越響亮，出港的越走越微弱。」

「有意思！親像火車在月台相閃。」

「無錯，真趣味！兩種完全不同類型的人群在交接。」

「交接，確實在交接。咱這一年過的就是交接期的日子。」

「現在連澤田平十郎都走了，最後一批走了，交接期應該結束了。」

「未必。本島內部民心浮動，民怨一直積累，我有點擔憂。」

在醬油會社上班的吳文華一天傍晚上門。他是徐家常客，熟門熟路，按了門鈴直接進屋，第一句話是：「傍興哥，你們家門前的這條路，新按了路名，叫做『新生南路』。」

「是，我們也是剛剛看到路標。我們家後面日本人的警察分駐所，也改成了憲兵隊。」

壬妹端來茶水，打了招呼回廚房。徐吳兩人自然以最近工作上的變化為話題。「我們台北帝大附屬醫院，已正式改名為台灣大學醫學院，領導層忙著換班，感覺樓上有點吵，但我在中下樓層，還能正常作息。」徐傍興說。

吳文華說出：「日本龜甲萬會社走了，醬油統制會社解散了，傍興哥，偓想出來創業，開一間自家的醬園（註二）。」

徐傍興來不及回應，吳文華又說：「傍興哥，偓想向你募資，邀你湊股，大家甲本（註三）來做，好嗎？」

在廚房做家事的壬妹此時邊擦手邊快步走過來，坐在老公身旁，一條抹布還捏在手裡。徐傍興側頭問太太：「我們家現在有幾多儲蓄？」

「一萬元多一點。」

「我們可以幫忙他一萬元嗎？」

「可以。」壬妹表示：「不過，偓比較擱毋喜歡用入股的方式。」

「偓同汝講，」吳文華遊說：「醬油醬料呀，不管社會怎般變化，家家戶戶都必須

註二：吳文華先生於一九四五年終戰那一年創辦台北新華醬園，即為後來「萬家香醬園」的前身。目前，除了台灣外，它的工廠廣設於中國、美國、東南亞，那句廣告詞：「一家烤肉萬家香」聞名遐邇，深植人心。

註三：「甲本」，客語，「合夥做生意」的意思。

要用到。入股正是長遠之策，亻厓來創業，大家甲本。」

「亻厓阿爸儘早就告誡我，莫同人甲本做頭路。」壬妹伸出食指虛空寫字，同時解釋：「伊講，『甲』這隻字無出頭。」

「阿呢用借的嘛好，我的醬園賺錢了，就會先還錢。」吳文華眼睛張大：「請傍興哥講一句話。」

「好，沒問題，就用借的。」徐傍興強調：「不必打借據，不必算利息。慢慢來，等醬園賺錢賺定般了，再來還錢。」

「感謝傍興哥。」吳文華提議：「今嫁時局日日在變化，錢一日一日變薄，將來要還錢時，我會按照黃金的市價來還，阿呢好麼？」

壬妹說：「今嫁黃金一台兩四百元，亻厓來算一下，一萬元現金大約等於幾兩黃金。」

「好啦，就阿呢一言為定啦。壬妹會算得清清楚楚。」徐傍興這樣拍了板。

正事談完，開始閒聊。吳文華換一個大家都感興趣的話題：「亻厓最近有去參加漢語補習班，像做學生那樣認真上課。」

「亻厓無時間去上課，壬妹嘛無。」徐傍興接話：「醫院裡來了許多外省人，講著南腔北調的『國語』，我經常聽不懂，這該如何是好？幸好有位好友告知，行政長官公署已經發出通告，短期內容許學校授課、報紙印行、電台廣播等方面同時採用漢日兩種語言，於是我去買了一台收音機回來。」

徐傍興說著，起身去轉開收音機，正好在播報新聞，一遍日語，男播音員的聲音，同一則新聞再播報一遍國語，嬌滴滴的女音。他們仔細聽著，當作是國語聽力訓練課程，聽到：

——台灣銀行發行的壹圓、伍圓、拾圓、伍拾圓紙鈔各一百綑，委託中央印製廠上海印鈔所印製，於昨日平安運抵台灣。

——同盟國授權遠東盟軍最高統帥麥克阿帥頒佈特別通告，由中、美、蘇等十一國組成遠東國際法庭，在東京審判日本戰犯。

聽到這裏，吳文華起身告辭，太太壬妹靠過來一起「上課」。徐傍興轉個頭看看廚房那頭，兩個女兒麗英和蕙英，兒子旦隣和於菀，也在餐桌上唸書的唸書，寫作業的寫作業，於是放心地再聽下去：

——中國人民解放軍太岳軍區政治部，昨天在太岳支部歡送中村和佐滕兩位日本軍官返回日本……

這則新聞還沒聽完，餐桌那邊傳來老二於莌誦讀課本的聲音，他先分解注音符號，唸著：「ㄨㄛˇ ㄕˋ ㄓㄨㄥ ㄍㄨㄛˊ ㄖㄣˊ」，連唸三遍才接著唸出漢字：「我是中國人」，也是連續唸三遍。徐傍興夫婦被兒子清脆的嗓音吸引，原來學國語是要先唸注音符號再唸漢字的！他們學校是這樣教的嗎？夫婦倆不自覺跟著兒子誦唸，一遍又一遍，忘了收音機裏的新聞播放到哪一則了。

徐傍興接著望見大兒子旦隣正悶聲不響從書包抽出一本簿子。他推一下太太的手肘，低聲說：「旦隣比較不用功，你過去，在旁邊督導督導，啊！」

壬妹來到餐桌邊，見旦隣正翻開「國字練習簿」，是一行行一格格的簿子，每格旁邊有寫注音符號的小格子。他又從書包拿出鉛筆盒，開始嘟著嘴唇寫作業。

從第一行開始，他先在格子的左邊寫一個「亻」，從上到下畫這個符號，畫完，回到上面再在同一行由上而下寫「韋」字，最後拼湊成一整行的「偉」字。

壬妹見兒子這樣寫功課，好奇發問：「寫漢字有人這樣寫的嗎？你是不是完整寫好一個字，再寫下一格？」「這樣比較快啦！大家都這樣寫。」旦隣有氣無力回答。

他繼續寫到第二行，是一個「大」字。它只有三個筆劃，沒那麼煩人，見他一口氣便從上面一直「大」下來，「大」到簿子的最底下一格。

寫第三行時，他又來了，先由上而下寫左邊的「白」，那「白」字寫得瘦一些，瘦瘦的白，一路飛快下滑，像滑溜滑梯那般；滑到了底部再仰頭，在每一個「白」右邊補上一個「勺」。這一補實，合成一個正方形略胖一點的「的」字。這字眼熟，卻不明其意，壬妹正思索中，感到兒子突然坐姿端正起來，挺一下腰，同時挺個胸，接著開始寫下一行。「哇！哈！用這種姿勢寫功課，元氣呢！」壬妹心裡這樣讚嘆。

下一行起初看不出要寫什麼字，見他先寫草字頭，一路「艹」下來，第二路於草字頭之左下寫「爿」字，第三路於草字頭的右下補上「寽」字。粗鉛筆在粗紙簿子上磨劃出細微的嘶嘶聲，一行字由上而下分三路拼裝，好不容易組合成一整行的「蔣」字。

「蔣」字一寫好，壬妹即見兒子的肢體鬆懈了下來，不覺發聲叮囑：「喂！阿日隣，你就一直保持挺腰挺胸寫下去，比較有精神，字也會寫得端正些。」「寫其他的字不必那樣啦，可以隨便一點啦。」「寫『蔣』字時要挺胸，老師有規定嗎？」「有。班上大家都嘛要這樣。」

現在壬妹知道下一行一定是「總」字，這也是麻煩字，兒子似乎討厭寫這種作業，嘴巴嘟得更難看了，落筆很重，也分三路去寫，寫到一半，打起一個大呵欠，揉著眼睛說：「偓愛來去睡目咧，天光日正來寫好麼？」

「不行！旁邊的注音符號還沒寫，還有一個『統』字也還沒完成，寫完再去睡。」母親嚴厲督促功課，且隣一面寫一面打瞌睡，最終還是把「統」字一行分兩路拼湊完成。要寫注音符號時，已經癱趴在桌上睡著了。

桌子的另一邊，麗英在唸地理課本。她開始唸不久，徐傍興就關了收音機，仔細聽那些地理課本上的內容。聽了一會兒，他呼叫：「麗英，剛剛妳背的那一段，再大聲唸給阿爸聽一遍。」

麗英乖乖照辦，嬌嫩的少女嗓音傳出：

「我國面積一千一百四十餘萬平方公里，西起帕米爾高原，東至烏龍江，北起薩彥嶺，南至曾母暗沙。」

徐傍興聽完，心中默想：「日本大帝國敗了，我們現在還是屬於一個很大的國家呢！

面積多達一千多萬平方公里。」

徐傍興依然一有空就打開收音機聽新聞。從今年一月起，所有漢日對照的報紙和廣播已被禁止，孩子去學校上課，也開始嚴禁日語和方言，一律說國語，幸好徐傍興國語聽力已大有進步。一天晚上，電台播報員說，專賣局查緝員在圓環查私煙時引發民眾不滿，演變成群眾抗議事件。一群「搗蛋份子」包圍煙酒公賣局，並與警察發生衝突，造成一死二十餘傷，台北市警方呼籲民眾冷靜。

他一開始是以「上國語課」的心情在聽，愈聽愈覺得此事不妙。不久前許如霖在街上換步伐，用日語喊數時，那兩位外省人作態舉槍射擊的畫面，浮上心頭。他心裡有濃重的不祥預感。

關掉收音機，他走向餐桌，將剛才聽到的新聞轉述給家人知道，壬妹聽了，說一句：「那又會怎麼樣，警察自然會處理，不必那麼担心。」

「以前日本時代，警察大人一出面，就沒什麼事了。」壬妹又補充

徐傍興接著把那天許如霖在街頭用日語喊數字、踢正步，引起兩個外省人的反應情

況敘述一遍，說：「之後，我走進『建村』時，還感到心頭不安。」大女兒麗英此時笑出來：「阿爸，你說『ㄐ一ㄢˋ村』，不對，是『ㄐㄩㄢˋ村』，發『ㄩ』的音。」

徐傍興夫婦學著把嘴唇放圓，試著發「ㄩ」音，然後問：「是哪一個字呢？」

麗英在紙上寫一個「眷」字，徐傍興恍然大悟：「哦！，是家眷的眷。」

壬妹在一旁喃喃自語：「是誰的家眷呢？」女兒們沒回答。

徐傍興覺得家人沒有把他的憂慮當一回事，臉色凝重起來，提高音量，以父親的威嚴說話：「明後天，阿爸會看看情勢怎麼演變。如果事情會惡化的話，麗英、蕙英你們兩個女孩子，要出門給我女扮男裝。這樣比較安全，知道嗎？」

「女扮男裝？要怎麼扮？」大女兒問。

「把頭髮剪短，戴帽子出門。」他看太太一眼，說：「至於大男生的衣服，阿姆會幫妳們張羅，先準備好。」

全家大小沉默著，徐傍興又補充：「阿爸心裏感覺有點不吉祥，有點憂慮。聽阿爸的話，不會錯。」

過了兩天，徐傍興在醫院空前忙碌起來。傷患一個一個進來，外省人較多，本島人也有。通常傷勢較嚴重的才會送來台大醫院。邱內外科也差三輪車伕來，請徐傍興過去幫忙看診，那邊的傷患應該更多，但他無暇前去。

他仍然一有空就打開收音機，不是為了加強國語的聽力，而是必須明瞭事態的發展；此刻，他知道惱怒並且追打外省人，已經像傳染病那樣向中南部漫延，也得知它被稱呼為「二二八事變」。

第三天，傷患仍不斷湧進醫院。那天中午，校長室陳秘書來看徐傍興，詢問病患醫治情況，第一外科多少醫師、多少病床、如何輪班等問題，徐傍興一一回答後，他的話題突然轉向：「我們中國的孔夫子說過一句話：『有教無類』，不知道徐主任聽過沒？」

徐傍興聽得似懂不懂，問：「可否請你寫出來讓我看看？」

陳秘書寫好，遞上，徐傍興看了，回答：「這句話是說教育的對象不要分類，不管是誰都要施予教化。」

「哈哈！徐主任果然有學問。」陳秘書又問：「不知醫生這一行有沒有類似的概念？」

「有，當然有。」徐傍興衝口而出：「我們學醫的常被教導，只要是病患就是要醫治，不管是窮是富，是貴是賤，即便是仇恨的人上門求醫也是病患，也要醫。」徐傍興這段話說得很急，一口氣混著客語、國語。

「徐主任這樣說太好了，謝謝你的指教。」

陳秘書離開後，徐傍興繼續投入工作，邊忙邊想著那位陳秘書的到訪，以及最後談的話題，是幹什麼來的？心中想到了一個答案，但沒把握對不對，於是撥空去院長室，找他素來敬重的院長杜聰明聊聊。

杜聰明聽完徐傍興的陳述後，沉默片刻，憂慮上臉，反問：「你說你已猜到一個原因，我想先聽聽你的看法。」

「現在外面有排華風潮，到處有人追打外省人。校長室那些人是不是怕我們這些受日本教育的台灣醫師也會不利於外省人？」

「你想的跟我想的完全相同。」

兩人突然不知要再說什麼，都心情沉重起來。外面迴廊上，許多醫護忙上忙下，喧囂聲不斷，而院長室內空氣凝結，徐傍興打破沉默：「聽說現在大陸來的新校長陸志鴻，跟您相處有問題？」

「很有問題。他也是留日的，學工程的，但他的政治性格相當鮮明，也敢做出什麼事出來。」

「院長要保重，有要我效勞之處，吩咐一聲。」

「謝謝。也請你保重。」

兩人全程用日語交談，刻意壓低音量。

那天傍晚，已近天黑，徐傍興從台大醫院下班，邱內科派三輪車來接他過去幫忙，半路上被一群人攔下，「清國奴，甲我落來！」那群人高聲命令，手中有短棍有扁擔。

他知道是什麼一回事，好整以暇下車，用半生不熟的福佬話說：「我嘸係清國佬，我是蕃薯仔，正港的蕃薯仔。」

「阮嘸相信。」

「我係屏東人，台大病院外科主任，我姓徐，是客家人，福佬講袂足標準。」

「哦！係按呢喔！」其中一人說話，用日語：「聽說你們台大病院專門醫治外省猪，本島人都佔不到床位……」

不等對方說完，徐傍興大聲反駁，也用日語：「馬鹿野郎，你這是亂講話，我是讀正科醫學出身，我們對待病人不可以有分別，本島人外省人只要是病患，都要一體對待。」

「好啦！請走。只要善待咱本島人就好。」

徐傍興一面上車一面罵：「你們太可惡！這樣污蔑我們台大醫師。」

三輪車伕格外用力踩踏，車行很急，他坐在顛搖的車上突然想念起許如霖。不知他現在是否安好？有無政治上的麻煩？想起那兩個詞：「蕃薯仔」和「正港」，就是跟他學的。

前幾天才剛從杜聰明口中獲得證實：戰後首任校長陸志鴻，與杜聰明相處有問題；現在消息來了，校長室已發通告，杜聰明所有本兼各職被全部免除。

徐傍興急著去找杜聰明，但遍尋不獲，沒人知道他的去向。「他會不會遭逢不測？」徐傍興非常担憂。

過了幾天，消息又傳來了，另一位文學院的教授林茂生也走了，「是被兩個穿便衣的陌生人帶走的。」來告訴他這個消息的人特別強調：「杜聰明是暫時失踪，而林茂生將是永遠失踪。」

「永遠失蹤」意味著什麼？徐傍興不敢想下去。

那一年，消息不斷湧進。那些消息像棒球投手投過來的球，是快速直球的話，「噗」一聲接住了，手掌心痲痲痛痛；有的是飄浮過來的，有的是暴投過來的，好球壞球都要接。

陸志鴻校長來得快去得也快，才一年多，換校長的公告就出來了；然而新到任的校長來得快，去得又更快，六月才履新，八月請辭，十一月被留任，十二月堅決走人，快得連徐傍興等教授級主管都來不及記住他的名字。

後來為什麼記得下他的名字呢？是他到任的幾天後，一個天空晴朗的上午，另一位徐傍興敬重的醫學院教授魏火曜來訪，從口袋掏出一張連署書，籲請新校長莊長恭讓杜聰明復職。徐傍興二話不說簽下名字。

沒多久，杜聰明真的回來，本兼各職全部恢復，那位新校長莊長恭好像是為了杜聰明的復職而專程從大陸過來的。

此後，連續好幾天，徐傍興心頭大定，每天精神飽滿在醫院上班，也常去醫學院授課；下班後回家，見家人都平安，才吃得下飯。晚上就寢前一定聽一遍收音機裏的「國語新聞」，感覺自己的國語聽力日日精進，卻總是聽不到屏東家鄉的消息，此時壬妹會說：「這個時節，無消息就是好消息。」

最壞的消息於三月八日出現。那天，國民政府派兵從基隆港上岸，武力鎮壓，開槍掃射民眾。徐傍興不知現場如何，打開收音機也聽不到死了多少人又傷了多少。他唯一親身經歷的是，在台大醫院和邱內外科的病房、走廊，滿滿的傷患，全體醫護人員忙得沒日沒夜，沒時間吃飯上廁所，沒時間讓人悲傷，沒時間讓人沉澱思緒，沒時間喊一聲「這是為什麼？」，沒什時間將沾滿血跡的白袍換掉。

那幾天，台北的天空還是冷冽，偶爾下雨，像冬雨又像春雨，彷彿淚水從天上流下來。

這回，被抬進來醫院的全是本島人。在忙亂中徐傍興突然憶起那位前來「關切」的校長室陳秘書，料想這時候他一定不會過來。

那些日子，他都忙到深夜才回家。一天晚上，他回家經過憲兵隊時被攔下，荷著步槍的憲兵見他身上滿滿的血跡，懷疑他的身份，帶進隊裏。在燈光下看清楚他穿的是醫院白袍，右胸還繡著名字。他雖然因為憲兵粗聲粗氣、粗手粗腳感到很不舒服，還是知道怎樣回答最為妥當：「我是台大醫院外科主任，這幾天在醫院忙著救治被打傷的外省人，現在下班了，正要回家。」那憲兵隊裏的長官與台大醫院連繫後，證實所言不虛，才讓他離去。

那天夜裏他在床上輾轉難眠，乾脆起床，走到後院榕樹底下踱方步。由改朝換代而來的種種衝擊，還在心中翻滾，難以平息；而這幾天，那些被倉皇推進醫院來的傷患，那些血、那些哀號、那些無助的眼神，整日整夜湧進腦海。我哪有一座腦海呀！我的腦袋就那麼一點點大，哪裡容得下那麼多驚嚇與感傷！此刻，感覺自己快要瘋癲起來，想嘶喊，想找人講話，心中有太多感觸，想說給什麼人聽，想了想，可以說給老婆聽，但壬妹現在睡著了；也可以說給許如霖聽，但現在是半夜，許如霖怎麼會在這裏？要不然就把眼前這棵榕樹當做許如霖吧！適有一陣輕風，吹得樹鬚左擺右搖，他在心中略為組織一下字句，不管了，就說了吧！

「壬妹，如霖兄，在這短短的一年內，我在醫院目睹了三波血淋淋的傷患人潮。一直沒時間講給你聽。第一波是日本宣佈投降的那幾天，傷患全是被本島人毆打的日本人，男的多女的少，傷勢都不重，大多交給護士處理即可；第二波是二二八事件發生後的那一個禮拜，被追打後送醫的都是外省人，也是男人居多，婦女較少，傷勢輕的多於重的；第三波就嚴重多了，在國民政府軍隊登陸，武力鎮壓之後，被抬進來的都是本島人，大部份必須急救，緊急輸血，要從傷者身體各個部位翻找子彈夾出來，他們男女老幼都有，尚未抬上手術枱就已斷氣的所在多有。

外科醫生本來就是要面對傷痛的，但是這樣族群分明，分批一群群湧進來，是我這個『老外科』前所未見的。我有堅強的信念，醫生只看病患，不分族群，但是……」

徐邦興低聲向榕樹樹鬚述說至此，眼角瞄到老婆就站在背後，呆呆地望著自己。他轉身，擁妻入懷，兩人在暗黑中互相擁抱，壬妹柔聲說：「繼續講，再講，俚愛聽你講。」

「壬妹，妳知道嗎？這三波傷患人潮對病痛的反應完全不同，我還沒有能力充分描述給妳聽。大致上，日本傷者善忍，眼睛裏有無奈和悲傷；外省人會向醫護人員抱怨，也敢於要求各種醫療服務；本島人多在昏迷中，臉孔被血液糊塗遮蓋住的較多，他們的眼神裏滿佈驚恐，驚恐之外，還是驚恐。

以上那些呀，像電影畫面在我腦海裏鮮明地翻滾著、交織著，許多零亂的影像不斷衝撞我的神經，擾人清夢呀！一部改朝換代的血淚史在我腦裡、在我心中。我想一直記住它，也一直想要盡快忘掉它。這半夜裡，我只是想找人說一說，說出來希望自己能安神一點，好回床睡覺。」

他用他最熟練的客家話和日語混著說。壬妹專心聽著，感覺傍興似乎講夠了，牽起他的手：「來，來去睡目，講出來就好咧。」

榕樹下、草叢裏，蟲嘰蛙鳴響亮著，一聲像哭泣，一聲像在笑。

二二八事件如何結束的，徐傍興不知道；但他在台大外科工作，從病患的樣態和流動，確知這場政治動盪已經過去。

他的日子在「後二二八」過得踏實而平靜，醫院和醫學院兩頭忙；家裡由壬妹全權照顧，兒女漸漸長大，學業也順順序序。

許如霖反而來往少了。最近一次是他帶太太來看病，結束後三人在醫院用餐，餐畢一起在廊區漫步閒聊。話題自然談到二二八事件，徐傍興把那段時期在醫院工作的見聞與感觸講給他聽，許如霖回應：「哦！我以為政權交替只發生在官府、街頭、學校、媒體，原來醫院也有呀！」感嘆後又說：「這是你作為一個醫師的心裡傷痛，是我們台灣改朝換代全島陣痛的一環。」說了這評語，又自己修正：「不是陣痛，是捶心肝的劇痛。」

「不管怎麼樣，那痛，過去了。」徐傍興說。

「還在痛，還沒過去。」許如霖接著問：「現在，你的左肺右肺還同樣沉重嗎？」

「一邊輕了些，另一邊重了起來。」

「唉！真的，許多人現在都是這樣。」

在台大校園裡，莊長恭校長快閃之後，由杜聰明短暫代理校長一段時間，然後正式發佈新校長由傅斯年接任。此人大名鼎鼎，未到任先轟動全校，正經的消息說他是留歐回國的歷史和語言學家，五四運動學生領袖之一，當過北京大學代理校長；八卦一點的消息說，在中國大陸，連毛澤東都敬畏他三分；如今他來接掌台大，要多少經費，能享多大權力，只要打個電話，蔣總統都不敢不給云云。

台大迎來如此一個特大號的大人物當校長，徐傍興非常振奮，工作更起勁了。

但他沒興奮多久，一個消息傳來，說在最近的校務會議上，這位「傅大炮」開炮了。他對台大上上下下遺留不散的「日本風」很不喜歡，尤其點名醫學院，更尤其是台大醫院藥品的名稱、手術流程表、掛號單、檢驗儀器等等都還用日文；醫學院授課大多仍使用日本原文書，上課多半講日語，再加上些許英語、德語，幾乎沒有一堂課聽得到中國話，醫師之間的交流也仍以日語居多。傳達這則消息的人告訴徐傍興：「傅校長非常愛中國，強烈的中華意識，開口閉口『日本鬼子』，他罵了前述現象後，說：『熟可忍，熟不可忍也！』。」

徐傍興懂這句漢文，原句不是這樣（註四），感覺那人是因口音咬字不準才連說兩個「熟」字，卻別具強調之意。他臉色暗了下來，心想：「漢文我從小讀到大，它能在現代醫學上使用嗎？」改朝換代以來，他親身經歷諸多苦痛，以為從此將撥亂返治，沒想到日本人離開了，現在日文也不能留嗎！

第二個傳進耳朵的也是壞消息：傅校長已籌組完成一個校務改革小組，李萬二醫師

註四：原句是「是可忍，熟不可忍也」，語出論語。

是小組成員之一。徐傍興聽了心裏直喊：「大不妙！不妙了！」

兩個月後，又一次校務會議開完，消息又響雷那般直刺耳膜，這次徐傍興的名字居然從傅校長的金口裏吐出，來通風報信的人這樣轉述：「醫院裏有幾個教授，只是區區台北醫專畢業，連大學學歷都算不上，却不知怎麼弄的變成了博士，又升等為教授。我聽說教解剖學、外科的徐傍興就是一個。」

徐傍興聽了這消息，心裏喊：「完了，完蛋了，要結束了。」

我這個博士學位是日本文部省委託東京帝國大醫學部審定頒授的呢。而東京帝大是全亞洲第一的學府，比北京大學、台灣大學更受世人尊崇，怎能說我只是區區台北醫專畢業的呢？

徐傍興一肚子冤氣要傾吐，但那時隨國民政府遷台的各家媒體已經就定位，它們對傅斯年要大力「去日本化」的改革整日吹捧，通篇累牘的讚揚。傅校長的所作所為像一道又一道的強烈光芒，照得徐傍興連眼睛都張不開，滿腔的冤枉，只好用力吞下，再吞下，還要在臉上顯露笑容，做欣然接受狀。

他的「醫學家」道路到了盡頭，傅斯年分幾年將醫學院和附屬醫院裏由「帝大」留下

來的教授和醫護人員全部清除，共七十餘人，而徐傍興是最先「被請職」的主管之一。（註五）

離開台大後，他在邱內外科由兼職變成全職，每天照常上班，還反過來安慰太太壬妹以及已經懂事的兒女，說：「現在國民政府當道，『二二八』的結果大家都有看到了，所以，不要有怨，不要有恨，我徐傍興還有路走，路還很長，啊！大家放心。」

但是，他自己剛平撫好了心情，也平撫了家人，一個壞消息又到來。那消息像棒球投手投過來的超快速直球，震得他手掌心激烈的疼痛。那天是離開台大大半年之後的一個清晨，許如霖的太太培英到徐家來，驚慌至極，告知她丈夫半夜被帶走，不知被帶到何處？不知還會怎麼樣？（註六）

「是什麼樣的人來帶走他？有搜索票或逮捕公文嗎？」

「是三個軍人，坐吉普車來，什麼公文、證件都沒有。」培英說著說著哭號了出來。

徐傍興聽了，胸胃之間一陣陣絞痛起來。如霖嫂所描述的跟二二八事件那時台大文

註五：傅斯年於一九四九年一月就任台大校長，徐傍興於一九五〇年初離開台大。

註六：二二八事件結束約兩年後，國民政府於一九四九年五月宣佈戒嚴，並頒布「懲治叛亂條例」，對於批評政府或持不同政見者進行大搜捕，史稱「白色恐怖時期」

學院林茂生教授被帶走的情況相同，難道又會是「永遠的失踪」。

壬妹正在安撫如霖嫂。他獨自在客廳踱步，口中喃喃自語：「二二八已經結束恁久咧，不是天晴了嗎？怎呢會被雷公打到？偶咖息呢（註七）！如霖兄又沒下落去圳溝，蛇哥怎呢會來咬伊呢！」

他在心裏不斷祈求上蒼，讓許如霖逢凶化吉，平安歸來。

註七：「偶咖息呢」，日語音譯，「奇怪呢」、「為什麼會這樣呢」之意。「蛇哥」就是蛇，不知什麼緣故，客家人都尊稱蛇為「蛇哥」。

CHAPTER

09

台北的隆冬時節，天色將暗，一輛腳踏車從中山北路的「邱內外科」後門急急騎出，往忠孝東路和青島路交叉的那間台北軍法處急馳。車後座擱著醫師「出診」用的黑色皮箱。

騎在腳踏車上的是徐傍興。他已下班，却也是正要「出診」。到了軍法處門口，向守衛的憲兵亮出「義診醫師證」，一名士兵過來檢查他的黑皮箱，然後領他到一間大寢室裏頭，一群面容呆滯的人等著他。其中一個「患者」，雙唇不停地顫動，眼裡佈滿血絲，擠上前來朝他伸出雙掌，哇！每根指頭的指甲都呈深藍色，有幾根已經變黑，都滲漏出血來，那是人類疼痛類別中最難忍受的一種痛。可憐呀！為何會被抓到此處受此酷刑呢？還有一個「患者」俯趴在地上呻吟，只穿汗衫和內褲，背部和臀部都是血，衣褲已經跟凝結的血液緊緊黏貼著皮膚，等一下要替他掀開衣服清理傷痕時，會有拉皮撕肉之痛。唉！你們都等一下下，等一兩分鐘就好，我很快就會過來為你們診療的。

徐傍興滿臉苦澀，口中直唸「你們稍等一下，忍耐一下」，放下黑皮箱，沒有先為人看病，卻是先去查看放在窗邊小桌上的「嫌犯名簿」，看看有沒有一個名叫「許如霖」的人，不管是被送進來還是送出去的名單，一個一個看，查看兩遍。奇怪！怎麼會沒有呢？昨天沒有，今天也沒有。

懷著失望的心情，徐傍興開始工作。那些嫌犯一個一個上前來，從最嚴重的開始處理，有的傷口要先注射麻藥或服下止痛藥，才能順利進行清理和上藥；有的擦擦藥或給予幾粒止痛藥即可。

在一個多鐘頭的看診中，隱約聽到一陣又一陣吆喝與慘叫的聲音，從某個隱密的處所傳進耳朵。那些聲音，有時感覺是從遙遠的地方傳來，有時又似乎就在隔壁樓下；有的聽來讓人心驚肉跳，有的令人憤慨。他忐忑不安地為人治療，或許許如霖在「嫌犯名簿」上被漏列，而等一下被送進來的就是他，老友若在此相遇，若他也受刑傷，有我這個「老外科」在，那就……徐傍興又聽到一聲哀嚎，心念一轉，希望不會在這種場所遇見許如霖，千萬不要，這裡是一座地獄。

「病犯」中有一個戴眼鏡的年輕人，面容乾枯，神情萎靡，但一開口講話眼睛就靈活了起來。此人述說自己全身疼痛，哪裏疼哪裡痛卻說不具體。徐傍興看出那是一種身心疾病，痛由心生，醫生無法用藥或針筒解除其苦，耐心跟他聊天，所聊皆稀鬆平常的校園瑣事，知道他是一個中學教師，他會犯什麼跟軍法有關的罪被抓來這裏呢？而聊天就是藥，跟他聊了一會兒，就見他臉上恢復了人類應有的潤膚。

衛兵過來告知義診醫師不能在這裏耽太久。徐傍興最後再幫一個躺在床上起不來的中年人看診，這人皮膚特別白皙，也是無傷無痛，卻全身癱軟，而且身體發出惡臭；再跟他聊幾句後，扶他到水龍頭邊幫他洗下體洗屁股。那裏沒有足夠的空間讓他沖個澡，能把最髒的部位洗一洗就夠了。

徐傍興到這裏來「出診」，沒有告訴任何人。他在台大任職時知道此處有「義診醫師」的需求，許如霖失踪之後，他到住家後面的憲兵隊套交情，憲兵隊長官知道他是那位「二二八」期間醫治過許多外省人的台大醫師，輕易博得信任，請求長官担保，向警備總部取得軍法處「義診醫師」的身分。

他「出診」結束走出軍法處，腳踏車還牽著，正要跨上去，一個中年婦人走過來搭訕，講的是福佬：「請問先生，你在內底有看到一個叫做『柯吉祥』的中年人嗎？」

「我佇內面替真多人看病，但是我無在記人的名字。」

「阮尪四十八歲，頭毛足多足黑，阿擱皮膚足白。」

「按呢我大概知影，」語氣轉成自言自語：「難道是身軀有病，倒在眠床頂爬袂起來那位？」

她聽到了，眼眶一紅，急說：「蛤！爬袂起來了嗎？阮尪卡早身體好好，無啥物病呢？」

「麥哭！我講的那個人，啊無知影是不是恁尪。」

她繼續抽泣：「阮尪一直無轉來厝，阮兜連三頓都有問題啦，我一定要找到阮尪，見伊一面。」

「我擱問妳，恁尪是不是下面放尿的所在有一粒足大粒的黑痣？」

她眼睛一亮：「對對對！是啦，你按怎知影？」

「我有幫伊洗身軀。」

「啊！果然是，果然是，果然是關在這內底；今嘛如何是好？先生，你有辦法幫忙救伊出來麼？」她停住哭泣，又問：「先生，伊是在內底破啥物病啦？今仔日幫伊洗身軀，擱有幫伊注射無？」

「無注射，我有給伊吃藥仔。」徐傍興好奇：「恁尪是犯啥物罪，去呼人抓來這裏？」

「無呢！伊無犯啥物錯呢！無人知影阮尪到底有犯到啥物呢！」

徐傍興急著要回家，把今天下午剛領的薪水一百多元掏出來，塞到她手上。她推辭不敢接受，徐傍興說：「妳拿著，拿去買米買菜。我是做醫生的，醫生攏是足好額的，啊！你拿著，拿去。」

那天回家，壬妹迫不及待拿著兩張街市簡圖跟老公研究：「我看中意兩間，一間在信義路三段，前面剛好有公車站牌，兩層樓，要價八萬三千；另一間在長安西路一四〇號，正好在市政府斜對面，三層樓，貴了一點，十萬五千元。」

徐傍興仔細研讀兩張圖後，果決地說：「就買這間三層樓的，多了一層，可以多設幾張病床。」

「十萬五千元喔？」

「放心，我已借好了一筆錢，十二萬。付了房價，還有一萬多來買醫療設備。」

「好。」壬妹說：「啊你今天不是領薪水，拿過來，我要先湊一筆訂金。」

「唉，沒了。」

「沒有了，是什麼意思？」

「我在路上送給一個可憐的婦人家了。」徐傍興這時才把他去軍法處「出診」的事情全盤告訴太太。

壬妹聽了，嘆息一聲：「唉呀！你時不時就是這樣，要叫我怎麼樣持這個家啦！」說完補問一句：「許桑沒在軍法處嗎？會被送到哪裏去了呢？」

「無人知。」同時交代：「這種關於政治犯的事，妳知我知就好，不必讓孩子們知道。他們一不小心說錯什麼話就會有大麻煩。」

「這我知道，連許如霖的名字也盡量不要提起。」（註一）

壬妹接著詢問：「現在我們要先籌一筆訂金，我去向吳文華要回那一萬塊錢好嗎？」

「也好，不過我聽說他的醬園還沒賺錢。」

「那沒辦法。你創業也是急需用到錢呀！」

「現在黃金值多少錢了？」

「漲了一倍，今天一台兩八百元。」

註一：徐傍興的長女徐麗英於二〇〇三年出版的《徐傍興博士紀念文集》裡有一段回憶：「父親對於思想犯（也就是反對執政當局的人）總是寄以同情，不怕自己受累，對惡勢力絕不低頭，這是我對父親最深刻的印象。……那一天，父親立刻跳上老爺自行車，趕到監獄一起搶救思想犯，幫他們洗澡、醫病，……他也幫助那些遭受白色恐怖迫害的人，總是不顧自己生命的安危予人援助。」

「唉！真不好意思，增加吳文華的負擔。」

「你放心，對做企業的人，這不會是什麼大困難。」

一家「徐外科」正在緊鑼密鼓籌備中，時間正好在過春節前後，徐家一家大小回家鄉過年，消息因而在親朋好友中散播出去。徐邱兩家老老少少等這個喜訊等了十七年。

民國四十年三月三日，徐外科開張第一天上午來了兩名病患。掛號第一名的是老家忠心崙人，名叫「來發」；第二名是內埔村人叫做「金魁」。壬妹一看，叫出來：「『來發』加上『金魁』」，好兆頭！」

徐外科果然業務鼎盛，主治醫師徐傍興經歷豐富，名氣大，除了台北市區外，病患來自全台各地。徐外科小小的三層樓房不夠用，病床擺到走廊上來，醫護人員上上下下必須側著身體走路。

壬妹第一次體會到「開業醫」終究比「醫學家」還要好，更為實在，實實在在的為人醫病，也實實在在的賺錢持家。她跟一位台大醫師兼醫學教授結婚十多年，到現在才真正成為「先生娘」。如果不是因為老公看病人窮了一點，就嚷著「不要給他收錢」，我們家現在會更有錢，她常這樣想。

開業不久，徐傍興從台北軍法處知道還有兩個地方或許能找到許如霖——新店安坑有個軍人監獄、新店溪畔有個馬場町。

這天下午，徐外科難得沒排開刀，向壬妹交代一些事情後，雇車直奔新店。上了車才仔細思量：第一，許如霖不是軍人，會被關在軍人監獄嗎？在軍法處沒有查到許如霖的任何庭訊、起訴或判刑的資料，有可能被送到馬場町嗎？

想清楚後，他告訴司機：「去安坑軍人監獄。」他心裡排拒去馬場町。那裡是行刑場，他希望能找到許如霖這個人，而不是去找屍體。

他仍使用向警總申請到的那張義診醫師證，手上提著出診小皮箱大大方方進到監獄裡。他沒有去看誰的病，直接尋找受刑人名冊。好不容易找到了放名冊的地方，卻見一位穿西裝的男子正用食指一格一行點閱名冊。那人身材高瘦，耳朵大大，戴一付寬邊眼鏡。徐傍興走到他身後，隱約聽到那人邊找邊輕聲自言自語：「偶咖息呢！偶咖息呢！」那是日本話，再側身低頭，聽到他改說福佬話：「無呢！那ㄟ無呢？無一個許如霖呢！」

那「許如霖」三個音，蚊子叫那般細微，卻像打雷似的使徐傍興全身神經緊綳，不自覺用日語爆出：「請問，您是來找許如霖，如霖兄的嗎？」

「嗨！是的。」那人抬起頭，跟徐傍興對望一眼，用生硬的國語說：「在這種所在，講國語比較卡妥當。」然後回問一句相同的話：「先生您是來找許如霖，如霖兄的嗎？」

「嗨！是的。」徐傍興也同樣這樣回答，腦中快速思索，以前認識過這個人嗎？想不起是否見過，但只對望一眼，竟有說不出的親切感，像是碰到了一位熟悉已久的老友。那人也不避生份，拉著徐傍興的手肘往一個隱密的牆角，低聲說：「想不到你也是來找許如霖的！」同時掏出一張名片，徐傍興接過看了看，此人名叫「謝國城」，有兩個頭銜：大公企業社總經理、台灣省棒球協會常務委員。徐傍興也遞上自己的名片。那謝國城只瞥一眼就叫了出來：「哦！你就是徐傍興，久仰了！今天認識你真是太好了！」

「謝先生知道我？」

「豈止知道，你和如霖兄的交往情形，如霖嫂培英一五一十告訴過我。她說：『徐傍興尊稱如霖為先生，而如霖在心裡也奉徐傍興為人生導師。』你們倆的緣份，是一個美麗的故事。」

「是哦！」徐傍興問：「你跟如霖先生是親戚？」

「我只跟許如霖見過一兩次面，但對他的才華印象深刻。我太太跟如霖嫂是表親，從小一起長大。許如霖出事後，如霖嫂整日以淚洗面，許家陷入愁雲慘霧，我太太也焦慮得不得了，我因而出來苦苦尋找，從青島東路的軍法處看守所一直找到這裡來。」

「你剛剛都一處一處找過了？」

「找過了，翻遍了，沒有一個許如霖在這裡。」

「偶咖息呢！怎麼會這樣呢？好好一個人就這樣莫名其妙從人間蒸發，真是的！馬鹿野郎！」

「我有一個朋友，謝東閔，是現在的國民政府信任的人。我請託他幫忙找。他告訴我，軍方還有濃厚的大陸上軍閥的習性，有時候一個中低階軍官就能⋯⋯」謝國城說到此停住，機警地張望四周，再一次拉徐傍興的手肘，說：「走，我們回台北，一起坐車，車上再說。」

上了車，徐傍興再次端詳這位謝國城，他上唇薄薄，鼻子挺拔，一臉的精明和堅毅，心中揣度，此人將來大概會是一個有成就的人物。耳際傳來他的詢問：「你是怎麼能進來這種單位找人的？」徐傍興秀出他的「義診醫師證」，發證單位是「台灣警備總部」，告訴他：「我也是為了調查許如霖的下落，透過一個憲兵隊長的關係，弄到這個特許證件。」說完反問：「你呢？你又是如何進來的？」

「就是剛才跟你提到的謝東閔先生，他幫我寫推薦函，在保證書上蓋印。」

「聽人說，他是『半山仔』。」

「沒錯。」

「你的日本話講得非常道地，我們這種受日本教育的本島人一聽就知道。」

「我七歲時全家遷居日本，到二十八歲才回來台灣，所以日本話是我實際上的母語，我父母親講的福佬話，我有時反而講袂輪轉。」

「恁兜講福佬話的？」徐傍興問。

「是。阮是台南人。我出世佇台南北門郡，今嘛叫學甲。」

「許如霖嘛是台南人，在府城街仔內開公司做生理的人家。」

「這我知。」

「你看起來比我卡少年，你是哪一年出生的？」

「我大正一年，一九一二。」

「哦！少年家，我明治四十二年，一九〇九。」徐傍興邊說邊屈指算了算，又問：

「所以，我和許如霖在東京的時候，你人也是在東京？」

「沒錯。那些年我已從早稻田畢業，進入《東京時事新報》（註二）擔任記者。」謝國城說：「那是如霖兄在東京最貧困的時候，可惜那時我還沒跟他認識，要不然多少可以濟助他一些。」

「當記者的，文筆要很好。」

「還過得去啦，我那時是靠這個謀生的。」

「我是『文學家未遂』，許如霖為我封的稱謂。」

「哈哈！這一段故事，我也聽如霖嫂說過。」

註二：《東京時事新報》，後來併入《讀賣新聞》。

CHAPTER

10

邱壬妹安穩而富足地過了三、四年，日子沒有閒著。她是徐外科實際上的財務長，為徐家理財、守財。有一天她算了一算，告訴丈夫：「喂，到現在我們已經有了四十萬元的積蓄了呢！」

徐傍興眼睛一亮：「四十萬唷，很好！」壬妹沒想到，四十萬這個數目字進入徐傍興的腦袋，就像農家人的磨臼，倒進水和糯米，磨把一轉，米漿流出，要做甜粄了。

適巧他的堂弟徐富興幾天後來台北辦事，就住在徐家。兩個人從小一起長大。富興也學醫，唸到日本名古屋大學醫學博士，是高雄名醫。那天晚上飯後閒聊，富興誇讚徐外科業務興隆，引來傍興的豪情：「我這裏有大約三分之一的病患是從高屏地區，尤其是我們屏東來的。我真想去高雄再開一家徐外科，省得那些病患南北奔波。」

富興想了想：「這想法很好，我很同意。」

「真的？」傍興說：「我真的來開設，你幫我打理一切。」

「沒問題。」富興問：「你有準備多少資金？」

「四十萬。」

「那很夠。」

壬妹此時從廚房步出，說話聲音有點大：「沒有四十萬蛤！只有三十五萬給你們。」

「有啦！」傍興笑著說：「婦人家就是這樣，你阿嫂想扣五萬起來，怕我全部用掉。」

富興說：「阿傍哥、阿嫂，這次我們自己買地來蓋，蓋自己合意的診所。」

「診所？不只是診所。」傍興神色飛揚起來：「阿富興偓同你講，我們一開始設定二百床的醫院，然後擴充到四百床，然後呢？我心肝肚有一個夢想，順便試看看能不能實現。」

「什麼夢想？」

「當高雄的徐外科擴充到四百床的時候，把它變成日本的順天堂大學。」

「順天堂，我知道，哈！阿傍哥，你真有那麼大的野心？」富興說。

「不是野心，只是一個夢，做這個夢很久了。」傍興說：「講到順天堂，我就會想起我那個好朋友許如霖。我們在東京的時候，他帶我去那裏參觀，同時告訴我，它是如何從一個私塾性質的小診所，發展成順天堂醫院，再發展成一所高水準的醫學大學。」說至此，他用日語罵一句「馬鹿野郎」，又說：「他被莫名其妙押走，我苦苦找了好幾年，沒羈押記錄，也沒有槍決記錄，連一片屍骨都沒有找到，馬鹿野郎！」

「我聽說也有人被麻袋一裝，放幾塊磚頭，被沉入海底的。」富興說。

壬妹見傍興神情哀淒起來，趕緊打岔：「我們回來講高雄徐外科的事吧！」傍興、富興一時沒講話，壬妹又說：「放心啦，如霖兄的太太培英是我的同學，她們搬回台南後，常有聯絡，經濟上的支助沒有斷過。」

「這樣很好。」傍興說，然後跟富興敲定：「你這次回高雄就開始去看地，研究哪個地點比較好。」

「好的，我會來進行。」

徐富興回高雄後，真的認真操辦起來。與此同時，徐傍興在台北獲悉，杜聰明跟校長錢思亮意見不合，即將離職。徐傍興想，杜聰明應該是最後一位走掉的「帝大幫」吧！將來如果真的在高雄能發展出一所「順天堂大學」，還得請杜聰明這位老經驗來助一臂之力呢！或許這是老天爺冥冥中在幫助我。

他很快就有一個機會跟杜聰明見面，兩人都是「台灣醫療學會」的理事，該會在一個禮拜後召開例行的理監事會。

開會那天，徐傍興遲到了十分鐘。他半走半跑，剛到門口就聽見裡頭有人正在大聲講話，像在罵人；走進一看，罵人的正是杜聰明。是發生了什麼要緊的事嗎？一向溫文爾雅的杜聰明竟然如此激動講話。

他邊找自己的座位名牌邊聽到：

「現在是中華民國了，本會要更名，我沒有意見。我在乎的是法理和程序。」杜聰明用帶著福佬口音的國語說話，口氣比剛才溫和了些。

「杜院長請息怒，我把此報告案收回，鄭重撤回，改請一位理事以動議的方式正式提案，這樣好嗎？」徐傍興只聽第一聲口音，就知道說話的是李萬二。他什麼時候進入台灣醫療學會？而且高坐在主席旁邊，還穿西裝打領帶，儼然是個大人物。

杜聰明聽了這樣的回答，坐了下來，沒再說話。杜聰明是當今醫界第一大老，李萬二見他火氣平息，碰觸一下主席的手臂，主席於是宣佈：「現在我們進行議案討論，請李執行秘書宣讀第一案內容。」

有李萬二在的場合，徐傍興很想避開，剛好望見杜聰明站起離坐，開會資料還在桌上，看起來像是要去上洗手間，於是也靜靜起身，低頭走出會場。

杜聰明正從茶水間端一杯水走出來，看見徐傍興，像孤軍奮戰的戰士碰到戰友，問：「阿傍興，我怎麼剛才在會議室沒看到你？」

「哦！歹勢，我醫院太忙，遲到了。我一進來就聽你在大聲講話，甚麼事情嗎？」

「那個李萬二，馬鹿呢！不知他怎麼成了我們會的執行秘書！會議一開始他就直接報告，說本會已改名為『中華民國醫療學會』。我起來提醒他，改名是要修改會章，要有理事提案，經三分之二理事贊成；李萬二沒等我說完，打斷我，說這是『上面』的意思，是政策。」

「我們做醫生的，醫療學會是交流醫藥知識的平台，須要有個『上面』嗎？」

「我是最早的接收委員之一，對國民政府的本質相當清楚，也知道所謂『上面』是什麼意思。我是被李萬二那種夾『上面』而要脅我、強勢打斷我的態度激怒的。」

「那個李萬二是我的同鄉，聽說我離開後，他接替我的主任位置。」

「這我知道。他一直勤於去向新政府派來的校長做關係。」杜聰明又說：「改朝換代後，他到處罵以前的日本長官。批評澤田沒能力、沒擔當、處事不公；罵竹林教授歧視本島人，刻意用一份醫療疏失鑑定報告阻擋他升任外科主任等等；當然也把你罵得不能聽。」

「唉！有他在，這個會我不想去開了。」徐傍興提議：「我們離開，找一個地方談談，我有事向您報告。」

「也好。我們走，我也有個計劃要告訴你。」

兩人在附近一間冰果店坐下來。杜聰明先告訴他：「我現在從台大全退了，想找幾個志同道合的朋友共同來辦一個醫學院。」

「先生有這個構想太好了。算我一份，我要參與。」

「你一定要參加。我聽說你現在那間徐外科，每天都擠滿病患，業務好得不得了。」

「這還得感謝您，台大醫學院常有醫師來幫我的忙。」

「我已經找了幾個朋友，組成『瀛州醫學院籌備委員會』，提出籌備計劃書，並已奉准建校。」

「準備設在哪裡？」

「台北。但確切的校地還沒著落，看了幾個地方，都太小。」

談到這裡，徐傍興才將自己籌辦高雄徐外科，然後將它發展成「順天堂大學」的構想告訴杜聰明。

「好，好，好！」杜聰明聽後一臉興奮：「你的構想比我想的更好。我籌備的瀛州醫學院也可以設在高雄。這點我沒想到，離開台北，避開台大和馬偕，高雄會更有發展。」

「我弟弟徐富興正在幫我找地，我要他找大一點的。」

「富興我知道，唸名古屋大學的那位。」杜聰明停住一會兒又說：「我想，在高雄找地，要找陳啟川，聽說他土地多得不得了。」

「我聽人說，在高雄隨便找個地方小便，都會噴到他們家的土地。」

「哈哈！」杜聰明點點頭，說：「我跟他有過幾面之緣。我來找他。」

杜聰明是個行動派，很快約到了陳啟川。杜、徐兩人相偕南下，徐傍興也通知富興一起前往。

那一個難得參與的場合，在陳家客廳，陳啟川坐在大沙發區的主人位置，杜聰明坐的是他正對面的主客沙發，而傍興、富興兩兄弟併排坐定在另一張長沙發上。陳啟川是日本時代堂堂台灣五大家族之一的陳家當代掌門，一舉手一投足全是大人物的氣派，而杜聰明則是聲名顯赫、受人敬重的台灣醫界第一大老。這兩位大人物略略寒喧後，即由杜聰明向陳啟川說明在高雄辦一所醫學院的初衷和構想，他詳細分析全台灣的醫療資源分佈和高雄的環境特色，懇請他出面帶頭來興辦這件大事。陳啟川在言談中表示有意願，提出：「我在建國一路監獄附近有一塊地，三甲多，可以提供出來。」陳啟川見在座眾人沒什反應，問：「那裏是不是太偏僻了？」

「不是偏僻，如果醫學院將來又要附設醫院，三甲地不夠。」

「那麼，我在安全村那邊另有一塊，十甲多，應該是夠。」陳啟川說：「不過，還要募集足夠的建校資金才行。」

杜聰明想確認一下：「陳桑說提供出來，是全部捐出來的意思吧？」

陳啟川看看杜聰明，又瞄一眼徐傍興兄弟，沒有立即回答。在座眾人靜靜等著，一尊高高豎立的骨董壁鐘發出極輕微的嘀答聲，時間一秒一秒過去，有一分多鐘了，快兩分鐘了，徐傍興突然打破沉默：「陳桑說的，當然是全捐的意思囉，至於建校的開辦費用，我率先響應，捐四十五萬元。」

杜聰明眼睛張大大看過來，點點頭，沒說話；徐富興面呈豬肝色，用腳尖踢一下傍興，又伸手用力扭傍興的大腿，悄聲說客家話：「做毋得啦，阿呢使毋得！」說完揚聲發言，是生硬的福佬話：「我傍興兄適才講的四十五萬不能捐，那是阮高雄徐外科的開辦費……」

徐傍興橫刀插話：「沒要緊的。陳桑，杜院長，我說出來的話，捐就捐，不後悔，不收回。」

陳啟川一直盯著這對徐家兄弟，深沉而認真的眼光，片刻之後才開口：「杜院長，你說得沒錯，我說提供出來，當然就是捐出來的意思。」

這樣事情就成功大半了。之後眾人開始商量還要拉哪些人進來共襄盛舉，同時談及校名，陳啟川不喜歡「瀛州」這個名字。他提議用「高雄醫學院」就好，沒有人異議，他說了算。

散會後，富興責問傍興：「你現在一口氣要出四十五萬，那我們的高雄徐外科還要不要建？蛤！我好不容易奔波到今天，已經在動土了……」

「阿富興，毋使愁啦！」徐傍興回答：「生理各人做，豆腐各人磨，高雄醫學院籌備還要有一段時間，向教育部申請核准設校又要一段時間，沒那麼快要支付那筆錢的，而我們高雄徐外科會先開業，會很賺錢，所以請你莫憂慮。」

徐富興沒說話，傍興又說：「當時我是這麼想，十甲多的土地不是小數目，一個人要全捐那麼大的土地十分不容易，我怕會變卦，所以大膽把那四十五萬先開口押下去，就是要先打下第一根鐵釘，固定下來，後面才好動工。」

那天晚上回到家，見壬妹臉色鐵青，先親密地呼喚一聲「壬妹」，卻聽到太太如此埋怨：「阿富興打電話跟我講了，講你是一個大憨頭、大戇牯。我只說我們有四十萬，你怎麼可以自己隨隨便便多生出五萬塊出來呢？蛤！」

「壬妹，毋使愁啦！毋怕啦！錢盡快會賺回來。」

台北徐外科的業務越來越鼎盛，徐傍興夫婦每天早早出門，經常忙到晚上十點以後才能休息。一天晚上，醫院職員都已下班，壬妹說她還有一點善後工作，要稍等一會兒回家。徐傍興一個人坐在掛號櫃台邊想事情。電燈還亮著，大門沒關。一名中年男子闖進來，手持一個用舊報紙包著的物品，進門就吆喝，聲音很大，但有些色厲內荏：「你是醫生呵！我今晚需要用錢，拿兩千塊給我，趕緊！」

這是上門來搶劫的，從未碰過這種事，徐傍興大駭，該怎麼辦呢？那人話未說完就將舊報紙卸下，露出一把鄉下人砍柴用的板刀，同時再喝令：「拿兩千塊出來，卡緊！」這次的喝令聲堅決冷酷了些，而那板刀已揚起，看起來很鋒利；這時背後一陣聲響，徐傍興迅速退後一步，轉頭一瞧，原來是太太嚇得臉色蒼白，拿在手上的鑰匙串和手提包掉落地上了。就在這個瞬間，徐傍興突然怒氣大發，伸手在掛號櫃台上猛然拍下，櫃台上的原子筆都跳了起來，然後快步走出去，挺胸靠向那板刀，反喝回去：「來，你來斬我，來刣死我，我絕對袂給你錢。」

那男子將板刀再提高些，又吼出：「你以為我嘸敢刣落去，卡緊！我欲急用錢。」徐傍興聽出他聲音顫慄，更加有自信了，再向前挺一次胸，抿嘴怒目：「你刣落來呀！來呀！」

沒想到眼前這位斯文的醫生會有這種反應，那名男子像刺到釘子的輪胎，氣焰消弱了，持刀的手垂下來，換成央求的口氣：「先生，我求你，我真正需要用到錢，今晚……」

徐傍興吼回去：「你走，我袂給你半仙錢，趕緊走！」

那人還想再懇求，徐傍興高聲朝壬妹發話：「打電話去派出所報警，快！快快！」

壬妹剛拿起電話，那人急匆匆跑了。

夫妻倆吁出一口大氣。壬妹很快收拾好物品，徐傍興再仔細檢查門窗，然後一起鎖門回家。

坐在三輪車上，壬妹緊挨著老公，握住老公的手。徐傍興感覺她還在發抖，安慰道：「毋使驚，無事情咧，無事啦。」

回到家，孩子們有的先睡了，有的還在唸書，壬妹把剛剛發生的事告訴小孩，引來一陣驚呼和議論，大女兒問：「阿爸怎般恁好膽，敢向歹徒反嗆回去？」

「我從他的聲音和眼神，體察到他不是職業搶劫犯；不過，我當時真的非常生氣，氣到忘記害怕。」

徐傍興正要進浴室，壬妹又說：「那歹徒後來軟下來時，我擔心你會跟著心軟，拿錢打發他。」

「他看起來似乎真的很需要錢，但我不能鼓勵那種持刀搶劫的行為，絕對不行。」徐傍興已經進了浴室，又補充：「如果他一開始用懇求的方式，我會送點錢給他的。」

那晚上床後，壬妹一時睡不著，在枕邊問：「我們醫院那麼熱鬧，惹人眼紅，你看要不要請個專業的保鑣或警衛？」徐傍興回說：「不必啦！我對人心沒那麼悲觀。」

不久，高雄徐外科加入營運，徐傍興認捐給高雄醫學院的那一大筆錢，後來協議以高雄徐外科的營業收入，分期捐出，所以沒給壬妹帶來太大的困擾。一直到大約兩年之後，徐家才又要到處張羅金錢。

台北南京西路有一座蓬萊閣大酒家，酒家不做之後，原先租給美軍顧問團當官兵休假娛樂場所，現在美軍不租了，屋主貼出紅紙要賣。壬妹聽到這消息，先過去看房，回來一提到是蓬萊閣，徐傍興就眼睛發亮：「買下來，買下來。」說完喃喃自語：「那是一棟豪華氣派的大房子呢！日本時代我進去過，參加日本人的社團活動，裏面呀……」

壬妹插話：「你知道屋主要價多少嗎？」

「多少？」

「我們絕對買不起。」壬妹說：「屋主開價四百零二萬元，放聲出來，最多給人砍兩萬。」

「我們來去！來去跟他談，希望能用三百八十萬買下來。」買房的錢還不知道在那裏，他先興奮起來，說：「有這棟大樓房給我，才夠我發揮。」

這項買樓交易，討價還價談了快一年才成交，價碼是三百七十五萬元。對於剛剛創業才五年多的徐傍興來說，這是一個很高的門檻。從銀行到醫界朋友，他能借錢的地方都借了，最後還是不夠。一天下午，他跑回去老東家「邱內科」，這裡早已借過一次錢，這次是來聊天，吐吐胸中的鬱悶，沒想到聊著聊著，被他聊出一個「黃金窩」。

那時徐家已有電話，急召太太女兒過來，由邱雲福醫師親自引導，到邱家後院一個養鷄的籠子裏，移開兩層乾稻草，稻草上面濕濕黏黏，都是鷄屎，而黃金就在稻草下面。壬妹和兩個女兒小心翼翼將黃金一塊一塊取出，滿手鷄大便。它十塊一層，層與層之間還用粗紙區隔，共得二十塊。

「有這二十塊黃金夠了。」徐傍興高興地說：「我打個借據給你，我那大醫院開張後，很快可以還給你。」

「不必打借據，二十塊是整數，很好記，我們兩個在心裏記住就可以了。」

「好，就這樣講定。」徐傍興回說。

壬妹洗了手出來問：「要還的時候，折現金還，還是買黃金塊比較好？」

「還是還黃金好了。」

一切準備就緒後，喬遷那天，徐傍興廣發喜帖，辦了一場慶祝酒會。那天上午，平時有交往的黨政軍人士、自己醫界的朋友故舊，南部上來的鄉親好友，都來祝賀，可謂冠蓋雲集。他和壬妹週旋在眾賓客之間，春風滿面。到了快結束時，多數賓客已離去，徐傍興突然眼睛一閃，放下手上的酒杯，快步衝出大門，然後半走半跑在馬路邊，足足跑了約五十米停住，東張西望一會兒才緩步走回來，臉上滿滿的迷惑和沮喪。

壬妹擔心出什麼事，也追出來，迎上去。徐傍興沒等太太詢問，先說出來：「我看到竹林教授。我追出來，他在避我。」

「你有沒有看錯人？」

「不會，絕對不會，他那個樣子沒變，我太熟悉了。」徐傍興屈指算一算：「距離遣返期已有十年之久，難不成他沒有回日本，隱居在台灣某個地方？」

「真有可能留在台灣？」

「很有可能。他娶台灣人為妻，平常就勤學台語。」徐傍興說：「我有空該去他太太娘家那邊，艋舺一帶打探打探。」

「恐怕不容易找得到。」

「我一定要找到他。」

「我猜他一定還會再來探望你。」

「到時要幫我留住人。他實在沒理由避不見我。」

那天晚上夜深人靜時，徐傍興腦海裡一直浮現竹林的身影；之後又想念起澤田、森於菟、迎諧等教授。有多久沒有寫信向他們問候了呢？他想。

第二天，他將澤田留下來的那包金幣銀幣，從櫥櫃裡翻找出來，跟壬妹一起仔細打包，親自拿去郵局。「包裏裡面是什麼物品？」郵局職員問，徐傍興如實說出，結果郵局拒絕收件：「這些物品價值難估，而且，恐怕還會違反國家總動員法。」徐傍興只好再提回家，放回櫥櫃。

徐外科在蓬萊閣重新開業後，增設X光科和病理科，床位由以前的二十床擴增到二百床，成了台北市除了馬偕醫院外最大的私人醫院。

至此，徐傍興在台北醫界的人脈才真正動員起來。他的學生故舊紛紛前來幫忙，手術室要排輪班表了，跟以前在帝大病院那樣，所有病歷、表冊、記錄、作業流程也延續帝大的日式管理風格。徐傍興當年在「去日本化」的政策下離開台大醫院，現在他經營這間醫院，好像「日本」又回來了。

有一個屏東長治來的總務人員，叫阿真牯，有一次一起用餐時建議：「院長，有件事我不知該不該提，本院在某些方面要做做效忠黨國、復興中華文化等動作，這樣我們徐外科在政治上才能平安。」

「阿真牯，你這隻小猴子，看不出你還真有時代意識。」徐傍興回答：「我個人已加入中國國民黨，也有參加黨的小組開會，黨要我捐什麼，我都不輸人家。」

「是哦！那麼在一些重要節日，我在大門前也學人家懸掛『雙十國慶　普天同歡』『慶祝台灣光復』等紅布條，您看可以嗎？」

「可以。謝謝你提醒我。」徐傍興又說：「其實呀，不是我故意要承襲日本人，實在是我從小的養成教育使然。」

新的徐外科開診以來，幾乎天天人滿為患，也幾乎每天都有台大醫院的住院醫師或總醫師輪流來幫忙。每天早上，徐院長準時上班，第一件事是帶領一群醫師和護士到每一個病房巡視，親切地問候並診察每一個病患，有問題當場會診。徐外科醫院現在空間夠大，可以讓他帶著年輕醫師一邊查訪一邊教學，好像又回到台大醫院擔任教授兼外科主任時的感覺。

許久之後，徐傍興本人才知道，那些台大醫院來的晚輩醫師都沒領薪水。他認為不應該，召集會計、出納、總務開會，太太壬妹也坐在旁邊，開宗明義表示：「來我們這裏服務的台大醫師，沒領薪水，把我嚇一大跳。他們都是受過專業訓練的，在台大醫院的工作都很忙，還抽空過來，我們不能讓他們做白工。」

「我幾次要算薪酬，是他們講好不領的。」出納小姐說。

「我有問他們，一個說是院長您的學生，不能領您的錢；另一個說，他是來向徐院長學習開刀技術的，不必付學費就很好了。」會計說。

「這是真的，還有一個陳醫師告訴我，說院長肯讓他來這裏見習就很感激了。」出納小姐又補充。

徐傍興沉默了一會兒，轉頭問太太：「我有聽說，你在跟人聊天時經常提到：我們這家醫院是向邱內科借了二十塊黃金才開張起來的，所以我們要努力打拼，錢能省則省，才能儘快償還那筆黃金債。我想，是不是那些醫師聽了妳這些話才不敢領薪水的。」

壬妹說：「我確實在院內說過那些話，但只跟員工說過一兩次，從沒向醫師們透露。」

「他們當然會轉輾聽到囉。」

「我想徐夫人那些話，不會是他們不支薪的原因。」總務阿真牯說。

「好了，不必說了。」徐傍興很快做結論：「請會計依照手術排班表和看診記錄，把每一位來幫忙的醫師支領的薪水算出來，一人一個薪水袋包好，他們下次來時雙手奉上，說是我有交代，不許不拿，知道嗎？」

「是。」

「知道了。」

事情這樣有了圓滿解決，徐傍興談興來了，說了一個故事：「我還小的時候，有一次奉阿爸之命去內埔『順豐火礱』結帳，火礱老闆多算了十塊錢給我。我也沒點數就拿回家，結果被我阿爸罵一頓，命令我當天晚上漏夜把那十塊錢送還給人家。」

徐外科醫院的職員全是從南部來的鄉親晚輩，開會都講客家話，徐傍興在散會前又補一句家鄉話：「記得我阿爸那時說：『人家糶穀糴米，流汗在賺錢』，這十塊錢快緊送回去。」

「所以，我要你們快緊，快緊，把欠醫師的薪水送還人家。」

壬妹附和，補充了幾句話：「從日本時代，我就很討厭以任何理由上班工作卻不支薪。該拿多少薪水就拿多少。沒拿薪水，不知道他們家的老婆有多難過日子。」

一個月過去，兩個月過去。有一天，夫婦倆坐三輪車下班回家，壬妹告訴丈夫：「你交代的那件事，我們都有照做，但醫生們全都一再婉拒，還是不收。」

「唉呀！真是壞勢！妳們沒跟他們說，不收的話，院長會不高興？」

「說了，還是不收。有一個跟你同一輩份的阿星醫師收下薪水袋，但把鈔票抽出來還給了會計小姐。」

「真是的！怎麼好意思，真壞勢！壞勢！」

「日本時代，戰爭到後來，你在帝大醫院由半薪變成無薪，那時我就非常不以為然。你們還說什麼犧牲奉獻，效忠天皇，說是日本精神。我最不喜歡這種日本精神！」壬妹一口氣說了這段話，見徐傍興沉默著，問：「是不是你以前跟我說的什麼日本精神，還留在許多台灣醫師身上？」

徐傍興「唔」了一聲，沉思片刻才說：「不領薪水這一項算不算日本精神，我不敢確定。不過，他們來幫忙後記錄做得詳細完整，器械洗淨擺放整齊，方便後面的使用者，這些倒確實是澤田先生留下來的精神。」

「我們以後說是『澤田精神』就好，說『日本精神』傳出去政府會不高興。」徐傍興又說。

有一天傍晚，一個學生模樣的年輕人來到徐外科醫院門口，東望望西瞧瞧，走進大門又東張西望一番，然後坐下來，久久沒去掛號，而臉上一直掛著淡淡的笑意。

他似乎終於按奈不住了，走向掛號櫃枱，發問，用的是客家語：「請問一下，這裏就是徐外科嗎？」

小姐也回答客家話：「過奇怪吔！徐外科醫院五隻字，恁大掛在大門外面，你還問這裏是不是徐外科。」

那年輕人尷尬地笑了笑：「無啦！倨儘久無同人講家鄉个客話，挑工來這，來聽人講客啦！壞勢！」

「你哪仔來（註一）？」

「倨內埔柑園仔人，忠心崙隔壁庄，現下還在讀大學。」

「哦！裡背（註二）也有三、四個南部來的大學生，你可以進去，看看你們是不是認識。」

「哦！可以嗎？」

「可以。徐院長儘歡迎大學生來聊，你從右手片行到底，就會看到大圓桌。他們都在那裏。」

他進去後，大圓桌有兩張，一桌已滿座，看起來是醫院內部人員，另一桌只坐了四個人。他沒看到認識的人，轉身正要離去，一個穿白袍微胖的醫師迎面而來，朗爽地招呼他，用客語：「來，嘟好要吃飯，過來共下食。」

他直覺到這位就是徐傍興。那種招呼人的親切感，那種手勢以及餐廳裡瀰漫的氣氛，使他覺得不必猶豫，也不必客氣，於是大方的跟在那醫師後面就座。大家簡單自我介紹後，沒人講什麼客套話，就天南地北的邊吃邊聊起來。

那種感覺，就像回到了家裏一樣，完全一樣。

桌上擺的也是家裏吃慣的菜餚：封肉一大碗公、兩尾家常的煎魚、青脆的空心菜一大盤、煎蛋、醃製的鹹菜煮排骨，還有一碗公猪肝湯。後來又上了一盤高麗菜。

註一：「你哪仔來？」，客語，南部四縣腔，「你哪裏來的？」之意。

註二：「裡背」，客語，「裡面」之意。

在上菜的當中又來了兩個人，也是坐下來自我介紹，都是上台北讀大學的同鄉，不是隔壁村就是隔壁鄉，很快就互相熟識了。

他跟徐傍興攀交情，自稱名叫陳昌達，柑園仔陳屋伙房阿忠仔的大兒子。「哦！你阿爸我好像認識，是不是駛牛車幫人家載穀袋的那位？」「對！對對。」「你說你在中興法商學院是唸什麼系的？」「政治系。」「為什麼要讀政治呢？」「我大專聯考填志願時，導師告訴我們，唸政治系畢業後，差不多就要反攻大陸成功了。他說大陸上有好幾萬個縣，都要用台灣自己培養的政治人才，所以，唸政治系的人，隨便都可以撈到一個縣長來當。」

陳昌達講這段話時，表情正經，眾人看不出他是不是在講一則笑話。徐傍興聽到一半就筷子停住，「噗」一聲差點把嘴裏的飯菜噴出來，聽完回說：「你們那個導師講『膦棍話』給你們這些『膦棍頭』聽，正識有膦棍（註三）哦！」

徐傍興連颰幾個鄉下人的土話，全桌都笑起來。

「來台北讀書，蓋久無聽到這種話，哈哈！」陳昌達這時候才笑出來。

徐傍興興緻高昂地說：「有閒就來，常常來，蛤！我會講兜這種話，給你們解解鄉愁。」

徐傍興飯後馬上又要上樓工作，離席前說：「我太太特別從屏東物色了一位廚師上來，做的這些菜還合大家的口味吧！」

已經走了幾步又回來，像大哥在提示什麼江湖秘訣：「你們來台北讀書，平日吃省一點，不要吃太好，幫父母省點錢；留到週末來我這裡時，就可以開懷吃大魚大肉，把營養補回來。」

又有一個週末，來了三桌之多的大學生，都是屏東客家青年。有一個話題提到校園裡的軍訓教官如何如何，徐傍興聽著聽著說話了：「日本時代我唸高中時也有軍訓課，但教官只教軍事技能不做訓導工作，倒是舍監在生活教育上管得很兇。」他說了這話，

註三：「膦棍」，原是客語中男性陰莖之意，唸做「令棍」，因被大量使用，日久已由髒話變成一個通俗的日常土話，有時是名詞，也可當形容詞用。徐傍興回鄉興學後，即使社會聲譽崇隆，講起客家話也喜歡穿插土話，是眾人皆知的事。

放下碗筷，眾人知道他要講故事了，只聽他清清喉嚨，說：

「我是唸高雄中學，那時是五年制，全體師生住校，舍監規定晚上九點以前要回到宿舍，十點準時熄燈就寢。有一晚，我們寢室兩名本島的學生出去快十點才回來受到處罰。處罰方式是拿一整個臉盆的水，用雙手高舉在頭頂上，半小時不能放下。剛好那天晚上我隔壁床舖的日本學生，我記得名叫土井，剛剛也是九點半左右才回來，舍監也發現，却只是口頭訓誡幾句就放行，而台灣學生却要受那種處罰。我心中感到不平，上前跟舍監理論、抗議，而我舉的土井的例子，是剛剛全寢室大家所目睹的，舍監惱羞成怒，也命令我跟那兩個本島生一起雙手舉臉盆水半小時，不舉不准上床睡覺。」「徐傍興停下來舀一碗湯喝，有人插話：「怎麼樣？院長是不是抗爭到底？」

「沒有，我照做，反抗到底會有大麻煩。」他說：「不過，次日我去向校長申訴此事，幸好我們那位日本校長並沒有偏袒日本舍監，舍監被送職工人事評鑑會，最後被解雇了。」

「也有那麼好的日本人嗎？」

「以我的經驗，知識程度高的日本人大多很明理；一般的警察、士兵等比較兇惡。」

「赫，院長恁厲害喲！」席間有人稱讚起來，徐傍興繼續：「正好那時我們有一堂軍訓課講評，教官講到一個將軍叫做「山本大將」的事蹟，他也在士官學校時做過類似我做的那種『蠢事』，被處罰在雪地挖戰壕，最終也獲得平反，於是下課後有幾個同學用日本話叫我『太秀』，華語是『大將』的意思，不過，那只是半開玩笑半戲謔叫的。」

這故事只是餐桌上的一個談助，後來醫院上上下下都發覺：對呀！每天早上院長帶領醫護人員一間一間巡房的時候，他每到一張病床前，總是親自詢問並診察，而他一開口，圍繞在四周的眾醫師，點頭的點頭，做筆記的做筆記，那場面，徐院長多麼像軍中的「大將」呀！

那個日語稱呼的「大將」，從台北徐外科的餐廳起步走，漸漸在全醫院流通，沒多久，「大將」取代了「徐院長」，大家越叫越順口。

「大將」還長了翅膀，從台北徐外科飛到高雄徐外科，又飛翔在南台灣客家鄉鎮的天空，成了徐傍興的綽號，成為一個頭銜和尊稱。

陳昌達有一天又去徐外科，卻見醫院樓上樓下都在忙著準備出門的行李。他很幸運又碰見徐傍興剛好從樓上開刀房下來，「你怎麼今分日會來這裏，不歸屏東掛紙

（註四）嗎？」徐傍興問。

「我不回去？」「為什麼？掛紙一年才一擺為什麼不回去？」陳昌達表情尷尬地停了片刻才回答：「沒有啦！我剛好功課很忙啦！」徐傍興盯視其臉，大致猜到了什麼原因，放低聲音問：「是不是沒錢買車票？」「沒有啦，是我不想回去啦！」徐傍興從口袋掏出鈔票，是三張百元鈔和幾張十元鈔，全部往陳昌達手掌塞進，陳昌達臉上更尷尬了，低頭一瞧，太不好意思了，趕緊把兩張百元鈔票遞回去，說：「買車票不必那麼多，只要一百多塊。」徐傍興又塞回來，說：「有剩下，火車上買個便當吃；還有剩的話你留著用，或買點東西帶回去給你阿爸，知道嗎？」

「小時候，你阿爸去我家田裏載穀袋，我常坐他的牛車回家，坐在他身旁。」徐傍興補了這些話，又匆匆上樓去了。

走廊上，陳昌達一個人握著鈔票呆立了一會兒才離去，有一張想哭出來的臉。這種場景，醫院職工其實經常見到。

沒幾年，徐外科醫院成了北上求學的南部客家學生的感情寄託中心，金錢上的應急站，這個風氣傳到了高雄徐外科，也聘請常駐的專業廚師，經常席開兩桌三桌，座上客多是從屏東來的鄉親。有一天，壬妹在下班的路上問丈夫：「我們這樣做，每個月的飯餐錢，南北加起來，你知道有多少嗎？」

「沒關係啦！我們徐外科有因為這樣變得更窮嗎？沒有，對不對？」徐傍興回答。

那天晚餐後，徐傍興還在餐桌垂詢兒女的課業，壬妹拿出一疊薪水表冊，算盤用力橫拉一下，滴滴答答算起帳來。徐傍興側頭詢問：「麼个帳目恁要緊，帶歸屋下來算呢？」

「偃想統計一下，台大來支援的醫師應領未領的薪水，到底總共有多少。」

「哦！天光日給會計去算……」徐傍興話沒講完，門鈴一聲「叮噹」，壬妹快步去應門。進來的是中山牙醫專科學校的創辦人周汝川夫婦，手上提著看起來很貴重的禮物。壬妹認識此人，去年創校前來過兩次，是為了籌募建校資金而來；徐外科出了一些錢，被聘為董事，記得傍興說，他只是普通的醫界朋友，出點錢，社交性質。

徐傍興移到客廳接待他們，稍微寒喧後，周汝川說明來意：「中山牙醫專科辦起來

註四：「掛紙」，客語，掃墓的意思。

了，已經開始招收學生，第一年招到一百一十二人，只有八十八人來報到。」

「萬事起頭難，第一步跨出去，大路就會出現。」

「我第一步就碰到難關。我們的創校校長，做沒多久就要辭職，而且是堅決辭職。」

「是哦！」

「我今天來，是要懇求你出山，來擔任校長。」

徐傍興一雙眼睛看著周汝川夫婦，沒有立即回答。壬妹腦筋飛快轉動：去當一個大專校長也不錯，雖然我們家現在並不在乎多一份薪水；可惜該校不是在台北也不是在高雄，不能兼顧徐外科。

小孩子們都停下手中的功課，從餐桌那頭望過來。

周汝川見徐傍興沉思不語，加緊遊說：「我們須要藉重你的聲望，給全校師生感到這間學校未來有希望、有遠景；也要藉重你在台大醫學院的人脈，邀請名醫、名教授到本校任教，兼課也好。」

周汝川提到台大醫學院，觸動了徐傍興一個心事：九年前，他從台大醫學院「被去職」，心有遺憾，對於重回校園，有一絲眷戀。他想到這裡，用力地應答：「好，我來勉力為之。」

事情就這樣敲定了。此後，一個禮拜有好幾天，從台北開往台中的「對號快」火車上，會看到徐傍興一個人拎著一只黑皮箱趕著上車下車。偶爾在車站在車上碰到熟人，還以為他是去「出診」，聊起來，才都知道他是趕路去台中上班，去經管一間大專院校。

那是一九六〇年間，他上任時，中山牙醫專科學校連校地都尚未完全整平，沒校門，沒圍牆，只興建好一排校舍，行政辦公和學生上課混合在一塊。

他沒幾年就做出成績：在董事會促成學校改制，改名為「中山醫學專科學校」；又去教育部和考選部奔走，希望政府核准讓該校的修業年限由四年改為六年，使畢業生有資格報考醫師執照，但四處碰壁，後來在一次全國大專院校校長會議上，當面向當時的總統蔣介石陳情，獲得特准。

他到任了才知道，周汝川為了創辦這間學校，耗盡了家產，連弟弟周汝南、太太周張不女士的財產也耗了進去；自己家裡的餐廳提供出來給師生免費用餐，三個兒子每天到學校當免費的工友。如此艱辛辦學，徐傍興大受感動，因而，他上任一個月後向學校宣佈，不領校長的薪水，捐作建校之用。

那晚回家，跟太太聊起這個決定，他說：「妳不要怪我，那薪水實在不能領，不忍領也。」

「唉！既然是這樣，幫它打好基礎後就可以交棒了。自己家的醫院由你親自坐鎮還是比較妥當。」壬妹這樣主張。

徐傍興點點頭，口說「好」；壬妹卻看他每週跑台中，一去三、四天才回來，日復一日，年復一年，好像樂此不疲，而且一直沒領薪水。

有一天，總務阿真牯陪「大將」去台北火車站搭車，一路疾馳，趕車趕得氣喘吁吁，回醫院後在辦公室邊擦汗邊與會計小姐聊天，探詢：「我們的大將每個禮拜去台中當醫專校長，每次都追火車，不知道一個月多賺多少？」

邱壬妹剛好進來，看起來神情愉悅，也聽到這話，沒吭聲。那會計小姐回答阿真牯：「佢毋知，愛問夫人。」

阿真牯不敢問，壬妹主動說了：「講出來，你們不會相信，快十年了，無領半針錢。」

「真識？」

「俚會騙你們嗎？」壬妹透露：「還不時自掏腰包幫學校出個什麼錢或替學生墊個什麼費用。」

會計小姐見先生娘臉上沒什麼不高興，突然心血來潮，模仿徐傍興前一陣子開會時的口氣，開起玩笑：「快緊，快緊，校長這些年該領多少薪水，給我算清楚，一塊錢都不能少，包好一個薪水袋，專程給我送過去，還要雙手奉上，知道嗎？」

邱壬妹跟職員向來沒大沒小，加入起哄：「還有，這些年校長私下幫學生繳的這個費那個費，也一起給他算一算，不算清楚，他怎能回家向老婆大人交待，蛤！」

這段玩笑話說完，她臉色回復正經，低聲嘆一口氣：「唉，俚屋下這隻大戇牯！」（註五）

先生娘這一嘆氣，阿真牯和會計小姐趕緊低頭工作，沒再出聲。

註五：徐傍興於一九六〇年九月至一九七一年十月擔任中山醫專校長。

CHAPTER

11

也是一九六〇年間，徐傍興在火車上看報紙，讀到老同學吳振瑞出任高雄青果運銷合作社理長主席的新聞，附有一篇專訪，談到他如何將台灣香蕉打入日本市場，擴大市佔率及未來更大更美好的抱負。

那些報導，讀了一遍又一遍，心中不斷想起在高雄中學五年，跟吳振瑞相處的往事。晚餐時跟太太聊起這件事，壬妹說：「我娘家有種香蕉，說不定因為你這個同學，我家會更好。」

那天夜裏，他夢回高雄中學。五年級的生物課，日本老師發還學生的家庭作業，徐傍興和鄰座的吳振瑞都得到「五顆太陽」，那是最高分的意思。下了課，徐傍興向吳振瑞要求：「你那三張牛的漫畫給我再瞧瞧。」吳振瑞遞上，問：「這三幅，你喜歡哪一個？」「我喜歡第二張『泥浴驅蚊』。」「是嘛！我自己最愛第一張，哈哈！『搖頭甩尾驅蚊蟲』。」

夢境裏場景一變，竟在自己家附近的小湖泊內。吳振瑞畫的那頭牛浸在混濁的湖水中，盡情地翻滾身軀做泥浴，不久，夢境像電影鏡頭那般轉動，轉到萬巒橋下的大河壩，大水滾滾向西流，好幾個大漩渦旋轉翻滾，而牛隻在洪流中竟能安穩地浮游，突然牛身一抖，從泥水中站起，而徐傍興自己居然是騎在牛背上；牛隻站起的那一刻，清晰地看到家鄉的大武山巍峨聳立在眼前，火紅亮眼的晨曦在山頂上奮力四射。

夫婦倆早上起床，到附近公園走路，徐傍興將那夢說給太太聽，壬妹聽了眼睛一亮，回應：「福佬話不是有一個詞叫做『搖擺』，你做這個夢，果然吳振瑞現在正在『搖擺』，不是嗎？」

「那我呢？」

「你呀！要跟牛去做『泥古佬』了。」

「哈哈！」徐傍興隨口哼一個山歌調子：「大水沖來浮呀浮，河壩蓄水滿呀滿／壬妹儘採講呀講，佢就儘採來相信溜。」

那天，徐外科聘請的廚師一直到下午五點都未接到有客人要來吃晚餐的指示，只準備了平常非週末的一桌飯菜。到了六點，被告知要追加一桌。幸好那廚師訓練有素，緊急應變，六點半左右就陸續上菜了。

晚到的那批客人不是大學生，是看起來有模有樣，已經出社會做事的年輕人，探問之下，知道全是屏東各個客家鄉村的中學教員。徐傍興只認識一個高樹的溫興春，其他的都還是初次見面。

溫興春儼然是帶隊官，他告訴徐傍興，他們是連袂北上，參加中國國民黨革命實踐研究院的幹部訓練，順道來參訪徐外科醫院。「有來台北，『大將』這裏是一定要來參觀的景點。」溫興春說。

「哈哈！我這裏什麼時候變成了『景點』？變成『風景區』了呢？蛤！」徐傍興見南部來的鄉親，一貫的朗爽口氣：「來！來！我引導各位真的上樓參觀參觀，然後在這裏吃了晚餐再坐夜車回去。」

醫院的設施只是走馬看花，這棟樓房的設計和構造以及它的歷史，來賓倒是聽得津津有味。參觀結束後，廚房也開始上菜了，大家坐定邊吃邊聊，從這次的黨部訓練談到來賓最熟悉的教育問題。

徐傍興先啟動話題：「我聽人說，會被選派來參加革命實踐研究院訓練的，將來都會成為校長。」

「哪有可能！校長一定是外省人，連教務主任、訓導主任也是。我們最多就是升個組長。」

「我們客家人在職場上不要太保守，要更進取才行。」

一時沒人搭腔，徐傍興另找一個話題：「今天很高興認識各位老師。你們教的學生全是我們六堆的子弟吧？」

「大部份是，但不能說全部。」

「一般說起來，我相信我們客家的下一代比福佬的下一代更優秀，是吧？」徐傍興說。

「不一定，可能還比較差。」

「是嗎？怎麼會比較差呢？」徐傍興說：「我這裏常有南部客家大學生來，一大堆從台大、政大、師大到中興法商學院、文化大學都有，人才濟濟呢！」

一位陳姓老師低下頭，從隨身旅行袋翻找出一份文件，說：「我這裏有各校升學率的排行表，徐院長你看，內埔中學、省立潮中、屏女西勢分部，它們的畢業生考上屏中、屏女、雄中、雄女的比率是偏低的。」

「這是初中、高中的呢？」

「大將，今年大專職考已放榜，我聽說我們六堆子弟幾乎都名落孫山。」

「不過，升學率不能代表全部。我還是相信我們的下一代比較優秀。」徐傍興停下來請大家多挾菜，又說：「升學考試之外，還有人格的養成、倫理教育、意志力的培養等等，像我在日本時代唸的高雄中學，是菁英培訓所，施行全人格教育。」

「大將，你講到高雄中學，我就想到我們六堆子弟要去唸好一點的省中、省女，要每天天還沒亮就摸黑出門，步行半小時去車站，坐一個多小時的車子到城市，又還要從車站走路到學校，來回奔波，讀書的時間確實比城市裏的福佬人子弟要少很多。」

「溫老師你說的這點，我從小就有親身體會。」

話題又轉回徐外科醫院這棟樓房，徐傍興進一步述說當年蓬萊閣大酒家的風華歷史。大家聊得正起勁，前廳掛號櫃台的小姐進來，向徐傍興遞上一張名片，徐傍興瞄一眼，唸出來：「鍾壬壽，台灣省工業會總幹事，工業月刊執行編輯」，同時吩咐：「把他請進來一起用餐，我們這裏的客人不須要通報，就直接進來。」

小姐出去後，徐傍興問眾人：「鍾壬壽，你們認識這個人嗎？」沒人回答，顯然沒人認識他。

幾分鐘後，一個寬臉、高額頭、頭髮稀鬆，帶有斯文氣質的中年人進來，看起來五十歲上下。在場眾人挪出一個空位，徐傍興朗爽地招呼：「來，坐下來就食飯，佢徐外科從來就係阿呢，毋使客氣，蛤！」

鍾壬壽有點拘謹，很注重禮儀的樣子，掏出名片，在座每人發一張，同時自我介紹：「𠊎係萬巒人，久仰徐外科大名，今日路過行入來，無想到會在這裏食飯。」

溫興春先自我介紹，眾人跟進。廚房適時送來一副乾淨的碗筷，鍾壬壽才放鬆了些。徐傍興問：「你服務个台灣省工業會在哪位？」

「在大同公司裏面，理事長係林挺生，工業會日常業務由𠊎打理。」說完換成國語，相當標準，帶一點外省人的腔調：「我唐突到來，打斷了你們的談話，真過意不去。還請各位繼續談，我沒有特別的事，只是順道拜訪。」說完開始舉箸，謹慎地用餐，沒說話。

屏東來的教師們走後，鍾壬壽也表示要告辭，徐傍興留他：「不急，不急，他們要趕車回南部，我們再聊一下。」徐傍興剛才聽他說國語的腔調，判斷他是「半山仔」，試探一問：「你去過中國大陸？」

「去過，還住過一段不算短的時間，跑過半個中國。」

「去做麼个頭路？」

「你有聽過大陸以前有一個汪精衛這號人物嗎？」

「聽過。」徐傍興想起在一本雜誌讀過其人其事，回說：「國民政府提到此人，必稱『汪精衛偽政權』。」

「對，沒錯。」鍾壬壽遲疑片刻才說：「我曾經是汪精衛幕僚之一，起初是文宣官，後來是其秘書組成員。」

「哇！哇賽！想不到我們六堆客家，有你這種奇特經歷的人才。」

兩人這麼一聊開，徐傍興對他興趣來了，又問：「你係哪年出世？」

「明治三十五年，你呢？」

「明治四十二年。」

「明治」的年號被說出來，兩人的腦袋不約而同切換成日語，開始交換各自的日本經驗。徐傍興發現他的日語道地而流利，對日本有濃厚的情懷，卻又跑去中國，在內戰的漩渦裏為一個汪精衛政權服務。徐傍興率直地質問他這點，他淡然解釋：「我是在日本跟汪精衛結識，蒙汪先生不棄，相偕去中國，以為可以闖蕩出甚麼事業。」說了這話停住，切換議題：「那中國呀，是我的『父祖之國』，而日本則是我的『老師之國』、『朋友之國』。我在日本時代的『先生』和朋友，三十多年來一直保持書信連絡。」

徐傍興對他的這番話猛點頭：「藏在我心裡的中國和日本，跟你的一模一樣；而你只用幾句話，三種什麼『之國』，就透徹地說清楚了，佩服！佩服！」徐傍興想多談一些自己的感想，但護理人員上前催促了，只好說：「哈哈！高興認識你，歡迎常來聊天，我後面還安排了幾個手術病患，請恕我失陪。」

那天壬妹沒去醫院，晚餐時問起醫院大小事。徐傍興提起一位新認識的萬巒人鍾壬壽，壬妹只是聽著，沒什麼反應；後來談及幾位教師來訪所討論的事情時，卻立即附和：「是呀！我以前唸高雄女子高校時，也是每天浪費很多時間在通車，上學要趕車，放學也趕車，每天很緊張。」

耐心等老婆說完，徐傍興慢條斯理說出一個點子：「他們走後，我心裏一直在想，我們是不是回去忠心崙辦一間學校，像日本時代高雄中學那樣的完全中學。」

「就在忠心崙？」

「對！用我阿爸留給我的那些土地，再多買一點就夠。」

「阿傍興，以前你跟人家去捐什麼高雄醫學院，我心裏很反對，但現在這個，要回去我們老家那邊蓋中學，我倒是很贊成。」

「哦！是嘛！妳很贊成嗎？」徐傍興大為振奮：「我們現在能拿得出多少建校經費呢？」

「這你放心，夠，絕對夠，你去做就對了，錢沒有問題。」壬妹接著說：「要叫做『忠心崙中學』嗎？唔！有兩個『中』的音，不好聽吔！」

「忠心崙現在改名字美和村了，不是嗎？」

壬妹眼睛一亮：「對！我忘了，叫『美和中學』很好聽，很好！」

這件事只是屏東家鄉的老師們來閒聊，引發自己的遐想，沒想到老婆是如此的「打卵見黃（註一）」，於是順風駛船，再打個電話試試徐富興會如何反應，也獲得熱烈響應：「傍興哥，前一陣子你想把高雄徐外科發展成日本的『順天堂大學』，那有點不切實際，但是這次回我們村子辦中學，我看一定會成。」

徐富興又連珠帶炮發表高見：「戰後，我們這一代都崇尚多子多孫，每一家都生育六、七個小孩，有的生八、九個，導致所有學校都擠滿了學生，每班都容納六十多個學生，因此，我們回忠心崙辦一間學校，我相信也很快會爆滿。」

「阿富興，你這樣說，我也樂觀起來了。這樣好不好？這個禮拜天休診，我們回徐屋伙房老家，你把你家的田地權狀帶來，我也帶我家的過去。壬妹也會回去。我們來算一算，看看能湊合出多少校地。」

兩兄弟如此一言為定。到了禮拜天，壬妹手上一張紙一支筆，像學校裏的算術老師，先問富興：「你家多少地？」富興俐落地快答：「一甲三分。」「傍興呢？我們家土地到底有多大？」傍興一面點數權狀一面說：「來，幫我加一加，開始囉。七分地加五分六厘，加四分一厘，加一甲一分，再加一個四分地，這樣是多少？」壬妹很快算好：「一共三甲一分七厘。」

壬妹又喃喃自語：「富興的一甲三加上我們家的三甲一分七厘，總共四甲四分一厘。」

富興沉吟片刻，說：「四甲四分一厘，有點勉強。」

傍興馬上表示：「這四甲四分地有一部份要找人來交換，才能成一大塊，然後我再來把毗鄰的農地買一點過來，最少湊個五甲地才好發揮。」

註一：「打卵見黃」，客語，蛋殼敲開就看見蛋黃，使用在多種場合，此處形容一個人急性子，想到就做。

徐傍興說這話的時候，一個小型摩托車的聲音由遠而近，是徐來興回來，車後座擱著一個「出診」用的黑色皮箱。他一進門，見桌上擺著許多張土地權狀，吃了一驚，問道：「怎麼？你們是回來賣祖產？」

傍興告訴他緣由。來興說：「可惜我家只有一分多的田地。」

「不出田地，出錢出力也可以。」傍興說。

「阿傍興儘管吩咐，我一定做到。」來興說。

事情告一段落後，壬妹想回娘家看看，傍興陪她走路過去。兩人穿過二崙，要彎進美崙的轉角處，有一間「中崙仔齋場」，是小時候經常跟隨大人來拜佛的地方。到了這裏，壬妹說：「今天晚了，沒時間進去，我們停一下，雙手合十唸一聲佛號吧！」

徐傍興照做，連唸幾聲「阿彌陀佛」，同時合掌低頭，却見齋場旁邊躺著一名男子。徐傍興定睛一瞧，他歪歪斜斜躺在草地上睡著了，嘴巴半張，灰灰暗暗的一張臉，上身穿的是被汗漬染黃的汗衫，領口袖口已經磨損見絲，舊得不能再舊；下半身是泛白的卡其布短褲，褲腳也破破爛爛，而腰間沒繫皮帶，肚臍外露。壬妹也上前瞧了一眼，認出：

「我知道這個人，沒出息的阿得。」徐傍興卻低聲自語：「這個人，真衰過（註二）！」同時從口袋掏出幾張百元鈔票，也沒點數，往那人身邊一放。

兩人再啟步走了不遠，徐傍興想到一事，問壬妹：「妳皮包裏有沒有一張五十元的紙鈔？」「有，要幹什麼？你身上不是有錢？」「我剛才放了幾張一百元的錢在那個阿得身旁，百元鈔票跟四周雜草顏色相近，怕他醒來沒看見就走了，所以我想再多放一張紅色的五十元鈔，好讓他看得見。」

「唉呀！啊！拿去吧！」壬妹給了錢又責怪：「你這樣把身上的錢全部給了出去，如果我不在你身邊，看你等一下要怎麼吃飯，坐車回家，蛤！你這個人！」

徐傍興快步走回去，把五十元鈔放好，回來時嘻皮笑臉回答：「我們不是要在妳娘家吃晚餐嗎？那邊吃飯要付錢嗎？」

壬妹有點不高興，噘著嘴沒講話。徐傍興說：「壞勢啦！無法度呢！偓就係阿呢好花錢！」

註二：「衰過」，客語，「可憐」之意。

壬妹還是沒吭氣，徐傍興又說：「下次妳看到這個人的時節，會看到他穿一身新衫褲。」

幾個月後，田地該交換的交換完成，該多買的也買妥交割完畢，徐傍興夫婦又南下，專程來看看那片整併成塊的校地。

夫妻倆那天早起，在晨曦中出門，從忠心崙村裏小徑走向那片建校預定地。遠處大武山寬廣綿延的墨綠色山影，聳立在朦朧而泛白的天際，山色與天色分明，分出高高低低的稜線。

兩人走了一小段路，一大片水稻出現在眼前。完整的五甲多地，一望無際，就在這裏，再過不久，就要在這裏建起教室、操場、辦公室。夫妻倆不約而同深吸一口氣，徐傍興還高舉雙手伸個懶腰，感嘆：「啊！這一大坵田，在溫潤的霧氣中，有稻香加上草香，從小在這裏吸慣的氣息。」

「傍興仔，你仔細看，稻禾已經吐穗了，這樣大概兩個禮拜後稻穗會飽滿，然後就要安排割稻班子來收割。我們還可以賣最後一次稻穀，建設學校要用很多錢。」壬妹邊說邊起步，在田埂上漫步，徐傍興走在後面，回說：「稻穗飽滿時這一大坵稻田會變色，由綠變黃，稻穗會慢慢下垂，再變成焦黃，到了那個時候，以前哪！我們家就要開始忙碌起來，全家大小動員。」

田裏這個時節已不須灌滿水，田埂是乾的，兩人當做晨起健行，愈走愈快，稻禾葉子已蔓衍到田埂兩邊，稻葉與褲腳摩擦出唏唏的聲音，稻葉上的露水沾染到褲腳上。徐傍興提醒老婆：「最好平舉妳的雙手，免得被稻禾葉子摩擦到手臂。」壬妹回頭：「為什麼？」徐傍興回說：「稻葉會割人皮膚。」她見老公像歌仔戲裏大官出巡那般，雙手平舉，腳踏八字，走起路來高擺手，高抬腿，上半身左右微晃，笑道：「赫！你阿呢行路，有像一位『大將』了。」

兩人一面巡視這一大片稻田一面健行，到了田埂的盡頭，碰到一條圳溝，於是掉頭，變成徐傍興在前，壬妹在後。

徐傍興一掉頭就面向大武山。啊！山景變了姿色，山是亮亮的翠綠，天是淡淡的藍；從山之巔升起幾團白雲，高高懸掛在山上的天頂。那白雲，像母親過年過節蒸的「發粄」，而且是特大號的，向天空高高升起，都開花一般裂成四片。

一陣清風吹過來，徐傍興將視線移回稻田，五甲多廣袤密植的稻禾輕輕擺頭搖曳，像微風中的海浪，浮浮湧湧，沒發出聲音。他突然想起父親，告訴壬妹：「稻田對我們家以前十分重要，如果阿爸還在，他可能不會同意我用來蓋學校。」

「那是因為稻米可以餵飽全家，又可以賣錢。」壬妹回說：「不過，你現在開醫院，吃飯賺錢不必靠田，用來做教育更有價值。」

清風吹拂在他們臉上，徐傍興沒再說話，遐想這片水稻田將變成一所怎麼樣的學校，會培養出多少怎麼樣的人才，心中滿腔的感觸，即興唱起山歌來：

禾仔漸漸飽水囉　想到阿爸
屋下準備豐收囉　想到阿姆
廢田坵做學校囉　好麼好麼
起教室建操場囉　好啦好啦

壬妹聽不懂那是一種什麼調子的山歌，等老公唱完，說：「還要同汝阿爸講一下，下季無禾仔好割了。」徐傍興一聽，略為構思一下，用一種更通俗的歌謠接話：

下季無禾割，毋使驚毋使驚
老田坵，傍興創新業
天頂上，阿爸會看到
看到後生來讀書，阿爸笑到牙微微

壬妹聽著，見傍興每唱一句就雙手做一下敲鑼的動作，放聲笑了出來：「這是以前『撮把戲』的調子，你怎麼會唱！」

「從小看『撮把戲』看到大，早記熟了它的唱腔，一輩子不會忘。」晨曦好像聽到歌聲就出來了，一大畝稻田為之一亮。徐傍興邊走邊說：「我在開始學醫的時候，在徐外科開業的那天，心裏都充滿著憧憬，有一股朝陽升起的奮發之氣。現在那股氣又來了，而且更為旺盛。」

兩人一直漫步到太陽變大，陽光變強，才走回美崙壬妹的娘家吃早餐。餐畢喝茶，一堆親戚上門「打嘴鼓」，紛紛讚嘆徐外科醫院是如何聲名遠播，又爭先恐後發表對美和中學的願景，有話談到沒話，後來有人提議去隘寮溪看水，「水有什麼好看，八七水災還沒淹怕嗎？」「那裏正在攔河築堤，官民合作修補八七水災的傷痕。」「那好，有意思，我們去看看。」最後徐傍興此話一出，眾人七手八腳，準備出發。

那隘寮溪這天好忙。參與修堤的工人超過一百，有的地方用傳統的畚箕肩挑，有的地方用先進的器械挖土堆土，人聲、車聲、機械聲混雜在一起。徐傍興對那種忙碌的景象很有感覺，也很振奮。農家子弟一年總會碰到幾次農忙，整個村莊、整座伙房全體動員，就像現在這樣，一大群勤勞的人們，頭上臉上淌著汗水，汗衫濕黏在背脊上，還沒收工就沒有疲累，經常不知道疲累。

還有水聲。目前正值豐水期，為了施工，河道變窄，河水豐滿急湍，從山間衝出，一路呼嚕轟隆作響。

他陶然於眼前這幅有畫面有聲響的動作片，偶然抬頭，大武山昂然站立在旁邊，好像在跟眾人明示：「大家加油、努力，有我在你們身旁，給你們依靠。」

一九六一年三月三日是六堆客家人的大日子，那片整好的五甲多校地上，大批西裝畢挺的大人物齊聚，連美國進口的大轎車都出現好幾輛。徐傍興在大太陽下居中執鏟，正式動了工。

在四周觀禮的民眾中，有人從佳冬、從新埤坐火車到竹田站，再從車站徒步到達校地，有人從萬巒騎腳踏車，越過萬巒大橋，穿過羅經圈村抵達；更有從美濃竹頭背半夜摸黑出門，又涉溪又坐台糖小火車，到達時差一點錯過動土的那一刻。這些人都是尋常老百姓，也不是非常清楚為什麼要來湊這個熱鬧。村子裏人人都說，那是一個客家人在客家庄為客家子弟創辦的一所學校，應該去看一看的，應該去共襄盛舉的。「徐傍興辦的，一定不會是阿莎布魯的學校。」

「聽說徐傍興要聘請台大、師大最好的老師過來，就跟學生住在一起呢！」這群人親眼目睹那徐傍興跟其他大官、大議員排成一列，鏟下去，鏟起來，泥土飛揚了起來。動土典禮過後他們還不走，廟會「看熱鬧」那般，看眾多貴賓走進休息的遮陽棚，在那裏喝茶、喝黑松汽水；看徐傍興略為發福的身體週旋在賓客之間；而那些民眾是曬慣太陽的，不須要進棚，流連在棚外陽光底下。他們原來都是南台灣烈陽下做農的勞苦大眾。

當來賓漸漸散去，遮陽棚內剩下幾位親朋好友，棚子外面還沒走的民眾聽到裏面有人在唱山歌。棚外太亮，乍看棚內顯得有點暗，但定睛再瞧，看得到山歌竟出自徐傍興本人之口，聽哪！唱的是：

南風吹呀吹過來　老嫩大細行前來
美和開呀開學堂　如今起呀起勢頭

唱了這幾句，換另一種調子，是半唸半唱：

起教室買設備　壬妹出錢來
教子弟傳文化　傍興來做事

「你們聽！徐傍興用唱山歌的方式表白了，建校經費要壬妹出錢，而徐傍興只有煞忙做事。」「壬妹是誰？那麼有錢！」「壬妹就是徐夫人啦，徐夫人的錢就是徐傍興的錢啦！」遮陽棚外，民眾久久不散，七嘴八舌聊個不停。

太陽從東邊升起，照射著美和中學校舍工地上林立的鋼筋。鋼筋已牢牢種在混凝土地基裡。大批工人頭上、臉上、手臂上同時被照射出汗珠，汗珠又被照射出晶光。而陽光無私，也照見創辦人徐傍興由兩名事務人員陪同，正從馬路邊走過來。

徐傍興在工地四周走一走又繞一繞，又仰頭瞇眼看了看太陽，然後叫來承包商；問：「這排教室是東西向？」

「沒錯。」包商回答。

徐傍興怒氣上臉：「東西向的教室，早上被東曬，下午被西曬，你要叫我們的學生都戴墨鏡來上課嗎？」

「那怎麼辦？地基已完工，鋼筋都上了。」包商一臉惶恐，說：「徐院長，沒關係啦！我可以在兩邊加做遮陽棚。」

「不行，第一，校舍會變得很醜；第二，南台灣的太陽你不是不知道，遮陽棚的作用有限。」

「難不成要拆掉重來？」

「對，拆掉重做。」

「院長，代誌大條呢！，工期延誤事小，要多花的錢不是小數目。」

「要多花多少？」

承包商沉思片刻，說：「我只是概估，大概要多四十萬。」

「誰來吸收這筆額外的工程款？」
包商額頭上、臉上汗球直冒，沒回答。
徐傍興轉頭問身旁的總務課長：「當初的設計圖有沒有跟你們討論過？」
包商像拉緊的橡皮筋被放鬆，迅速回答：「有。」
總務課長也靦腆地點了點頭。
「好，多出的四十萬我出，立即打掉，改南北向。」
「是，是是。」承包商連連點頭。

之後，校舍工程進行順利，校務也逐漸上軌道。草創初期，徐傍興自己親任校長。一個週末下午，他離開辦公室，要趕火車回台北，教務主任溫興春陪他出來，却見內埔中學校長李為到來，在門口相遇。
「李校長，你好！」徐傍興簡單打個招呼就要離去，但校長就站立在徐傍興面前一鞠躬，說：「徐院長，大將，我專程來，有事向您請求。」
「什麼事嗎？」
「不好意思，您正要下班，請恕我直說。本校下學期準備增設高中部，已奉核准，但教室不夠，政府撥的經費不夠，所以我正分頭向社會上關心教育的善心人士籌募資金，以增建兩間教室。」

有蚊子在三人頭上臉上飛來飛去，徐傍興一邊聽一邊揮手驅蚊，那手勢看在李校長的眼中，有點像在暗示：「不要，不要。」但李校長不灰心，思索該如何遊說，聽到身旁溫興春的明示：「我們美和在草創初期，正是用錢的時候。」

「這我瞭解，我正準備向十個人勸募，一人一萬五千元，希望能募得不足的十五萬元。」李為校長說話時，也揮手趕走飛在面前的蚊子。

徐傍興再問：「增設高中，當然要加蓋教室，請問政府撥給你們多少錢？」

「我盡力奔走爭取，只要到十萬元。」李為校長雙掌「啪」一聲，打到一隻蚊子，繼續說：「政府財政拮据，你們應該也都知道，唉！想多要一點，難呀！」

溫興春又從旁插話：「我們美和也有計劃要辦高中部。」

徐傍興竟然回應溫興春：「我們美和要辦好，也希望內埔中學愈辦愈好。」李校長聽了這話，是會給錢的口氣，但徐傍興又揮手驅蚊，那手勢，像在說：「你走開！走開！」

「是，是的，謝謝大將勉勵。」

「這樣好了，十五萬我徐外科全捐。」徐傍興開口：「什麼時候要用到錢，來跟徐外科拿，啊！」

「哦！」李校長又一鞠躬：「謝謝大將，太感謝了。」見徐傍興雙手一拍，打蚊子，然後又揮手又搖頭，趕緊告辭，說：「打擾了，擔誤院長下班，真不好意思。」

「等一下。」李為校長聞聲站住，側耳一聽，原來溫興春是在向徐傍興婉言建議：「大將，這件事，愛先同參謀長講一下麼？」

徐傍興果決回覆：「毋使，侄決定了，就恁呢去做。」徐傍興邊說邊移步向校門口走去，溫興春跟在後面，李為校長鬆了一口氣，上前輕聲詢問：「你剛才說的參謀長是誰？」溫興春解釋：「徐夫人掌理徐外科庶務和財務，既然人人稱呼徐傍興院長為『大將』，於是有人稱徐夫人為『參謀長』，日久就叫慣了。」「哦！原來是這樣。」

李校長走後，溫興春陪徐傍興去車站，路上再次提醒：「大將答應捐一萬五千元就好，何必全捐！徐外科還要花很多錢在我們美和。」

「無關係啦！徐外科還做得到啦！」徐傍興看溫興春一眼，又說：「打棒球的時候，一棒擊出，自己站上了壘，也護送隊友跑回本壘得分，這樣不是很好嗎？」

徐傍興回到台北的家已經很晚，壬妹陪老公吃點東西，輕聲問候：「美和的校務都順序吧？」徐傍興把他決定打掉一棟建好的教室地基，原由是什麼，會增加多少經費，以及內埔中學校長來募款的事情都說了；壬妹靜靜聽著，神情木然，偶爾詢問一些細節，並以食指虛空寫字，嘴唇微動，似在心裡默算什麼。

臨睡前，壬妹在床頭柔聲說了幾句：「講實在的，第一筆四十多萬，為了一個教室的方位，你既然堅持，那就花了；但內埔中學李校長那筆十五萬，沒必要花！」

「花給美和中學，你那麼心甘情願；內埔也是我們的家鄉呀！沒關係啦，啊！也是我們的家鄉子弟在受惠呀！」

「能省還是省一點，後面的路才能長久。」

徐傍興沒有接話，壬妹凝神一望，原來老公已經睡著了。

CHAPTER

12

徐傍興在台北住了一晚就南下，先去台中中山醫專三天，再去美和中學。一場校務會議在剛剛完成主體建築，尚未粉刷的會議室裡等著他。他事先交代要討論兩個議案，第一，如何吸引優秀教師到本校任教；第二，研議學生宿舍管理規則。

會議先進行例行的行政業務報告，由各處各組輪流。大多是不勞他操心的事情，他只是聽聽，聽過去，沒在他的腦筋上停駐。

一直報告到：今年是第二年招生，準備錄取十班五百五十名學生，而報考人數竟超過三千人。徐校長精神一振，插嘴問：「去年呢？我忘了去年首次招生來多少人？」

教務主任溫興春回答：「去年我們總共招收五班二百七十五人，有一千九百零七人來報名。」

「哦！知道了，還算踴躍嘛！」

「我們的報考與錄取的比率，是鄰近的內埔中學的一倍半，潮州明德中學的兩倍。」

「是什麼原因，使本校招生時報名比較踴躍？」

「我想，主要是因為鄰近客家人對本校比較有認同感。」

「不過，報告校長，光是認同感不夠，我們要讓所有家長相信，來唸我們美和，比較能考上屏中、屏女、雄中、雄女，甚至可以直攻台北的建中、北一女。」

「如何才能做到這點？」

「師資。我想第一是師資。」

「我去中山醫專當校長的第一步也是提高師資，去台大醫學院挖人。」徐傍興說：「我們今天要討論的第一案，本來就是這個。好！我們就直接進入本案，大家自由發表意見，不用客套。」

「報告校長……」

「『報告校長』這句話也不要，直接講。」

「報告校長，我建議去屏東、屏女、雄中、雄女或在各大補習班已經有名氣的老師中，找南部客家人，用族群情義，把他們挖角來本校任教。」

「這要用很多人力，本校創校之初，人手恐怕不足。」

「到台大、政大、成大等名校張貼佈告，號召畢業生中的客家人回鄉奉獻鄉里。」

「師大畢業的還是最好，我們能不能向師大爭取，在分發畢業生時，將本校列為分發對象。」

徐傍興聽了這些意見，未置可否，自己提個想法：「如果我們將本校教師的薪資，提高到現有公立學校教師的一點五倍，會不會有效？」

會場突然安靜下來，人人喜形於色却都沒再發言，徐校長又補充：「我想，用高薪來吸引最有效。一點五倍的薪水發出去，很快就會傳遍教育界，是不是？」

溫興春發言：「我非常贊成，我想在座每一位都贊成，要請校長再思考的是，徐外科醫院已經獨立負責整個建校經費，這樣做負擔會加重。」

「沒關係。錢用在對的時候、對的地方就有價值。」徐傍興說完朝向做記錄的職員說：「第一案就這樣做結論，從這個月就開始實施，按一點五倍的比率調高後的薪資表，整理後送給我批定。」

徐校長見與會所有主管臉上都浮現興奮的表情，宣佈接著討論第二案：「美和中學學生宿舍管理規則草案。」

「興建學生宿舍，要求全校學生住校，是我的政策。全案已在董事會通過，今天，我們要訂一套良好的管理辦法出來。」校長做案由說明：「剛才有人說，本校要以升學率為號召，這點當然很重要；但我創辦本校的初衷其實不只這樣。我夢想有一間像我以前唸的高雄中學那樣做全人格教育，替國家培養多元的，對社會有奉獻心的好人才，而不只是辦一所升學率很高的學校。」

會場鴉雀無聲，徐傍興繼續：「至於什麼叫做全人格教育，什麼叫做菁英教育，我將來會慢慢的將我『高雄中學經驗』整理出來，告訴大家，而首先，我想，可以從學生住校中去實踐……」

一名總務課的女職員跑步進來，打斷校長的談話，到主席位子旁低聲說：「徐夫人的電話，說有一件十分緊急十分重要的事要您去接聽電話。」

徐傍興起身，交代：「我剛才說的，大家想一想，先自行討論一下，我去去就回來。」

電話機就在會議室旁邊，徐傍興拿起話筒，聽王妹說：「有一個胃出血的病人要求找你。他說他沒辦法掛號。說找到你就可以了，說著說著昏迷了過去，我叫鍾公正醫師為他做了緊急處置……」

「能把電話拿過去給他嗎？」

「他臉色慘白，有時昏迷，有時又清醒，沒辦法講電話了。他剛進門時跟我講了兩句不標準的客家話，說是你教他的……」

「竹林教授？」

「看起來應該是。鍾醫師說情況危急，隨時會休克。」

「用最好的藥，最好的方式救治他，我馬上回去，啊！」

徐傍興匆匆回會場，一面收拾桌上文件一面說：「真抱歉！我有急事要先離開，會議請溫興春主持，結論送給我看就可以了。」

職員幫他叫了車子，直奔高雄火車站，搭上對號快車。上了車還在喘氣。竹林教授為什麼要如此偷偷留下來住在台北呢？難道只因為他娶的老婆是台灣人？他一定連身分證都沒有，所以才會說沒辦法掛號。他在台灣沒有身分，沒有姓名，如何生存呢？靠什麼生活呢？他太太不在了嗎？他有兩個在台灣出生長大的小孩又到哪裏去了呢？他稱那兩個小孩是「灣生」，日本人社群裏有「灣生」這個詞還是他教的。

「對號快」其實速度不快，停那麼多站怎能叫做「快車」呢？真盼望自己能長出翅膀，快速地飛來飛去，這樣什麼事情都不會擔誤。想到這裏，一句以前用慣的客語浮出腦際，叫做「剁片」（註一），就是一粒橘子被剁成對半，又剁成四片、八片的意思。「現在，我這個人，我的一天二十四小時是被『剁片』的，台北徐外科、高雄徐外科、中山醫專、美和中學等四個地方都須要經常到場；「啊！『剁片』的人生、『剁片』的事業，都是自找的。」

徐傍興胡思亂想到這裏，閉目養神一會兒，暫時把竹林教授的事情擱下，「對號快」速度不快，且放寬心坐著，終究會到台北的！他從公事包裏拿出武俠小說，開始閱讀。那是從租書店租來的，每一本都用土黃色的厚紙當封底面，還蓋有橢圓型的店章；每次租十本，專門用來在火車通勤時消遣殺時間。他通常一翻開就入迷，入迷後好像火車駛得特別快了，一下子就到了台中站。月台上有兩個「叫販」叫賣便當，把他從武俠世界裏拉回人世間，他從車窗伸手出去買了一個，好整以暇打開來，享用從小到大熟悉得不得了的鐵路便當的好味道。

耳邊間歇的，忽遠忽近地傳來月台上「便當、便當」的叫賣聲，他一面咀嚼一面聽著，那叫賣聲非常熟悉，一聽就產生親切感。日本時代就是那樣喊叫，現在國民政府時代了，叫賣的發音完全相同。用心聽，是日語，「便當、便當」；再仔細分辨，「便當、便當」，又像是福佬台語。

吃完便當，飽肚的滿足感盈滿全身，斜斜靠在椅背閉目養神。火車早已滑出台中站，

註一：「剁片」，客語應寫成「半析」，發音近似「吧殺」，此處姑且寫成「剁片」，容易讀懂。

腦中還響著那句是日語也是台語的「便當、便當」。

不久他在響亮的「便當、便當」聲中醒來，恍神中以為是讀高中時坐車到了高雄站，眨個眼才意識到是台北站到了，早已不是日本時代了！

徐傍興飛快回到醫院，衝上二樓，果然是竹林，兩位年輕醫師在側，向徐院長簡報病況和處理情形，建議要立即動刀，割除潰瘍部位。竹林在醫師們討論時醒來，看徐傍興一眼，嘴唇動了動，右手抬起，手掌張開，徐傍興會意地跟他握個手，然後他又昏睡了過去。那表情，分明是：看到你回來就可以放心了。

徐傍興親自執刀，病人本身就是外科權威。權威向權威開刀，只不過是被開刀的權威現在不省人事了。

竹林在徐外科醫院完全清醒的那一刻，徐傍興帶著一群醫護到來。略事查看傷口後，徐傍興後退兩步，跪坐在地，上半身向前完全伏地，口中叫一聲「先生」。在旁的醫護人員一時手足無措，堂堂徐院長，大將徐傍興是何等聲譽崇隆的人物，此時此刻竟向對方行這種大禮！要不要跟著做呢？正當眾醫護你看我我看你的時候，大將起身，吩咐大家下去，他要跟病人單獨講話。

徐傍興用日語問：「先生，怎麼想到要留在台灣，不被『引揚』回日本呢？」

竹林用福佬台語回答：「台灣養飼我數十年，我想欲一直住佇台灣。」

徐傍興再用日語：「夫人呢？您那兩個『灣生』呢？」

竹林又回答福佬話：「我兩個後生舊年轉去日本留學，一個讀碩士，一個欲修博士，阮某做伙去，今嘛我一人佇這。」

「啊你怎仔生活呢？生活費有問題無？」徐傍興故意用客家話問。

「偓生活蓋好，盡好，毋使愁。」竹林也回答客語。

「先生真識有語言天才！」

「客話還沒學完全啦！」

「哈哈哈！」

「哈哈！」

之後，徐傍興告訴他：「我明天要去台中中山醫專，連續三天，然後回屏東，在美和中學兩天，所以，我會在四、五天後才回來台北。您在此靜養一個禮拜，等我回來後，帶我去你家，我想看看您在台北怎麼生活。」

「好的，沒問題。你忙你的，我在你這裏很放心，等你回來。」

CHAPTER

13

徐傍興這天提早離開中山醫專，跨上三輪車往台中水源地棒球場疾馳。他早幾天從報上得知，日本的棒球打擊王王貞治這兩天來台中舉行表演賽，他特地要去觀看，最好能近距離親睹。

報紙上說，安排這場盛會的是謝國城。正想念著這位新朋友，希望能見上一面。

到了售票處，買好票後遞上名片，表示自己是謝國城好友，一位棒委會的職員帶領他到行政人員工作的處所，正中央前排的好位置。他坐定後抬頭環視這座球場，場地不大，牆壁不高，不知道王貞治擊出全壘打時，球會不會飛出場外；而座位區那麼窄小，許多觀眾沒座位，站滿了走道；全場恐怕有兩三萬人，即使現在是冬天，也有人不停地擦汗。

表演賽即將開始。他望見謝國城那高瘦的身影就在球場中，正引領一位貴賓上場。定睛一瞧，那位貴賓依稀就是報紙上看過的謝東閔，現任台灣省議會副議長還是議長，搞不清楚。貴賓正要致詞，大概致詞完就要開場了吧！

正當謝東閔講話收尾時，謝國城又陪著一個人進入球場，看台上騷動起來，鼓掌聲和口哨聲大作。那人正是王貞治，大約與謝國城齊高，也是瘦瘦的身材，但較為精壯結實，頭戴一頂黑色軟塑棒球帽，上有醒目的日本巨人隊帽徽；一身標準的棒球服，上下身白色成一套，腿側、領口、袖緣有紅條壓邊。

王貞治一邊走上打擊板一邊向四周觀眾揮手致意，他慣用的短手套和球棒就放在他腳邊，攻守兩隊球員迅速就定位，擔任開球的投手居然是謝國城本人，赫！正在抬腿舉手，姿勢還真像一個老牌投手；球很快投出，是一個軟弱的直球，卻也投進了打擊區，好球！

看台上幾千百人都屏氣張眼，看到了，看到王貞治屁股微翹，右腳提起，略微彎膝，雙手執棒在左上方，啊！這就是他揚名全球的單腳站立打擊法，球迷給它的稱頌多啦！有人稱「稻草人打擊法」，也有叫「金雞獨立打擊法」。謝國城的開球輕易被擊出，是一支右外野高飛球，沒成全壘打，應該是投給他的球不夠強勁之故。

徐傍興注意到王貞治是左撇子，想起自己也是，不過後來……來不及想後來的事，謝國城來了。徐傍興迎上去：「國城兄，你做了一件大事、好事。」「你也喜歡王貞治嗎？沒想到你會來！真高興在這裡看到你。」

兩人很自然坐在一起，球場上此時響起一陣掌聲，望過去，是一支飛到左邊觀眾席的全壘打。謝國城說：「這個王貞治是天生的左撇子，很長一段時間用左手投球卻用右手擊球，後來他的教練荒川博指導他改用左手，創出獨特的打擊法。」

徐傍興對這段話特別有感，問：「他是左撇子，為什麼能用右手擊球呢？」

「早期中國人家庭不喜歡左撇子，王貞治從小被父母親強迫用右手吃飯寫字，所以他左右手都能用。」

球場又一陣歡呼聲響起，等吵雜聲響過去，徐傍興說起自己出道時被迫左手改右手的故事，謝國城感嘆：「真趣味！王貞治從右手改左手，變成全壘打王；而你從左手改右手，也成了外科名醫。」

徐傍興沒接話，望見投手正擲出一個快速直球，而那王貞治又一次擺出招牌的「金雞獨立」姿勢。徐傍興站了起來，模仿那招牌姿勢，雙手虛擬執棒在左上方，朝右邊虛空輕緩揮舞，同時望見球場上一支全壘打出現，球掉落在正前方看台上，引起一陣騷動，人潮擁擠著，徐傍興滿臉興奮，轉頭詢問：「王貞治回來那麼轟動，台北的球場比較大，為什麼要來台中？」

「這你嘸知影，真濟人（註一）嘸知影！」謝國城看徐傍興一眼，又回頭望向球場，沒有要立即回答的表情。

徐傍興也沒追問，繼續看球，片刻之後才聽謝國城這樣說：「台北城現在是很多外省人聚居的地方，他們比較熱愛籃球，也齊心合力在推動籃球運動。棒球我們叫做『野球』，在許多外省人內心，那是小日本的、野蠻人的、殖民者的『國球』。」

「有人這樣區分嗎？我沒有這個感覺。」

「區分非常明顯。我回台灣後一直在推廣棒球，我的感受特別深刻。」

「你感受到什麼？」

「全台灣打籃球的，不管是七虎隊、克難隊，還是國軍聯隊，包括球員、教練、領隊、球隊職員，沒有半個本島人，裡頭聽不到一句台灣話；籃球協會的領導階層全部是現在黨政軍裡的外省高官，經費補助非常充裕。籃球隨便一個普通比賽，電視會現場轉播，報紙刊登很大？棒球呢？前些年我請來我母校早稻田的棒球隊，到處去求經費、求版面；後來我又邀請到日本熊谷成棒隊來和我的合作金庫隊友誼賽，人家那是世界冠軍隊呢，我動用多少人脈、多大的面子！但三台電視都只給它們報導個三兩分鐘。」

註一：「真濟人」，福佬台語，很多人之意。

徐傍興靜靜地聽，仔細地聽，聽完點點頭說：「國城兄你這樣講，我回想起在日本時代好像真的沒有人在打籃球。籃球確實是國民政府來了以後才有的。」

「確實。現在各級學校都有籃球場，有籃球隊，它發展得很快；但一般人不會感覺到，籃球是外省人球，棒球是日本人球。」

「都是外來種？」

「哈哈！確實。」謝國城說：「不過，我這個人是『世界固執』，牛仔脾氣，一直想把棒球風氣恢復起來。」

「這樣你會不會有政治上的麻煩？」

「我很小心。剛才跟你講的那些『感受』，我是不隨便講的。最近我有跟一位好朋友謝東閔談到，他聽完這樣指點我：『這種牢騷，跟誰都不要提。你反而要用心去跟外省朋友一齊推廣籃球，真心幫它奔走，給他們鼓掌、加油，這樣你就會有機會推展你所愛的棒球，將棒球推展到高級外省人圈子裡去。』。」

「謝東閔這位『半山』，對他們果然內行。高明！」

「這樣，棒球和籃球這兩個『外來種』，都會在我們台灣落地生根，開花結果。」

「哈！真好！真有意思！」

CHAPTER
14

徐傍興回到台北徐外科時，竹林已能起床走動。壬妹特別請廚房熬了鷄湯給他補身子。他一見到徐傍興即要求出院。徐傍興決定跟他一起回家，臨行前交代出納準備一萬元現金，放在口袋。壬妹知道丈夫拿那一萬元要做什麼用，沒講半句話。

從醫院到竹林在艋舺的家其實不遠，在一條古舊的巷子裡。徐傍興萬萬想不到，他家是開麵攤的。進門就是爐火區，爐火旁邊擺一個玻璃櫃，裏面空空，但一看即知，有營業時櫥子裡上格是放置一球一球的麵條；下格是擺放肉片、油葱酥、小菜碟子以及其他調味料。台灣各地的小麵攤不都是這樣的嗎？店內是竹桌竹椅，徐傍興點數一下，有七桌，規模不算大，也不算小。餐桌的最後面，擺一張窄窄的横桌子，上面擺放筷子和幾瓶黑醋。

「我太太是這間店的主人，她現在跟兒子去日本，我有跟你提過。」

「先生您呢？您都做什麼事？」

「在生意忙的時候，我會協助太太，給客人端麵，送上醬油和黑醋。客人走後，我也幫忙擦擦桌子，排好椅子。」

「先生，您在跟我開玩笑嗎？堂堂一個台北帝國大學醫學部的外科系系主任，我真不敢相信！」

「生意不忙的時候，我一個人在北台灣趴趴走，做研究。來！我有一個小書房在閣樓，來看我的作品。」

爬上小閣樓要彎腰低頭，樓梯間闇暗，上去後便豁然明亮起來。窗邊一張單人竹床，枕頭棉被一應俱全。床邊一張矮書桌，沒有椅子。徐傍興知道日本人能跪坐很久，他在這張書桌前工作一定是用跪坐的。書桌邊上放著一台照相機，照相時要把頭臉伸進黑布袋裏，然後伸出一隻手抓握一個橡膠皮囊的那種。

徐傍興在觀看那台照相機時，竹林搬出一本厚厚的相簿，「這是我這幾年在台北、桃園各地拍攝所有寺廟的照片。」他說。徐傍興靠過去觀看，它以一間廟宇為一個單元，先有一張外貌全圖，然後是寺廟裏的神像、對聯、神桌、擺設、爐火枱、香座，十分精細。那是竹林那種日本學者特有的精細工夫。他隨手翻開一個單元，是台北龍山寺的內外全記錄，共十八張圖，徐傍興不及細看，又翻到另一個單元，是關帝廟行天宮的全記錄，二十張之多。他在每張圖的背面黏貼一張紙，用日語做詳細的圖片說明。

「這本是台北市的。」竹林說著又搬出另一本，也十分厚重，說：「這是台北縣的，你看，你去過三峽嗎？這個單元做三峽祖師廟，共二十九張。」徐傍興大略瞄一瞄，問：

「您最遠去到那裏拍攝，有去南部嗎？」

「最遠做到桃園，新竹做了一小部份。」竹林說：「我外出一定要當天來回，不住旅館。」

「哦！我知道了，你沒有身分證，不能住旅館。」

「是的。」

「你對本島語言研究的興趣呢？放棄了嗎？」

「沒有。我用將近十年的工夫，完成一本用日語解析漳州腔和泉州腔台語的著作，我叫兒子帶去日本，投送給明治大學東亞語言研究部的學術叢刊，應該會被錄用刊行。」

「我相信你的功力，厚厚一本書嗎？」

「我一筆一劃自己繕寫，共三百十八頁。」

「哇！」徐傍興轉個話題：「你這樣留在台灣，沒碰到過警察來臨檢或人口普查時官員到府查問？」

「有過幾次，但我不現身就沒事了。」竹林解釋：「戰後，我太太去警察局戶籍課申報丈夫於戰時死亡，戶籍資料中我被記載一個『歿』字」。她回復娘家的姓名，姓『康』，我兩個兒子也姓康。她們母子都有戶籍，有身分證，只我沒有。」

徐傍興有點為他感傷，說不出話，竹林又說：「所以呢，我在你們中華民國台灣的戶籍上是一個不存在的人，一個已歿的人。」

「在日本呢？你應該有出生地，有戶籍，還是東京帝大醫學部的博士呢！」

「我不清楚，應該已被註記『亡故於戰時』吧？」

徐傍興更難過了，又聽竹林說：「不過，這次我兩個兒子去日本唸書，我有告訴他們我家的來歷和故鄉的地址，叫他們去探查探查。」

「真是的！先生，您當初決定要留下時，有沒有想到這些後果？你當初如果『引揚』回去，像澤田先生那樣，現在在日本也會有不錯的職位才對吧？還有，迎諧先生，他回日本重新開業，生活好得很。」

「徐桑傍興呀！台灣人有一句話，說『歡喜做，甘願受』，無關係啦！」

「我再請問，您的處境我瞭解，隱名埋姓不想曝露，我瞭解，但在我的醫院開業那天，您怎麼連我也避不見面呢？」

「我怕你那邊人多嘴雜。」竹林臉上一陣陰鬱，說出：「其實呀！傍興，坦白跟你講，我這種留戀台灣的蠢行，驚人見笑啦！」

最後那句「戀台蠢行」，徐傍興聽了心裏酸了起來，於是改換話題，聊一些以前在學校、在醫院比較開心的往事，聊了一會兒想告辭，正經地告訴竹林：「您現在一個人住不方便，從你家到我徐外科並不遠，歡迎你到醫院用餐，每天中、晚兩餐都來，我不在也可以來，我太太壬妹會招呼你，誰都不介紹。」

「你放心，三餐的事情，我自己很簡單就可以解決。去你的醫院真的不方便，謝謝你的好意啦！」

徐傍興趁竹林不注意時，將口袋裏裝著一萬元現金的信封袋放在桌上，然後拉著竹林的手，往門口走去：「走，我要回家了，我一有空就會來看您。」

竹林也是精明的人，回頭拿起那信封袋，瞄見裏頭裝的是一把鈔票，反拉住徐傍興的手，正色道：「徐桑，傍興，我不敢收你這筆錢。我有急病在你的醫院救治，完全免費，又每天喝鷄湯，已經感激不盡，這錢你一定要拿回去。」

徐傍興用手掌擋著，堅不拿回，竹林於是連珠帶炮說出一番話：

「傍興，你可能不知道，在台北艋舺這地方，我家開小麵攤、賣小吃，是一個小本錢却可以累積財富的行業。它是收現金的生意。我太太做了十四年，靠它養育兩個孩子，又讀好學校，又供給我到處做田野研究，又能支助小孩留學日本的一切學費和住宿費，還在附近買了一棟小樓房出租收房租，因而，我現在跟你一樣是『金持ち』，Kanemochi，台語叫『好額人』，跟你一樣的，蛤！這錢你拿回去，蛤！聽我說。」

徐傍興呆呆站著聽這段話，已決定把錢收回，又聽竹林說：「台灣這地方，就靠一個小麵攤竟能過著好生活，還能變成『好額人』，真是奇蹟！真的感謝呀！」

徐傍興大約一兩個月會去看一次竹林，若他不在家，留一張紙條再約時間。不知道為什麼，徐傍興跟他在一起時，會想起許如霖，會刻意帶他去以前跟許如霖吃過的餐廳、逛過的街道；不過，兩人在街頭漫步閒談時，他不會像許如霖那樣滑蹬腳板齊一步伐。

徐傍興把戰後自己的所有經歷一一告訴竹林，「你身兼那麼多職務，怎麼還會有時間來跟我閒聊呢？」竹林有一回這樣問。徐傍興回說：「美和中學那邊，我已找到一位好校長，所以不必常跑屏東了，只剩下每週去台中中山醫專三、四天，因而在台北的時間比較多了。」

又過了好久一段時間，徐傍興找竹林：「我們屏東有一場激烈的縣長選舉，先生有沒有興趣和我一起南下看看？你不必住旅館，我老家有許多空房間。」

「你有腳踏車借我到處去參訪廟宇？」

「有，沒問題。」

「那好，我十幾年沒往中南部跑，哪一天出發？」

「明天上午可以嗎？行李準備好，我會來接你。」

「就這麼說定。」

傍興和竹林搭乘的是剛啟用的「光華號」，以前常坐的「對號快」已經從他的通勤生涯中退位了。在車上，竹林問：「你對參政有興趣？」

「我關心政治，但參政的可能性極低。」徐傍興說：「這次屏東縣長選舉，是因為我的一位醫界前輩張山鐘打電話給我，說他兒子這次選縣長碰到強敵，十分危險，要我回去六堆地區幫忙拉票。」

「張山鐘也是我們台北醫專畢業的？」

「他更早。他在『台灣總督府醫學校』的時代就畢業了。」

「哦！那我不認識。我是改制為台北醫專後才來的。」

「我們屏東幾乎每一位開業醫師都是你的學生。你除了去看廟宇外，我也可以召集他們過來。」

「哦！麥啦！休過濟人知影我偷偷留佇台灣，會驚動萬教。」竹林偶爾會秀一句道地的福佬台語。

到屏東後，由於竹林人生地不熟，大多跟著徐傍興跑，只是沒有暴露身份。那時是一九六三年十二月底，投票日是次年年初。他先去看張山鐘，這位前輩醫師已經垂垂老矣，顫抖的手緊握著徐傍興，顫聲說：「客家庄愛靠你。」「有你來，就卡妥當。」立即找來他兒子張豐緒，鄭重介紹，然後安排車輛，要求兩人併肩站在車上，客家村莊一庄一庄去繞行。

兩人的座車是中型吉普車，排在車隊的最前面，徐傍興和張豐緒站在前座，竹林和一名拿麥克風的男子在後座。擴音器沿路放送：「縣長候選人張豐緒和大將徐傍興先生就在車頂上，親自來向所有的客家鄉親問好，向大家拜託支持。」

徐傍興不斷朝車外稀稀疏疏的人們搖手。手搖久了會酸，但不能放下；要讓笑容自然地長駐臉上，才真的累人；還有，與站在身旁的張豐緒並不熟稔，兩人互動有點尷尬——巴不得這個助選趕快結束，徐傍興想。

車隊的第二輛載著一個中型圓鼓和一位擊鼓手。在擴音器沒有喊話時，鼓聲便會響起。擊打的是鄉下廟會節慶時常聽到曲子，單調、慢節奏。到了特定幾個人群聚集的地方，譬如竹田村廟前、內埔傳統市場、萬巒街上、自己的老家忠心崙時，車隊會停下來，讓徐傍興陪著張豐緒下去走走，跟鄉親當面請託。走了一圈後，徐傍興技癢，便跨上第二輛車打起鼓來，敲打日本時代學的進行曲。竹林教授在旁邊聽，眼睛睜得很大，一會兒點點頭，一會兒又搖搖頭。竹林的心思，徐傍興讀得懂。

車隊沒繞街時，竹林也下車，一個人這裏看看那裏瞧瞧，像小學生第一次被老師帶出來遠足，眼睛耳朵沒有閒著。

晚上回徐屋伙房休息時，兩人交換心得，竹林坦白說出他的觀察：「我感覺鄉民對張豐緒的人馬很冷淡，眼神中都沒有擁護、支持的熱情。」徐傍興點點頭表示同感，竹林又說：「不過，鄉民對你確實有好感。但感覺只是對你這個人。」「是嘛？謝謝先生這樣肯定我。」「那位張山鐘老前輩找你回來是對的。」

「不知能不能為他兒子多增加一些票。」

「繞車遊客庄，明天就可以結束。我想去張豐緒的對手那邊看看，先生也有興趣一起去嗎？」

「可以，很有興趣。」

兩天後就是週末，傍晚飯後兩人站在內埔媽祖廟前擁擠的人群後面，只耽了一會兒，即感受氣氛不一樣，竹林說：「這裡的群眾有熱情。」「沒錯。」最前方打燈明亮的台上，演說者的聲音透過品質不良的麥克風一時強一時弱，斷斷續續傳進耳朵：

「咱屏東縣長這個職位，您老爸做了無幾冬，您後生擱欲來做，會當按呢嘛？國民黨來台灣包山包海，您張家嘛在咱屏東包山包海，咱反對張家在屏東家天下，大家講是呀嘸是呀？」

「民主政治本來就是愛有人、有反對黨來制衡，來監督，才袂腐敗，縣政才袂走鐘，大家講對呀嘸對呀？」

「我加各位報告，張豐緒那邊今嘛在每一個莊頭，地毯式在發味素，發薩文（註一）。警察局、調查局目珠金金看恁按呢公開賄選……我加各位拜託，味素、薩文收收起來，親像樣仔在樹Y頂掉落來，大家撿來吃無要緊，但是投票的時陣，要投呼在樹Y頂搖樣仔落來那個人，知影嘸？那個人就是我黃振三啦！」

散場後，徐傍興腦中一直浮現許如霖的身影，想起他講話的口氣以及他說過的一些政治觀點，莫非那位黃振三就是許如霖的化身？

徐傍興不能在屏東逗留太久，要回台北時，兩人特別繞進屏東市，先帶竹林先生去參觀火車站附近的媽祖廟，然後找到黃振三競選總部，站在門前街口，望見一個樣貌莊嚴的中年男子在裏面指揮一群志工做事。徐傍興怕被人認出，後退至隔壁巷子邊上，從口袋掏出一個信封袋，交給竹林：「先生，我要請您幫我將這個信封袋交給那位中年男子，交了就走，好嗎？」

竹林接過信封袋，見上面寫著：「加油，祝當選，無名氏敬贈」再撥開信封口，望見裏頭有一疊鈔票，問：「你要送錢給黃振三？」

「對，我身上沒帶很多錢，這就是幾個月前要送你而你沒收的那一萬元。」

「你為什麼要這樣做？」

「我贊同他的理念，想給他打氣，給他一點希望。」

「但是你前幾天不是坐在他的對手張豐緒的宣傳車上去繞莊、拉票嗎？」

「那是人際關係，這是理念支持。」徐傍興說：「我心裡覺得我是送錢給許如霖。」

「哈哈！你這個人，真有意思！」

竹林完成「任務」後，兩人併肩從民生路向火車站走去，一路聊天。竹林感到這趟「競選活動之旅」特別新奇有趣。他向徐傍興描述：「那人打開信封袋，見裏面是一疊鈔票，一直向我鞠躬說『勞力』、『真多謝』，自稱是黃振三的競選總幹事，然後高聲向樓上呼喊：『候選人啊，阿三兄，趕緊落來，有貴賓來找你。』但我沒等那位『阿三哥』下樓就走掉了。」

「哈哈！」

「幸好他的台語我全部聽得懂。」

註一：「薩文」、「檨仔」，兩者皆為福佬台語，「薩文」是肥皂，「檨仔」是芒果。

「先生不但聽得懂，還說得比我好。」

「我有個疑惑，那天晚上在黃振三的演說場子，他們為什麼全部說台語？內埔人不都是客家人嗎？」

徐傍興沉默片刻，說：「其實呀！那就是他們的『福佬人沙文主義』，沒辦法啦！」說了又補充：「不過，他們若不是說福佬台語，難道要說『國語』？說『國語』就不是反對黨了，就跟國民黨沒有區別了。這樣想就諒解了。」

「能這樣諒解，真好！」

兩人不久走到一個圓環區，人車較多，四周甚為熱鬧。在一條窄窄的通道入口處，聽到有人叫賣：「雅氣摸」、「雅氣摸」，兩人一聽就懂，那是日本話，叫賣的是烤蕃薯。竹林低聲感嘆：「日本人都離開十幾年了，還能在這裡聽到有人那麼大聲在叫賣『雅氣摸』！」徐傍興問：「要不要買一兩個來吃？」竹林：「不餓，在台北常吃。」徐傍興抬頭，望見通道入口處有標誌，寫著「屏東市中央市場第一商場」，心想還有一點時間，姑且進去看看，讓竹林先生參觀參觀。

商場裡面是一間間的小店舖，兩人剛要開始逛，就看到一名男子，頂著一頭濃髮，冬天裡只穿短袖的襯衫，牽著一輛腳踏車，不停喊叫：「磨—刀」、「磨—刀」。「磨」拉長音，短促鏗鏘的落在「刀」上，是標準發音的福佬話。這只是到處常見的「叫販」，兩人瞧一眼，沒在意。逛了一會兒，竹林買了幾樣紀念品，來到一家布店門口，不約而同停住，聽見那個「磨刀」叫販正在布店裡，跟店家用日語交談。

那時年長的本島人習慣說日語，一點都不稀奇；但竹林聽出來了，那店家說的，是受日本教育的本島人的日語，而叫販說的卻是道道地地的日本九州腔調。竹林輕觸一下徐傍興的手肘，見店家將店裡所有剪刀交給叫販，共四把，都是剪布用的長剪刀。叫販先一鞠躬，恭恭敬敬雙手接下，從車後座草編的籃子裡拿出磨刀石及一些工具，還有一塊小草蓆，而店家女主人適時端出一小盆清水。那叫販開始工作了，先端正跪坐在小草蓆上，持工具拆開剪刀，沾一點水，磨將起來。

那手法，那姿勢，工匠就是像工匠。令竹林驚奇的是，他磨著磨著竟哼起歌來，竹林側耳一聽，哼的是小時候在日本常聽的兒歌。

竹林毫不猶豫，蹲在他身旁，用日語問：「您是日本人？」

那叫販抬頭跟竹林對望一眼，元氣十足「嗨」一聲，回答：「是的。」

「『引揚』時沒回去的？」

他又「嗨」一聲，說：「是的。您也是吧？」

竹林回一聲「是」，又問：「您為什麼決定留下來？」

「日本的家被戰火燒燬，家人亡故了。現在我的家人在這裡，在屏東。」

徐傍興插問：「你的夫人是屏東人？」

「是。」

「家人、兒女都好吧？」

「都很好。兒子在成功大學電機系，女兒即將出嫁。」

「可以請問您貴姓大名嗎？」

那叫販改說福佬台語：「我叫做『磨刀』，叫我『磨刀先生』嘛係會當。」

竹林和徐傍興都微微一笑。徐傍興回他一句福佬話：「『磨刀先生』，真歡喜在這熟識你，祝福你平安快樂。」說完感覺自己講的福佬台語，恐怕沒有這位磨刀先生的道地。

告別「磨刀」後，兩人回台北，也是搭光華號。上車後竹林猶念念不忘這趟屏東之行，一路上有說不完的話題。停靠桃園站時，徐傍興眼尖，瞥見李萬二上車，迎面走來。徐傍興故意踩一下竹林的腳，兩人幾乎同時彎腰低頭，徐傍興悄聲告訴竹林：「李萬二就在前面，他認識你，你暫時彎腰綁一下鞋帶。」

那李萬二目光專心在車座號碼，只幾分鐘人就不見了，應該是找到他的座位，坐下來了吧？而就在這幾分鐘，火車已重新開動。

徐傍興從公事包取出一頂棒球帽和兩本武俠小說，帽子和一本武俠小說不動聲色地放到竹林大腿上，自己留一本，低頭看書，同時斜眼睨到竹林也心領神會地戴上帽子，壓低帽舌，也低頭看書。火車喀隆喀隆有節奏地行駛著，光華號速度快了很多，希望趕快到達台北。怎麼好像隱約感覺到背後有一對狐疑的眼睛在看向這邊呢？他沒轉頭，繼續看武俠。

列車抵達台北站時，兩人同時站起，竹林告訴徐傍興：「我剛才一直想著那位『磨刀先生』，從他身上獲得一些啟示。」

徐傍興發覺竹林說這話時，似乎有點刻意抬頭挺胸一下下，想問問是獲得什麼啟示，但上下車人擠人，沒機會開口。

此後兩人大約一整年沒見面。一個寒冷多雨的冬天傍晚，徐傍興去找竹林，約他一起到外面吃飯，竹林却說：「外面下著雨，你坐一下，我煮一小鍋麵，我倆一起在這裏用餐。」

下廚的事，徐傍興是完全不會，見竹林開始忙了起來，走到他旁邊。小小一間空著的麵攤裡，兩個大男人，一個手上忙著，一個嘴上沒閒著：

「先生，你這雙手原來是拿手術刀替人醫病的，想不到也會做料理。」

「阮某無佇厝，伊時常說，時到時担當，無米煮蕃薯湯。」竹林又秀一句台語。

「哈！你的福佬話，比我會講得多。」徐傍興見他低著頭認真在準備吃食，嘴角揚起一絲得意，換個話題：「上次你去屏東，沒時間讓你去各廟宇照相，以後再去時，住久一點，我會找一家照相館借一台相機給你用。」

「我兒子寫信回來，說日本 Nikon 公司已有更輕便好攜帶的相機，我已叫他們幫我物色一台。」

「等他們回來還要很久吧？」

竹林沒回答，却吩咐：「你去準備碗筷，坐著等，我很快就要上餐。」

「我來幫忙端。」

「不必。我看你大概不會端菜。」

「哈哈！那我就不客氣了。」

竹林真的很快端出他的作品：一小鍋油麵，已混好肉燥、芝麻醬、醬油、香油、蔥花，上面舖排著瘦肉片，這是典型的福佬人台式乾麵。接著端出味噌湯，則是道地的日本味，湯裏有柴魚細片、海帶絲、切丁的豆腐。之後又有兩盤小菜，小魚干和滷海帶。徐傍興來不及說兩句讚美的好話，他先介紹：「這些食材，海帶是北海道的，小魚干是澎湖的，其餘都是菜市場上買的現成貨。」

兩人唏哩呼魯吃將起來。吃了一會兒，徐傍興才說出今天到訪的目的：「先生，我和屏東十幾位醫師，決定共同出資再創辦一間美和護理專門學校。那些醫師有一半以上是你以前教過的學生。」

「是嘛！」竹林眼睛裡沒有特別的興奮或期待，隨便應答：「是四年制的大學嗎？」

「不是，是五年制的技職專科。」

「為什麼要辦呢？」

「第一，政府現在政策性在鼓勵民間興辦五年制技職專科學校，簡稱『五專』；第二，台灣各大醫院缺很多護理人才。」

「對，我記得日本時代整個台北地區。只有一家護校，護士確實很缺。」

「先生，我今天來，是要請你再出江湖，到這間新的護專教基礎醫學，當做是從日本聘請來的名教授。您確實是名教授呀！」徐傍興放下湯碗，又說：「還有一門課，沒有人比您更適合來教，就是『手術室的護理』。」

竹林放下碗筷，眼睛大張，精光露出，直視徐傍興；只幾秒間，闔眼，臉上出現想哭的表情：「徐桑，『風微微的吹，芭蕉葉動了』，這是我小時候讀過的日本詩裏的一句。」說著說著他真的抽泣起來。徐傍興大驚：「先生，請勿難過，我這是好意，先生。」

「傍興，謝謝你的好意。你煽動了我內心安靜已久的芭蕉葉。那些課真的是我的專業呀！我怎能不去教呢？讓我就爽快地答應你吧！」

「太好了，先生。」

竹林沉默著，低頭夾小魚干，一小尾一小尾送入口，慢慢地咀嚼，許久之後才說：

「傍興，我去任教，不須要有個聘任的證件嗎？譬如日本時代，我是有台灣總督府發的聘任狀的。還有，薪資不必報稅嗎？一旦報稅……」

「先生，我心中有兩個方案，一是您竹林教授當年被『引揚』回日本後，現在又被聘回來，用原姓名，以前在台北帝大的經歷也不隱瞞；第二案也是聘自日本，但另改姓名，隱瞞來歷，而這兩者都不必報稅，學校用現金支付您的薪資。」

「這兩案，一個是欺瞞，另一個是地下的黑牌教授。」竹林想了想，又說：「還有一個困難是使用什麼語言教學，我將用日語授課，學生懂日語嗎？現在的『國語』我不會，我會的是福佬台語，我聽我小孩說，那是『方言』，連下課的時候講都會受處罰，何況上課時間。」

「這倒是一個大問題。」

「好啦！這件事就討論到這裏，容我再仔細考慮幾天，我為剛才的失態感到抱歉。」

「是我不好，攪動了你心裏的那口古井。」

竹林教授終究沒去美和護專任教。徐傍興則依然身兼數職，忙得不可開交。

一九六八年夏天，他剛出國回來，想起好久沒去探望竹林先生，特別繞過去，還沒進門就大感驚喜！

竹林夫人回來了，麵攤不但開張營業，而且店內人聲喧嘩，熱鬧滾滾。他興奮地跟夫人打招呼，她「唉喲」一聲：「是你呀！恁竹林先生時常唸起你。」一陣歡呼聲傳來，是一群人圍在電視機前觀看少棒賽，歡呼聲像過年時放爆竹，轟然炸開，把竹林夫人的話炸得四散。等到吵鬧聲小些了，竹林夫人才又繼續：「恁先生講你真久無來囉！」「竹林先生咧？」夫人遙指人群後面的牆邊，竹林先生正用粉筆在一塊不大不小的黑板上做記錄，哈！做記錄是他的專長。他將黑板以直線區隔成兩半，左半部上方寫著「台東紅葉隊」，右半部上方寫的是「日本關西隊」。隊名下面是隊員姓名，竹林依據電視直播的現場實況，記錄每名隊員的即時表現。徐傍興踮起腳跟伸長脖子，只看到左邊的兩行，記錄的是：「胡武漢三振五、壞球二、暴投一」「古進財安打二。全壘打一」，想再往下看，夫人輕觸他的肩膀問：「我煠一碗麵（註二）呼你吃好無？」「哦！嘸免，我吃飯飽才來的，謝謝。」

趁著沒有歡呼聲，徐傍興趕緊問：「妳何時回來的？孩子在日本好嗎？」「我回來一年多了，竹林說，他有一天胃大量出血，差一點走掉，是你們徐外科救了他。我的兩個小孩接到信都十分感激，要我回來一定要向你跪謝。」

「什麼跪謝！我不認識的人都不知救治過多少，何況是自己的恩師。」

「兩個小孩一個拿到博士，留校當助理教授；老二只念完碩士，先就業，現在三菱重工上班。」

「哇！好消息。竹林先生無後顧之憂了。」

電視旁此時又爆出歡呼聲，歡呼之後一陣吵雜的議論。竹林教授忙著在黑板上寫字，似乎感應到有貴客到來，突然停住，眼睛望向徐傍興，高舉手臂，狀極高興地朝徐傍興「嗨」一聲，趕緊又側臉豎耳聆聽電視裏的播報，再認真寫黑板字。寫字時，他臉孔幾乎貼著黑板，徐傍興判斷，竹林先生的視力大概很弱了。

他匆匆記錄幾個字後，轉頭，向徐傍興站立的位置走過來，却被兩個中年人拉住：「歐幾桑，麥走啦！你愛繼續幫阮做登記啦！」竹林回說：「我有好朋友來，隨擱轉來，隨擱轉來，啊！」他邊拍拍手掌上的粉筆灰邊走過來，問：「阿傍興，你是按怎那麼久無來找我？」

（註二）：「煠一碗麵」，福佬台語，「煮一碗麵」或「下一碗麵」的意思，讀音是「灑一碗麵」。

「我兼太多工作，休過操勞，出國歇睏（註三）一陣。」

「去兜位迌迌（註四）？」

徐傍興改說客語：「嘟嘟好台大病院院長邱仕榮有閒，伊兩公婆約倕介妻子，四個人共下去美國、歐洲遶尞（註五）、散心，正歸來。」

「阿呢盡好。」竹林秀了一句客語。

「先生您知道嗎？澤田桑『引揚』前留一整袋的金幣和銀幣在我家。趁這次多人一起出國的機會，我把它們分裝成四包，這樣每包的數量不會太大，一人攜帶一包，帶出去了，物歸原主，澤田桑高興得不得了。」

「澤田桑是節儉的人，當年不知費了多少苦心儲蓄那些紀念幣！」竹林說完問：「他在大阪好嗎？身體健康嗎？」

「很好，老樣子，只是老了許多。還在一家大醫院工作，沒進手術房了，他說現在拿手術刀，手會抖了。我也見到他們全家人。澤田桑起初跟我談得非常開心，後來傷感起來，一直說十分想念台灣，想念台北帝大的朋友、同事，經常作夢回到台灣。」

竹林輕嘆一聲，徐傍興又說：「我跟他提起您的現況，您知道他怎麼回應嗎？」

「他怎麼說？」

「其實呀，他沒有回來也好。竹林桑這樣留在台灣反而更幸福。」

竹林靜默起來，眼神有點空茫，徐傍興繼續：「他說，剛回去的那幾年，物質上很辛苦，精神上更苦；日本社會對他們這些被『引揚』回去的人，充滿了排斥和歧視。」

「唔！這我約略聽到過一些。」竹林又一聲嘆氣，似乎不想再深入談論這個話題，問：「你們那間護專，運作都正常吧？」

「一切都很好，很上軌道了。」

「你還是常要跑屏東嗎？」

「雖然美和護專和美和中學各有專職的校長，我還是有空就回去。勞碌命啦！還有，也要常跑台中，中山醫專要去照顧……」

註三：「歇睏」，福佬台語，「休息」之意。

註四：「去兜位迌迌」，福佬台語，「去哪裡遊玩」之意。「兜位」是「哪裡」，「迌迌」是「遊玩」。

註五：「遶尞」，客語，遊玩、遊歷之意。

電視機前面又爆出很大的聲響，這次連對街那間雜貨店裏的歡呼聲也傳到這邊來，徐傍興在吵鬧中說：「大概是誰打出了全壘打吧！」

竹林探頭看看電視機，等吵鬧過後才說：「野球你有興趣嗎？」

「在日本時代，野球是我們的國球，我當然很感興趣。」

「日本政府離開後，野球在台灣沉寂了很久，現在又漸漸熱了起來。」竹林說：「台灣現在叫做『棒球』。」

「對，現在正在打的是『少棒』。」

「我們日本的關西隊被台東來的番族孩子打得無法招架。」

「哈哈！有意思。」

「走！我們走過去，看現在幾比幾，跟這些鄰居湊熱鬧很好玩的。」

「是，來去感受一下那種熱情。」

台東紅葉隊終場以七比零大勝日本關西來的少棒隊，麵店裡的喧嘩又一次爆開。那些客人都是巷子裡的老鄰居，熱鬧一陣後，有人沒打招呼穿上木屐喀喀喀就走了，也有不少人留下來，叫一碗麵和幾碟小菜七嘴八舌閒聊開來。徐傍興臉帶微笑，感到店裡這種吵嚷，跟屏東鄉下廟前和雜貨店前常見的景象一樣。在鄉下，談起農事每人都可以說出一堆經驗；而這裡，也好像人人都對棒球可以發表一些看法似的。他正想加入這場「巷議」，竹林夫人端來一碗日本拉麵，順便交代：「你的竹林先生說，還沒跟你講到什麼話，叫你別離開。」

他捧著麵去跟一群陌生人坐在一起。一坐下來就被問到：「喂！這位先生，你ㄟ麵，加阮ㄟ無同款哦！」

「是我特別注文的。」徐傍興這樣回答後，接著發表：「在我的印象中，今天這一場，好像是第一次被電視現場轉播的棒球賽。」這話像投手丟出一個大家都打得到的好球，回應很熱鬧：「哦！是耶。」「真正是呢！」「第一擺，無錯。」「你無講，阮攏無去想到。」「這位先生，你是內行人呢！」「對！卡早只有籃球比賽才會現場轉播。」

「這是政府的德政！」

「或者是因為日本隊送上門來給我們台灣隊痛宰，才會現場轉播的吧？」

「不是這樣。未打之前電視台根本不知道我們紅葉隊會大贏。」

之後，同桌伙伴各自吃食並且熱烈評論球賽過程。徐傍興沒看球賽無法插嘴，但置身在這一番熱情的街坊氣氛中，感到很開心。

幾分鐘後，竹林教授拿幾盤小菜和兩瓶台灣啤酒過來，口中直說：「咱本島隊打贏日本隊，歡喜！大家來飲一杯，我請客。」

這樣，氣氛又被炒熱了些。

同桌客人各談各的，徐傍興自然和比鄰而坐的竹林教授聊將起來。「你知道嗎？先生，前年我在台中曾專程去看王貞治的表演賽，親眼見識到他那稻草人打擊法。球場擠滿了球迷，那種熱情，就跟你店裡剛才的情況一樣。」

「哦呵！」竹林眼睛發亮：「王貞治來台灣表演那次，記得是冬天，我曾想去，但沒去成。」

「我那時還跟主辦人謝國城坐在一起。現在想起來，心中還有滿腔的興奮。」

「謝國城，去日本帶王貞治來的那位？」

「沒錯。他是棒球協會總幹事。」

「他這一招很有效，棒球運動漸漸熱起來。」竹林接著說：「他可能有機會率領台中的金龍隊到美國去比賽。」

「這我也看到了相關報導。那天我們倆邊看球邊聊天，聊到一個非常有意思的事情。」徐傍興轉述那天謝國城的話，竹林聽得非常仔細，只打岔一次：「是哦！籃球和棒球運動的際遇有那麼大的不同喲！」之後，徐傍興講到那句話：「到高級外省人的圈子裡去推展棒球」時，竹林張大眼睛，輕聲複誦一遍，然後拍打一下自己的大腿，說出：

「我有在注意本島的棒球消息，大大小小的消息都沒放過。我告訴你，那位謝國城很有能力，他顯然已經打進外省人的圈子，陸軍和空軍都有了棒球隊，榮工處和華興中學都也有組成棒球隊的消息出來。」

「竹林先生，你對我們本島的政治生態，已經有那麼瞭解了嗎？」

「台北可以買到一種雜誌，叫做『傳記文學』，我常買來閱讀，約略知道榮工處和華興中學都是蔣家的人在主持，華興是宋美齡所創辦。」

「您閱讀『傳記文學』已經沒問題了？」

「早就沒問題了。」

竹林此話剛落，徐傍興望見李萬二帶著兩個小孩進店來，兩個小男生，長得滿清秀。竹林夫人正在招呼他。徐傍興低下頭悄聲告知竹林，沒料到竹林這次相當豁達，回說：

「傍興，其實沒關係，讓他知道是我也沒關係。你們屏東那位『磨刀先生』毫不掩飾，給了我啟發。想想，都快八十歲了，要怎麼樣都無所謂了，順其自然吧！」說完向同桌的客人分別倒酒，也加入他們的談話。徐傍興則低頭把拉麵吃個精光。

徐傍興故意不向李萬二打招呼，但確切感覺到他的一雙狐疑的眼睛愣愣地望著自己。

CHAPTER

15

一九六九年底，美和中學董事會召開例會，董事個個表情嚴肅，沒像往常那樣大家先熱絡寒暄，而會場不見大將徐傍興，徐夫人邱壬妹也未見出席。

代理主席徐富興未正式宣佈開會，先報告：「大將昨天中風了，幸好只是輕度。壬妹董事給我打電話，說病情已獲得控制，恢復得很快，請大家不必掛慮。」

這個消息，昨夜在朋友圈子內電話傳來傳去，董事們都已有耳聞。病情既然不嚴重，沒人對此發言。顯然會場大家憂慮的不是這個。

會議開始後，校長李梅玉報告：「今年本校原本計劃招收十班，結果只勉強招到三班，是創校以來最差的一次招生。」他停住，環視會場一圈，再說：「董事先進可能已經知道，這完全是因為政府於去年實施九年國教的關係。本校能招得三班已算差強人意，屏東縣內今年起已有私立初中停招。」

徐富興挪動一下座椅，告訴李校長：「其他的業務等一下再報告，我們先來討論招生這件事。」接著又說：「這是本校創立八年來最大的生存危機，我們要想辦法克服。還有這個情況暫時別讓大將知道，免得影響他養病。」

會場沉寂了片刻，廖丙熔董事發言：「現在初中都改為國中了，而且免試升學，我們私立初中要存活下去，只有一個辦法，就是要跟政府辦的國中不一樣。」他抛出這個話題後，低聲自言自語：「我這幾天一直在想，我們美和中學有什麼特色呢？客家人的學校，是一個特色；升學率還算不錯，也是特色。」

董事們相繼發言：

「大將創校之初，興建學生宿舍，全體學生住校，跟日本時代的高雄中學那樣，用住校來進行人格教育、生活教育，培養社會菁英，這其實就是我們跟一般國中不一樣的地方。」

「這確實是我們的特色，但理想性很高，現在的社會風氣日漸功利，它不會被看到，對招生不會有幫助。」

「但是，我們對大將創校的初衷不應該忘記，要大力發揚才對。」

會場又安靜了下來，此時，校長李梅玉突然瞥見李瑞昌董事的座位上擺著一份報紙，頭版朝上，斗大的標題字：「少棒爭霸戰，金龍力克七虎」，像發現什麼大寶藏那般，用日語喊一聲：「野球。」

「野球？棒球？」徐富興和李瑞昌幾乎同聲：「我們來發展棒球？」

「對，我們來組棒球隊。」李梅玉說：「我以前在早稻田大學念書時，是學校棒球隊的隊員，我那時是捕手。」

董事們的眼睛突然都亮了起來，都在思考要如何在本校發展棒球。李校長腦筋動得快，他提議：「我們是不是來這樣做，由本校出面舉辦六堆少棒賽，從中選拔優秀球員，保送到本校就讀，優秀球員夠了，我們自己組一支『美和青少棒隊』。」

此議很快獲得董事會認同，於是做成決議，成立「六堆少棒賽推動小組」，由徐富興、李瑞昌、廖丙熔、李梅玉等四人共同推動。

散會時有人提及：「要不要先向大將報告？」

「要，當然要。」徐富興說：「不過，大將是棒球迷，現在就告訴他，他會跳上跌落（註一），開始撞撞劇劇，恐怕不利於養病。」

「那就暫時不告訴他，等我們自己做出了一點名堂後才向他報告。」眾人這樣達成共識。

六堆少棒賽開始推動了，幾場比賽下來才發現優秀的球員不是那麼好找。六堆各鄉鎮有少棒基礎的只有美濃，李校長客串「球探」，只相中一個，名叫徐生明。李梅玉知道，如果沒有好的隊友，未必能留得住徐生明。

「六堆少棒賽推動小組」成員有一天聚會檢討，都承認這個做法沒有預期的效果，正不知下一步要如何走下去。

那年是一九七〇年，徐富興剛好擔任高雄獅子會會長，九月二十八日那天接到台北市中央獅子會幹事趙銘綱的電話：「徐會長，七虎少棒隊代表我國參加世界少棒賽，輸球回來。我們本來安排他們去就讀華興中學，但華興已經額滿了，有八名被婉拒。我們關心這八名優秀球員的去處，聽說你那邊有一間美和中學，正在選拔青少棒球員，現在有現成的，是否請你出面協調，讓美和中學接他們過去？」

徐富興大喜過望，一口答應下來，他先召集高雄獅子會理事開會，決議捐助三萬元，作為那八名七虎隊員一年份的伙食費；然後通知李校長去把人帶過來。

有這批七虎隊員當班底，美和青少棒隊有希望了，徐富興想，應該打個電話向傍興報告了。

註一：「跳上跌落」與「撞撞劌劌」皆為客語中常用的成語，形容一個人勤於奔走，一團忙亂。

一場小中風完全改變了徐傍興的生活步調。在自家醫院病床躺了一天就下床，到處巡視，督導大兒子徐旦鄰如何經營管理徐外科醫院。壬妹不讓他再勤跑屏東，打電話給徐富興，要求自行處理高雄徐外科與美和中學的一切事務，短期內不要勞煩傍興。

那天在家吃過晚飯，看看電視，翻翻書，感到無聊，向太太抱怨：「我感覺現在身體已完全復原。當初決定放手，放得太早了，才剛剛滿六十歲，唉！這樣的日子太閒了，我一輩子忙慣了，今後該如何是好？蛤？」

「你還有中山醫專校長一職，重責大任還在肩膀上，只是讓你稍為輕鬆一些而已，你哪有閒著？」

「那校長我當了快滿十年，一切已上軌道，已不須我太管事。」

「你剛才說六十歲了，我告訴你，在我們美崙村子裏，六十歲就已經上壽了，到廟裏可以穿長袍馬掛了，傍興呀！放輕鬆一點，享享福，這樣不是很好嗎？」

「不行！絕對不行！我的一生不能就這樣停頓下來。」

就在這時，電話鈴響，是徐富興的電話。

「傍興哥，你那輕度中風，也有那麼多天了，我想一定完全康復了吧？」

「現在身體好得很，又像牛那樣強壯了，怎麼樣？高雄、屏東的事情都順利吧？」

「都很好，很順利。」徐富興開始報告上次董事會決議組成「六堆少棒推動小組」的情形，一直說到最近七虎隊有八名球員南下就讀美和中學的事，徐傍興聽到這裏，打斷徐富興：「等等，七虎隊要過來的，有沒有盧瑞圖和吳瑞雄？」

「有。」徐富興問：「你怎麼知道他們的名字？」

「七虎隊在美國比賽時，我每天半夜爬起來看電視現場轉播。他們的名字，記得牢牢。」

「呵呵呵！你不是在養病嗎？」

「養什麼病？就是一個小中風嘛？還有，侯德正和黃永祥會不會過來我們美和？」

「有，這兩個在內，此外，還有李宗洲、黃志雄、許永全、陳富嶺。」

「阿富興，太好了，我太高興了！請你立刻宣佈出去，那八名七虎隊員來念我們美和中學，學雜費、住宿費、伙食、服裝等費用全免，知道嗎？」

「高雄獅子會輪到我當會長，獅友們已同意給他們一年伙食費三萬元。」

「很好，經費是多多益善，多謝你的費心。」

徐富興的電話掛掉後，徐傍興在家裏書房、客廳走來走去，有時慢慢踱方步，不知不覺步伐又快了起來。壬妹在旁取笑：「呵呵！打卵就見黃！我們家這隻鷄公仔，鷄冠又紅了，現在又雄頭起來了。」

他沒理會太太的揶揄，突然想起一事，抓起電話撥給李梅玉，劈頭第一句話就問：「李校長，我們美和青少棒隊有了七虎隊員，教練呢？去哪裏找到好教練？」

「哦！事情您都知道了嗎？」

「阿富興跟我說了，我現在掛慮教練的人選。」

「我已經找到兩位，一位是台電棒球隊教練宋宦勳，美濃人，他樂於跳槽過來；另一位是我們美和護專的體育老師林順松，在台北體專打過棒球。」

「這兩位的訓練方法和風格，你認為好嗎？」

「很勝任，沒問題，請大將放心。」

「那就好。」

此後，美和青少棒開始在國內各場比賽中嶄露頭角。徐傍興又開始不斷坐火車通勤，回屏東看自己的球隊。他什麼都關心，對疊包厚度、球員的帽子、球衣上「美和」兩個字的字體字形都有意見；有空沒空就去查看隊員的伙食，有哪一餐他認為熱量不足，蛋白質含量不夠，立刻叫來廚師，要求加肉加蛋加營養，「不要怕伙食費超過，錢全部我來出，啊！知道嗎？」

這天，全台灣南北都天氣晴朗，沒有空污，徐傍興又南下，把壬妹給他的錢全部花光光，為美和青少棒隊解決了一些經費上的問題，並與教練、球員相處一整天，感到心滿意足，神清氣爽，然後才回台北。這趟坐莒光號，當年台灣最豪華的列車。

上了車依然拿出武俠小說來看，但這看了幾頁就停住，放回公事包，坐著發呆。塞滿腦袋的是美和青少棒的大小事，盧瑞圖的打擊姿勢、黃永祥那種完全趴下去的滑壘、陳富嶺的跑壘速度……他們的球衣應該不斷更新，尤其是褲子，練球不到一個禮拜就會磨破，可以專門找個裁縫師父來補破褲子嗎？將膝蓋和屁股磨破的部位，從裡面墊一塊布，用裁縫車細細地補好補實，補到不容易看出來，像以前在鄉下每家每戶小孩穿的褲子那樣；只不過，穿上補過的褲子在球場會不會被譏笑，笑說堂堂徐外科支援的球隊怎麼變成了丐幫球隊……他閉著眼睛任由棒球隊躍動的影像在腦海裡騁馳，也任由莒光號列車在鐵軌上滑行，一站過了又一站。

這次的車行速度似乎比看武俠小說時更快，不知不覺已到了台中站。月台上的除了賣便當的「叫販」，多了叫賣其他麵包、太陽餅、鹹酸甜之類的點心的。他還來不及想好要不要買點什麼來解饞，一群人吵吵鬧鬧上車，進到他所坐的車廂裡，啊！是一大群大男孩，怎麼都有點臉熟呢？正疑惑中，看到謝國城也走進車廂。他高興地揚手，呼喚兩三聲，同時豁然想起這群大男孩都是什麼人。

謝國城的座位在不遠處，正用手勢招呼徐傍興坐過去；同時向鄰坐的一個大男孩說：「宏開，你去跟那位阿伯換位！」

徐傍興一聽是「宏開」，立即想起那就是余宏開，不就是金龍隊負責三壘的那個黑黑壯壯的男生嗎？只見余宏開有點靦腆地走過來坐徐傍興的位置，微微點了一下頭，而徐傍興很快坐到謝國城的旁邊去。

車內現在不安靜了，乘客興奮地起哄，像影迷看到電影明星活生生從大銀幕裏走出來，「啊！那是陳智源，當投手把阿兜仔三振最多的。」「那是郭源治，好像從美國回來胖了一點。」捕手蔡松輝比較大方，跟鄰座一位老師模樣的男士有問有答，還面帶微笑。

謝國城和徐傍興也已經談了開來，談的都是棒球：

「赫！你去年帶金龍球隊去美國拿世界冠軍回來，全國的棒球風氣被你們炒熱了。」

「你有看棒球？」

「比賽那幾天，我太太和我半夜都用鬧鐘爬起來看，看完回床就睡不著了。」

「哈！據說那幾天全台灣有一半的住宅，半夜裏燈光亮起來。」

「真是的！你推廣棒球運動，竟能辦到這種地步，服了你。」

「不是我厲害，是正好天時、地利、人和都配合。」謝國城也回敬一些好話：「你的消息我一直都在注意，沒想到你也變成了『棒球人』，我倆變成了同業！」

「我們美和青少棒才剛剛起步。」

「已經很了不起了。把七虎隊幾個好手接了過去，中華日報那個中華盃還拿到冠軍。」

「啊哈！那場小比賽你也知道嗎？我們那次捧回一座閃亮的獎杯和獎金一萬元。」

「那場不是小比賽，南部的強隊都有參加，還是我去頒獎的。」

「哦！阿禮咖多，多謝你的肯定。」徐傍興問：「你今天是怎樣？是要帶金龍隊這些球員去台北換場地訓練嗎？」

「不是，是帶去給華興中學，它們要成立華興青少棒隊。」

「蛤！華興？蔣夫人辦的那間？她也對棒球有興趣了嗎？」

「豈止有興趣！」謝國城透露：「還很有企圖心。她那邊的人要求我帶去年拿世界冠軍的一整隊人馬，全隊過去。」

「怎麼樣？已經談定了嗎？還能不能變卦？把他們帶來給我們美和可以嗎？」

「不可以，已經談定了。」謝國城機敏的眼睛一亮，改說台語：「恁想欲風神，就去呼恁風神，反正飼養一支球隊須要真多資源，愛開足濟錢。」

徐傍興沒接話，謝國城又說：「你忘了我說過的那句話：『將棒球推展到高級外省人的圈子裏去』。」

「哈哈！那是外省人圈子中最高級的囉！」

「不過，你把棒球運動推廣到最南部偏遠的鄉村裏，比我還偉大，偉大得多得多！」

「不敢當。」徐傍興說：「就像你剛才說的，要培育一支好的棒球隊，不是那麼簡單的事，除了付出心力之外，要花很多錢，而且是不停的花錢。」

「這我太瞭解了。我為了棒球，尤其是去年為了把金龍隊帶出國比賽，逢人就伸手討錢，非常辛苦。」謝國城停頓片刻，臉上一抹微笑：「所以呀！現在，你跟我一樣，是個『戇大呆』。」

「我們客家話不是說『戇大呆』，而說『大戇牯』，你是『戇大呆』，我只是一個小小的『戇牯』。」

「哈哈！」

「哈哈！」

那年年底，謝國城差人專程送來一封寫明「徐傍興兄親啟」的信箋，打開，是一疊報社用的稿紙，上面密密麻麻的中文字，用原子筆寫的，沒有標題，開頭是「合眾國際社記者安東尼奧十二月二十五日台北電」。徐傍興未及閱讀，滑出一張便條紙，是謝國城的短箋。

大戇牯，傍興兄：

我一個晚輩在青年戰士報當編譯，一種專門翻譯外電新聞的工作人員，他翻譯好了一篇報導，沒被刊出（如附）。我想在台灣不會有報社敢刊登。它談到我，也談到你，特別送給你參閱。

附記：（一）你以及美和青少棒已經日漸受到注意，前程光明，繼續加油。

（二）寫這篇新聞的記者安東尼奧我認識，是寫政治新聞的，不是體育記者。

預祝

新年快樂

弟　戇大呆（國城）敬上

十二月三十日於合作金庫

徐傍興迫不及待展閱該文：

（合眾國際社記者安東尼奧十二月二十五日台北電）今天是台灣的行憲紀念日，在這個政治沉悶、社會疏離感嚴重的島嶼上，憲法沒被人民也沒被當政者放在心上，倒是南北都各有熱烈的棒球比賽。人民以極高的熱情，齊心關注棒球賽。自從國民政府流亡到台灣以來，這是第二次出現社會大眾自發地凝聚在一項運動之上，出現集體的興奮，加上集體的關心。上一次出現這種現象是一九六六年間的「梁山伯與祝英台」電影帶出來的黃梅調風潮。

棒球運動在日本統治期間，原即在台灣十分風行，國民政府遷台後沉寂了一段時間。這次的棒球風氣是被譽為「中華民國少棒之父」的謝國城帶動的。他長期担任棒球協會總幹事，不斷邀請日本知名棒球隊來台灣交流，尤以一九六五年邀請王貞治在台灣表演「金鷄獨立」的擊球神技，相當程度喚起了島嶼上的棒球熱。

由於他的推動，棒球運動已進入銀行、國營企業、軍中，現在正在初級學校開花結果。去年以來，在中學這個階段，有兩支青少棒隊實力已達世界級，而且背景十分特別。一支是華興隊，另一支是美和隊，培育這兩隊的都是私立學校，却是相當有趣的對照組。

徐傍興閱讀至此，電話鈴聲響起，壬妹快步去接，他眼睛不想離開那文章，但壬妹講電話的聲浪很大：「蛤！什麼！他們要走？幾個人要走？」

他不得已抬起頭，壬妹叫了出來：「糟了！盧瑞圖要帶走六個人跳槽去華興。」

徐傍興楞住了，壬妹又說：「李校長和宋教練希望你儘快過去。唉呀！真是的，這樣南北跑，我真擔心你的身體。」

「怎麼會這樣呢！怎麼可以這樣呢！」徐傍興不斷喃喃自語，接著吩咐：「現在松山機場有飛機可以坐了。請阿真牯幫我訂最快到達的班機。」

他交代完低下頭繼續看那篇特稿：

華興中學在台北，有貴族學校之稱，創辦人是國民政府最高領導人蔣介石的夫人——宋美齡女士，蔣夫人的頭銜抬出來，要什麼資源都有。而美和隊出自台灣島南端的屏東鄉下農村，那裏的人打赤腳打赤膊的多，戴斗笠拿鋤頭的多，創辦人徐傍興是一代名醫，徐外科醫院業務興隆，但終究是本地人，是老百姓，黨部通知他要開個什麼輔選會議，半夜都得搭車趕過去；要他捐個什麼錢，只要求他認捐一萬元，他卻捐出兩萬元。

近年來，這兩支球隊有三次相逢於球場，華興隊有兩勝記錄，美和隊贏過一次，美和隊贏球的那一次是「雙十國慶盃」，比當年台東紅葉隊打敗日本關西隊更震憾人心，市井間有一些奇怪的談論：「哇塞！美和把華興氣走了，大快人心呀！」「徐傍興好大膽，蛤！居然敢打贏華興！」

此地報導那場棒球比賽的媒體通常多尊重一點華興隊，若要同時提起兩隊名稱，一定把華興放在美和前面；電視新聞多給華興隊幾分鐘或幾秒鐘，沒人會感覺不妥或不應該。

壬妹見丈夫似乎看完了，問：「你在看麼个屁卵？看到那麼入味！」

徐傍興此時心中酸甜苦辣一堆，將手中的信箋遞給壬妹：「你拿去看，看完不要丟掉，幫我好好保存。」

「行李我給你整理好了，在門邊。」

「有沒有在我皮夾裏多放點現金？」

「有啦，再怎麼多放，都會被你送光光。」

徐傍興匆匆推開紗門，阿真牯已經等在外面。

一輛小型巴士停在美和中學校門口，原七虎隊八小將中的六人打包好行李，從宿舍走到棒球場，向正在準備練球的教練宋宦勳和林順松行個禮，然後往校門口走去。球場上換好球衣的其他隊員，有兩位上前跟那六人握手寒喧，其他的在不遠處準備球具，沒理會他們的離去。

六人中帶頭的盧瑞圖嘴角上揚，有淡淡的得意之色，其他的，站在教練面前，囁嚅：「真不好意思！」「對不起啦！宋教練、林教練！」

一名中年男子等在那輛小型巴士車門邊，親切招呼球員上車；盧瑞圖上車時叫那男子一聲「爸爸」。沒多久，巴士發動，噗噗噗噗揚長而去。

徐傍興坐計程車從小港機場抵達學校時，那輛巴士剛剛開動。徐傍興走下車子，望見幾張熟悉的隊員的臉孔探出車窗，還向美和中學的校門揮手。他本能地也向那些孩子招個手，但巴士愈開愈快，走遠了，他又重重地向下甩手兩次。孩子們沒有看到他，也不會知道他心裏有多麼的氣憤和失望。

他直奔校長室，裏面坐著四個人：徐富興、李瑞昌、廖丙熔、李梅玉。

「來接人的是盧瑞圖的爸爸，現任台南市棒委會主任委員，是他在運作，把人挖去華興。」李校長先報告。

「車子開到我們校門口來搶人，哼！『熟可忍，熟不可忍也！』」徐傍興開罵。

「大將的漢文較深，這句話，連用兩個『熟』字，我還不會用。」徐富興說。

「或許大將是故意的啦！兩個『熟』字，兩倍的不可容忍！」李梅玉說。

徐傍興沒理會兩個「熟」字的話題，拉回正題：「事先一點跡象都沒有嗎？」

「運作十分隱密，直到昨天晚上盧先生才打電話給我，一直跟我說『歹勢』，說跳槽其實是孩子們的意願。」

「我不相信！他是想去捧蔣夫人的『大哈卵』（註二）啦！」

「蔣夫人哪有『哈卵』呢？」

「伊雖然無『哈卵』，但捧的人和被捧的人都很爽快的。」

「哈哈！」

「哈！」

「華興那邊爽不爽快是他們的事，」徐傍興又一次拉回正題：「那六名隊員走掉了，我們美和隊的實力會差很多吧！」

「會，一定會。」

這時，教練宋宦勳進來，站了一會兒，陪著大家談了些話，然後提出一個意見：「大

註二：「哈卵」，「睪丸」的意思。客語「捧哈卵」，等同華語的「拍馬屁」，福佬台語亦有相同用法。它在莊嚴的場合不會被使用，但在朋友間交談時經常聽到。

將，我聽人說，第二代的金龍隊在台中，常和空軍棒球隊一起練球，而空軍隊的教練是你們同一村的曾紀恩。」他這話一出，眾人眼睛一亮，宋宦勳繼續：「我想去找曾紀恩。我跟他認識，但不熟。我想拜託他幫我們介紹金龍隊的教練蔡炳昌，然後挖幾名好手過來。」

徐傍興問徐富興：「我們忠心崙有這個人，你聽說過嗎？」

「不知道呢！應該是曾屋伙房的人，年紀比我們小很多，做的行業又完全不同。」

徐傍興側個臉又問宋宦勳：「這個曾紀恩在棒球界能力如何？風評如何？」

「哦！」宋宦勳回答：「不是我故作謙虛，他比我強，在我之上。」

「好。」徐傍興說：「那就不只是挖金龍隊球員囉，重點在把曾紀恩叫過來。」

「這不太可能。」宋教練說。

徐傍興這時拿起電話，告訴總機：「幫我接謝國城，他可能在棒協，也可能在合作金庫。」

幾分鐘後，電話來了，徐傍興拿了起話筒，順便按一下擴音鍵，開始講話：

「喂，戇大呆，我人在屏東，想向你打探一個人，你瞭解曾紀恩這個人嗎？」

「很瞭解，當然瞭解。」
「你對他的評價如何？」
「厲害角色。」
「怎麼個厲害法？」
「唔！讓我想想……他呀！訓練球隊時是俾斯麥，比賽時是諸葛亮。」
「赫！你這個評價相當高呢！」
「俾斯麥你知道吧？德國的鐵血宰相，曾紀恩訓練球員非常鐵血，在比賽中則神機妙算。」
「哦！哈哈！謝謝你告訴我這些。」
「怎麼樣？為什麼打探他？你們想挖他？」
「沒錯。他就是我們美和村的人。」
「哦！那你試試看，我想可能性很低。」
徐傍興放下電話，做出指示，大將的口氣：「宋教練，謝謝你的好主意。你立刻去找曾紀恩，說我們忠心崙這支美和青少棒現在碰到一個大困難，直接了當跟他說，我們須要他回來。不但自己回來，還要帶金龍隊第二代過來。」

徐傍興想了一下又說：「他應該認識我，跟他說美和棒球隊是忠心崙人共同的事業。」說完又朝李校長交代：「也請你一起去。車費、住宿費、伴手禮全部報公帳，啊！」

「是，好的，大將放心。」

二天後，徐傍興在台北家裏接到李校長的電話：「曾紀恩很動心，但是，我判斷短期內很難讓他過來……」

「你怎麼看出他很動心？」

「我和宋宦勳說明來意後，他問的第一句話是：『是徐傍興叫我要回去的？』我答：『對。沒錯』，他然後才說：『我現在負責的是軍中的球隊，上面如果不准我走，我是不能走的。給我幾天時間，跟上頭長官試著溝通看看。』」李校長說：「大將，他這樣解釋時，低聲嘆氣，臉上有點期待，期待能回來為故鄉效勞的那種神情。」

「是嘛！他本人有動心就有可能。」

又過了幾天，李校長來電話：「大將，曾紀恩回覆我了，說長官不允許，而且球隊隊友用人情包圍，不讓他離開，所以沒辦法走了，要我向您說聲抱歉。」

「哪有走不了的！我一定要想辦法叫他回來。」

李校長的電話講完後，徐傍興在家裏踱方步，想了許久，想到一個做法，決定做做看。他走進書房，邊咬筆桿邊思索，寫了一封短信：

曾教練紀恩鄉長：

你的故鄉，你出生成長的村子裏誕生了一支美和青少棒隊，出去參賽了幾場，已漸漸嶄露頭角，但我們缺一個掌舵的人，你是棒壇優秀的教練，你要回來領導這支球隊。這不只是我徐傍興的召喚，也是全體忠心崙人、內埔人、六堆人共同的召喚，回鄉共同打拼吧！我們日日夜夜熱切的期盼，等你回來，敬祝

大安

徐傍興　敬上

寫好後，又出來客廳踱方步，這次沒走幾步就匆匆回到書桌振筆疾書，將剛才寫好的短信，用客語再寫一遍：

紀恩先生：

　　偓等忠心崙庄頭有一个美和青少棒隊，你應該多少有聽到伊个消息。今嫁呢，美和隊須要一个像你阿內个優秀个教練來領導，你愛歸來，歸來忠心崙訓練偓等个球隊，好麼？這嘸單淨係偓徐傍興个意思，忠心崙全庄頭、內埔仔全鄉个人，以及所有六堆鄉親都須要你，等候你，歸來啦！歸來共下拼事啦！

　　祝汝

平安

徐傍興　敬上

　　這兩篇一國一客，重新唸幾遍，愈唸愈滿意。打電話找來專門招攬廣告的經紀商，交代：「這兩封信，我要刊登在青年戰士報和台灣日報的報頭下，國客語併排，連登三天。」

　　次日，青年戰士報只刊出用國語書寫的那篇，客語版本沒見報；而台灣日報是兩者併排刊出。廣告經紀商來電解釋：「青年戰士報說，客語是方言，刊出來會違反當前的推行國語政策，請你諒解，這樣廣告費還節省了一些。」

徐傍興一面欣賞報紙上自己的傑作，一面撥電話給李校長，要求他再跑一趟台中，看看曾紀恩那邊有什麼新的情況。

那幾天徐傍興在台中上班，李梅玉去探望曾紀恩後，從清泉崗空軍基地直接去中山醫專校長室，見面就喊：「大將妙招成了，成功了。」

「怎麼樣，講詳細一點。」

「前天中午曾紀恩和球員一起在餐廳吃飯時，有人拿一份台灣日報給他看，他看完即放下碗筷，臉上憂傷起來。報紙在球員間傳閱，還被朗讀出來。曾紀恩再次拿過來閱讀一遍，看著看著，隊員們竟然看見他眼眶泛紅，雙唇微動，兩行眼淚流出，緩緩流淌在那黝黑的臉頰上，流入嘴角又溢出，滲入那深深的法令紋裏，坐在他身旁的球員還聽到：『我不能對不起我的故鄉，我應該回去。』」

徐傍興問：「那場景，那些話，你有親眼目睹？」

「沒有。是我到達時，球員知道我的身份，跟我聊起來，是他們描述的。」李校長繼續：「之後，曾紀恩飯也不吃了，一個人在球場漫步，在大太陽底下，一直走一直走。他的這個情況很快被報到副聯隊長那邊，當天下午即約見曾紀恩。那副聯隊長說也看到了青年戰士報上的廣告，表示：『你們那位徐傍興這樣登報挖人，別出心裁，強烈的鄉情攻勢！』曾紀恩則趁機再次表達回鄉之意，副聯隊長回說：『你要去幫忙美和青少棒，我沒意見，但前提是你不可以丟下我們空軍隊不管。』曾紀恩於是把中午在球場漫步時想到的解決方案提出來：『屏東也有一個空軍基地，如果我們把空軍棒球隊搬去屏東，然後讓我兼顧美和青少棒隊，也讓兩隊可以合併操練，這樣可以嗎？』副聯隊長回答：『這樣似乎沒什麼不好，不過，我得請示聯隊長，他說可以就可以。』『是，希望副座大力促成，十分感謝。』曾紀恩這樣回答。」

徐傍興聽到這裏，連說：「有趣！有趣！有意思！很有意思！」

「以上那些，是我到了之後，找到曾紀恩，兩人坐在球場邊，他親口告訴我的。」

「空軍那位聯隊長准了嗎？」

「還沒批下來。但曾紀恩說，這不是什麼軍國大事，球隊的事，若副聯隊長簽上去，八、九成會准下來。」

「好，李校長，我們走，我想親自去清泉崗一趟，像劉備去敦請諸葛亮那樣。」他想起三國演義裏有一個臥龍崗，「崗前疎林內茅廬中，即諸葛亮先生高臥之地。」但此崗非彼崗，清泉崗裏沒有姓諸葛的，只有一個同村的曾紀恩。

「曾紀恩是猴子般的人物。」徐傍興和他見到面的那一刻，心裏這樣認為。他身材不高，其實是有點矮小，但手臂很長，走路腳步敏捷；再仔細從側面看，似乎還有一點點不容易看出來的駝背。

「在練球的時候，是俾斯麥；比賽的時候是諸葛亮。」謝國城的這個描述一直縈繞在徐傍興的腦裏。

清泉崗空軍基地的棒球場上，徐傍興、李梅玉、曾紀恩三條人影來來回回，邊走邊交談。所有的安排都在這次會面中敲定了——空軍棒球隊何時南下？曾紀恩要在每天的什麼時間從屏東空軍基地前往美和中學？要不要安排車子接送？用什麼頭銜在美和隊服務？薪酬如何支付？每一項細節都一拍即合。

分手時，曾紀恩答應儘快把第二代金龍隊帶去美和，「甚至於金龍隊的那位教練蔡炳昌，我也可以挖過來幫忙。」徐傍興和李梅玉聽了高興得不得了。

曾紀恩以及第二代金龍隊陸續到位，美和隊實力大增，團隊中有人將目光望向世界冠軍；但曾紀恩淡然指示：「不必想那麼多，我們先來研究南台灣各隊的長短處在哪裡，然後訓練好自己的球隊。」徐傍興在旁大表贊成：「譬如坐火車，過了屏東站才會到高雄站；車過高雄，才會台南、台中一路抵達台北。」

距離世界大賽還有一年多，美和隊必須先拿到南區選拔賽冠軍，再去跟中區和北區冠軍隊拼搏。曾紀恩每天下午帶隊操練，有時帶空軍成棒隊過來打友誼賽。

練球大部份是在大太陽下進行。南台灣午後常有一陣西北雨。曾紀恩總是在雷雨到來時最後一位跑離球場，而雨還未完全停止，就可聽到他在呼喊：「可以了，可以了，都給我出來，出來練球！」

徐傍興常去看練球。這天，他從校長室走到球場後面一棵欖仁樹下，雙手插在腰間，肚子微挺，球員的身影在眼前躍動。他們都還是半大不小的孩子，離開家庭，住到我們美和來，吃住都在我這裡，我現在就是他們的家長了。徐傍興這樣想著，從樹下移步出來，到校門口邊，這裡站一站，那裡走一走，聽到曾紀恩像山猴王似的這裏那裏吼一聲又罵一聲，會為球員感到心疼；經常可以看到隊員快速奔跑猛然趴下滑壘，壘包邊飛起黃黃帶黑的灰塵，便心頭一緊，會不會有球員受傷呢？

他總是流連在球場邊不肯離去，看練球看得心中七上八下，臉上一陣喜一陣憂。好幾次，他想走進球場表示意見，剛走兩三步，學校總務組的小鍾必定出現，在他身旁提醒：「大將，曾紀恩是鐵血教練，最好不要去干涉。」於是他又走回場邊，抹擦汗滴，吞下口水，順便吞下滿腔的喜怒哀樂。

他漸漸發現，十天中總有八、九天，球場邊熱鬧了起來。只要有練球，鄰近村莊的球迷，老的少的，客家人說的「老嫩大細」就會聚集過來。有時十幾二十人，有時三、四十人。他要求學校不要有門禁。嚼著檳榔的可以進來；沒穿鞋打赤腳甚至打赤膊可以進來；拿一根連皮未削的甘蔗，邊咬邊撕邊咀嚼邊隨地吐出蔗渣也可以進來；也有一些皮膚白淨衣著整齊的男士進來，應該是鄉公所或農會翹班的職員吧！他們有的慕徐傍興的大名而來；有的純粹為了聽那一次又一次「鏗」、「鏗」、「鏗」擊球的聲音而來的；也有的是因為看到球員背心上「美和」那兩個字就會心頭爽快，就老遠騎腳踏車過來的；有幾個農友不識哪一位是徐傍興，在球場邊嘰里呱拉說了一堆鄉下人的粗話、土話，要離去時才知道，哦！剛才那個也愛用粗話講笑話的人，就是徐傍興！

南區選拔賽開打了。美和隊士氣高昂出征，隊中有一個教練群，李瑞麟已經加入，與宋宦達、林順松等各司其職，而以曾紀恩為總教練。

壬妹擔心丈夫太投入球賽，血壓會升高，萬般阻擋徐傍興去觀賽，安排總務組的小鍾隨時用電話簡報戰況。小鍾是壬妹的親戚，曾經在台北徐外科服務過。

「報告大將，今年南區，賽前的專家分析，以嘉義南興隊最具冠軍相。」

「什麼冠軍相？那一個『相』？」

「看面相手相那個『相』字。」

「是哦！漢文有人這樣講的嗎？」

「這是最新式的講法，要用國語講。」

「報告大將，上擺同你講个那支嘉義南興隊，被高雄市隊打敗咧。」

「高雄市隊恁厲害喲！」

「毋會爛，真識蓋強。」

「我們美和隊哪日會碰到高雄市隊？」

「三日後。」

「我們那位紀恩仔總教練看起來有蓋緊張無？」

「無。看毋識，那隻黑面猴面上無麼个表情，正經在向球員講解伊个手勢。伊吩咐每一個出場个隊員要先看伊个手勢怎般比，然後才照著投球或者打球。」

「比手棍嗎？」

「毋係啦！比手勢啦！比手棍係愛找人相打、挑戰个意思，比手勢係一種指揮作戰个技術。」

「哦！就係做暗號个意思嗎？」

「無毋錯。」

三日後，徐傍興坐在抽水馬桶上，壬妹在厠所門外大喊：「傍興仔，我們美和打贏高雄市隊咧！宋教練親自打電話來。」

「妳叫宋教練毋好掛電話，侄馬上出去。」

幾分鐘後，「喂！宋教練，真識打贏了嗎？」

「真識。六比五，兩支全壘打，七支安打，五次盜壘成功。」

「哈！真歡喜。後背還有哪一支比較卡強？」

「還有台南縣的南新隊、台南市的七鹿隊卡強一些。」

「你們教練群如何評估？」

「南興隊有個溫金明，七虎隊有任茂東，是不好對付的強投。」
「打到最後那場時，我要去現場給全隊打氣，加個菜。」
「那很好，大將來，全隊會士氣大振。」

最後兩場，徐傍興親自督軍，身上帶了加菜金和一本小簿子。觀眾席爆滿，他坐在球員休息區。球員和隊職員會上前鞠躬或噓寒問暖，他交待大家各司其職，不必理他。

球賽熱烈開展了。徐傍興眼觀四方，有時望向賽場，有時斜睨一下曾紀恩，然後低頭寫下幾個字。

有隊職員發現大將這次好忙，忙著抬頭低頭，眼睛一會兒看球賽一會兒看曾紀恩，又要低頭寫字。他是在記錄球員的表現嗎？那何勞大將動筆，主辦單位、我隊、敵隊，還有記者席內都自然會有人做詳細的比賽記錄。或許大將是記下誰的優缺點，為賽後向隊員精神講話時做準備吧？

球賽非常緊張刺激，美和隊這場若擊敗七鹿隊，就確定可以拿亞軍；但「亞軍不夠好，一定要冠軍才行。」徐傍興專心寫筆記的同時，這樣低聲自語。

他的情緒跟觀眾席的叫聲一起起伏，也經常鼓掌大喊「好」、「太好了」；也會嘆息一聲順便握拳捶一下自己的大腿；但依然不斷斜視一下曾紀恩，然後冷靜下來，低頭在小筆記本上快速寫下什麼字。

這場比賽終局美和隊以七比五氣走七鹿隊。徐傍興仔細將那本小簿子收好，放在口袋，去跟每一位教練、隊員、職員握手，說聲「謝謝」、「辛苦了」。

最後一場冠軍爭奪戰排在次日舉行，美和隊又遭遇高雄市隊，而全隊士氣如虹，總指揮還是曾紀恩。這次徐傍興坐得更靠近曾紀恩，情緒依然高亢，依然從口袋拿出小簿子和筆，而偷窺曾紀恩的次數更頻繁了。

那是一場令全場球迷快要瘋掉的拉鋸戰，徐傍興認真觀戰並勤做筆記到第五局時就坐不住了，不斷站起來走動，到第六局下半，他迅速收起簿子，放進口袋，口中唸唸有詞：「不必記了，贏了，贏了。」美和隊在第六、七兩局狠狠修理高雄市隊，奪得冠軍，向國家代表隊之路邁出一大步。

比賽在高雄市立德棒球場舉行。贏球後徐傍興帶全隊到大飯店擺宴慶功，高雄徐外科的徐富興和廖丙熔也專程過來。

徐傍興在開席前的感謝致詞中，並沒掏出那本小簿子，一直到宴會結束，回徐外科醫院休息，在院長室跟徐富興單獨在一起時才秀出那本小簿子。

徐富興起初看不懂，問：「這係麼个東西？」

「是曾紀恩的作戰秘密。」

「哦！我知道了。」徐富興一行一行閱讀，讀到笑出聲來。

△右手抓耳垂——投出下墜球。

△左手摸頭髮——打擊手朝左方向揮棒擊出。

△右手摸頭髮——打擊手朝右手方向揮棒擊出。

△左手放在右肩膀——投出從左邊向右飄進擊球區的變化球。

△右手放在左肩膀——投出從右邊向左飄進擊球區的變化球。

△用食指彈一下耳朵——打擊手用力打出高飛球。

△右手食指放在嘴唇上——打擊手輕輕觸球後快速跑向一壘。

△只用單手放在膝蓋上——一壘向二壘盜壘。

△雙手放在膝蓋上——二壘向三壘盜壘。

△右手指虛空彈一下——投手擊出快速直球。

△右手指虛空彈兩下——投手突然轉身快速向二壘傳球，牽制壘上敵手。

△右手摸一下哈卵——三壘快速奔回來本壘，伏地觸壘包。

徐富興看到「哈卵」一詞，放聲笑出來：「傍興哥，你怎麼連『罣丸』都不會寫！」

「匆忙中一時忘了那個『罣』字，只好用客語寫上『哈卵』比較快了。」

此時，副院長廖丙熔進來，身上還穿著手術房的工作服，富興將那本小簿子遞給他，解釋那是曾紀恩的現場指揮手勢。廖丙熔也是邊閱讀邊笑，等他看完，徐富興從辦公桌拿一支筆，在簿子上寫一個字。徐傍興好奇：「你在我簿子裏寫什麼？」拿過來一看，又是大笑，原來富興在「哈卵」的上面補一個「大」字，變成「大哈卵」。

笑鬧到此，徐傍興詢問一些醫院的經營問題，大體上營運順利。三人簡單交換意見後，徐傍興要回台北，臨行前徐富興提醒：「傍興哥，你那本小簿子是我們美和的業務機密，而且是極機密，你千萬要保密好。」

徐傍興又笑出來：「你別笨了，我會記錄，一定有敵隊也在偷偷記錄，所以，我發現曾紀恩兩場比賽的指揮手勢有變更，每場不相同。」

「所以手勢有變更，就不再是機密了。」

「我還發現曾紀恩有若干手勢是故意顛倒，似乎是一種惑敵計，讓敵隊間諜誤解或中計。」

「所以，教練和球員要隨時保持頭腦清醒，不能有一分一秒的糊塗，要牢記隨時變動的手勢。」

「所以野球是一種不簡單的運動，它須要極高的智能。」

「難怪全世界的人都瘋迷。」

「愈高智能的民族愈瘋迷。」

美和隊取得南區青少棒選拔賽冠軍，沒有多久再打敗中區的冠軍聯隊，下一場又要遭遇台北的華興隊。

每一個人都知道華興隊不是那麼容易對付，少棒時期的明星隊伍，金龍隊和七虎隊裏的精英好手都在那裏。

比賽前幾天，徐傍興南下跟球員一起用餐，坐在總教練旁。曾紀恩是那種連用餐都非常專心，大口趴飯又大口吃菜，食物在嘴裡咀嚼很久的那種人，徐傍興先跟球員們閒聊，聊了許久才有個機會問出這句話：「紀恩仔，你認為我們美和和華興各有什麼優劣點？」

曾紀恩聽到大將這樣問。放下碗筷，似乎是他要講話就專心講話，暫時不吃東西了，回說：「大將，我同你講，華興隊吸納了全國各個少棒隊的精英好手，那是一個曾經享盡成功與勝利的明星的組合，幾乎各個都是強棒，頭頂上都有各人的光環……」

徐傍興急著插話：「我們的隊員咧？」

「我們擁有的，是一個失意過、跌倒過的球員的組合，但請大將不要憂愁，他們都十分優秀，很有潛力。你偷看一下坐在另一桌吃飯的楊清瓏，他當初是金龍隊第二代的當家投手，好得不得了，却有一次在滿壘的情況下，投出一個快速直球被擊出『再見全壘打』，使全隊輸掉了江山，全場痛哭，教練蔡炳昌擁抱著他痛哭，他從此喪志，站上投手壘，戴上手套就全身發軟，後來他來到我們這裏，我們這裏的每一個教練給他重建信心，現在心理強大多了，自信滿滿。」

「啊哈！你們這樣很了不起，給一個失意的人重燃希望，正是我這輩子最常做的事情。」

「還有，故事講不完，我們這一桌的唐昭鈞、劉忠富、高文川、許榮濱是一夥，被南區的巨人隊打得淚灑球場，另外那桌還有從美國威廉波特輸球回來的七虎隊員，這些人有一個共同的特點，就是有一段時間抬不起頭。大將，好像是上天刻意將他們安排到我們美和來，碰到大將你這種老闆，碰到我們這群教練。我們像一家人，在這裏一起住一起吃一起練球，洗澡、睡覺、擦拭球具、流汗操練、休息時輪流講笑話，做什麼都在一起。」

徐傍興一面聽這些話一面仔細端詳這群正忙著吃飯和聊天的大孩子們，心裏很有感覺了，耳際又聽曾紀恩說：「這次，我們要用一支經過協同訓練、默契特別好的一支平凡隊伍，去打一支結合各方強棒的華興隊。」

徐傍興說話：「如果華興隊各個強棒也都能協力合作，發揮整體戰力，那我們就不容易打贏他們了。」

「這要看教練現場的反應，華興那種隊伍應該會有許多縫隙和漏洞讓我抓到。」

「到時候要看你們的了。」徐傍興釋懷地大塊吃肉，同時發個感慨：「野球迷人的地方就在這裏。」

飯後，徐傍興進去校長室，李校長不在，他喝點水，坐在沙發上休息、發呆。曾紀恩對自己的隊員的描述，猶如鼓手一槌敲擊在鼓的正中央，崩出雄渾的聲響，還在心中迴盪。他摸出褲袋裡的一疊鈔票，叫來小鍾，交代：「這些錢你拿去，幫我包二十三個紅包，一包一百元。紅包上面都這樣寫：『美和小將加油/球場邊一個老球迷敬贈』。」

「無時無節，大將為什麼要送紅包？」

「曾紀恩告訴我，我們的隊員都曾經是失敗者，我要隨時給他們精神鼓舞，不須要選時選節。」

「要送，用您徐傍興的名義，他們更振奮。」

「常用我的名義，次數多了，受贈者會有心理壓力；換用球迷之名，他們接受起來比較自在，而且更有激勵作用。」

「是喲！這點我沒想到。」

小鍾走後，徐傍興撥一個電話給謝國城：「喂！戇大呆，我們美和要跟華興再戰一次了。我想拜託你，用你們棒球聯盟的名義，協調一家電視台來作現場實況轉播可以嗎？」

「好，我來試看麥。這場比賽會有高收視率。」

「要給電視台什麼錢嗎？」

「不必，第一，三家電視台會先揣摩黨部的意思；其次，它們會考慮廣告收益。這中間沒有我們球隊給錢的道理。」

「我想也是這樣。」

「恁有信心打贏華興無？」

「我無啥物信心，但是阮那個曾紀恩親像足有信心。」

「伊有信心就足好。」徐傍興正想掛電話，回去球場觀看練球，却聽到謝國城說：「傍興兄，有一件代誌，我本來無想欲向你講，但是，既然你自己打電話來給我，我就順刷講一下。」

電話那一頭聲音停住，對方沉默著。徐傍興：「啥物代誌？」

謝國城還是沉默著，徐傍興耐心再等了片刻，聽謝國城開口了：「中央黨部秘書長張寶樹拜託我出面向你私底下協調，甘有可能刁故意輸球給華興？」

徐傍興傻楞在電話中，謝國城接著說：「伊的意思，是希望給華興贏球，代表國家出國比賽，按呢蔣夫人會真歡喜。張寶樹講，蔣夫人每日為國辛勞，呼伊歡喜一擺。」

「你按怎答覆伊？」

「我恬恬（註三），無講加半句話，無加答應。傍興兄，我是一生愛體育，愛野球的人，這款話，我毋敢向你講，嘛袂賽講。」

徐傍興沉默未答腔，謝國城換說日語，且壓低音量：「我想，這未必是蔣夫人本人的意思，應該是張秘書長為了拍馬屁想出來的點子。你就當做我沒有向你講過那些話，蛤！我本來就無欲向你講。」

「按呢我瞭解，多謝你的費心。」徐傍興說話。

「這代誌，你千萬莫休過掛慮，欲按怎做你決定就好。」

「是，我知影。再擱連絡。」

為了這件事，徐傍興在台北家裏生了一整天悶氣。除了壬妹之外，誰都沒講。壬妹也不敢主張什麼，只說：「連張寶樹這種大粒的人物都出來關心了，可見這場比賽非常重要。」

「對伊來講，棒球無一定重要，捧大哈卵擱重要。」

註三：「恬恬」，福佬台語，「靜靜」「安靜」的意思。「袂賽」也是福佬台語，「不可以」的意思。。

「蔣夫人有哈卵嗎？」

「哈哈！」徐傍興笑出來，笑開了一肚子的鬱悶。

他在台北耽不住，第二天又坐車南下，心中掛念著美和隊的訓練情形。

到了美和，球場還是活跳跳，擊球的「鏗」聲、捕手接球的「噗」聲，遠遠就能聽到。走近點，望見曾紀恩、李瑞麟、宋宦達等三位教練在操兵。球場旁邊依然有許多球迷在觀看，見徐傍興到，紛紛點頭致意，讓出一條通道，但徐大將沒有進去，只是雙手插在後腰，望著球場，臉上一直掛著笑容，他似乎非常享受這樣站在場外跟鄉親閒聊。

此時，在球場裏的曾紀恩聽到徐傍興來了，放下手中的球棒，把訓練工作交給李、宋兩人，走出來，表情凝重，帶點憂愁，走到徐傍興面前，習慣性行一個舉手禮，然後說：「大將，倨有事情愛問您。」

這是以前沒有的情況，曾紀恩在練球時，就是天皇老爺駕到，也不曾放下工作跑過來講話，還行了一個軍禮。

球迷和鄉親圍攏上來。徐傍興問：「麼个事情？」而曾紀恩沒有立即回答，環顧周圍的群眾，吞吞吐吐。這也不像曾紀恩，他向來有話直說。

「走，來去校長室坐一下。」徐傍興邊說邊啟步，曾紀恩跟在後面。

李梅玉校長在裏面辦公。兩人進去後，曾紀恩馬上把門關上，發問：「倨空軍的長官同倨講，我們跟華興這一場，要很技巧地讓華興贏球，這是『上面』的意思，而你已經答應了。」曾紀恩長期在軍中服務，說客家話習慣攙入許多國語。

徐傍興快速回應：「確實有這種事，不過，倨無答應，倨無吊伊（註四）。」

「無吊伊，真識？」

「真識。」徐傍興抿著嘴，重重點個頭。

「哈！」曾紀恩整張臉像在屋簷下縮頸躲雨的公鷄，突然昂首展開翅膀，一口氣說出：「大將，倨為了這件事愁慮了好多日，倨盡驚你去同人答應。這種事情絕對做毋得！徐董事長，你做這個決定，倨十分敬重你。」

「繼續拼，煞猛訓練，將把華興隊打落去，蛤！」

「好。」曾紀恩應答一聲，快步出去，跑步回球場。

註四：「無吊伊」，客語中的粗俗話，「不甩他」「不鳥他」的意思。

六月九日那天，台北市立棒球場爆滿。中華民國棒球聯盟理事長謝國城一早就到，站在行政區高處，當年一手推動興建這座棒球場時，沒想到會有這麼一天，五千個座位加上一萬個站位全滿，觀眾還不斷湧進。他從高處眺望，觀眾竟自動分區聚集，華興隊的球迷都坐在右區，美和隊的支持者全在左區，兩個區的人數竟旗鼓相當。兩區前面站著兩隊的啦啦隊，都穿著鮮艷，有鑼有鼓，等候比賽正式開場。

時候到了，行政人員引導他上場，簡單說幾句歡迎和祝福的話，然後開球，比賽就開始了。

開球後，他想，自己該到那一區看球好呢？他兩隊都熟，兩隊都應該去招呼一下；只考慮了幾秒鐘，腳步往美和隊移動。他望見徐傍興就坐在美和隊的球員休息區。

徐傍興高興地將他拉到自己的座旁。跟徐傍興坐一起的還有一位不認識的老人。那人還站起來，主動向他鞠躬致意：「這位是謝國城先生嗎？我久仰你的大名。」說的是福佬台語。徐傍興介紹：「這位是竹林教授，日本人，我在台北醫專讀書時的『先生』，是日本時代鼎鼎大名的外科教授。」

謝國城滿臉疑惑。徐傍興補充：「是『引揚』時偷偷留下沒走的。」

「我無轉去，佇這變做一個蕃薯仔。」竹林說完即微笑著沒說話。徐傍興隨後再簡略補充介紹竹林在台灣的家庭情況和業餘的研究。謝國城聽完，朝竹林一鞠躬，用日語說：「今天幸會，真高興能認識你。」竹林回說：「我也十分高興能認識你。你的日本話說得非常道地。」

球場上已經熱鬧起來。觀眾席左區爆出一陣歡呼，美和啦啦隊鼓聲鑼聲齊奏，三人抬頭伸頸望去，是美和隊陳昭銘用觸擊短打護送隊友跑回本壘，得到一分。謝國城向徐傍興道賀：「美和先馳得點，好兆頭！」

在吵雜的球場，他們三位邊看球邊聊天，大部份使用日語。竹林即席發表評論：「這是美和隊在後面指揮的人厲害，把華興的投手郭源治耍弄了一下。」

「竹林桑不簡單！對野球內行哦！美和隊今天在現場指揮的是名教練曾紀恩。」謝國城告訴竹林。

「哈哈！」徐傍興得意地笑了：「曾紀恩用一套變幻莫測的手勢在指揮作戰。」

「野球的現場指揮多用暗號和手勢。」竹林說。

謝國城認真觀察球員休息區那些躍動的身影，感嘆：「傍興兄，我看到金龍隊的教練蔡炳昌，他把金龍第二代也帶過來了嗎？」

「沒錯，有五名一起投効我們。」

球場又有歡聲雷動，這次在右區。華興擊出一支二壘安打，讓三壘隊友跑回本壘得分，平了，一比一平手了，「華興隊還以顏色了。」謝國城喊一聲。

「現在才第三局前半，後面還有好戲。兩隊的打擊、防守實力真的不相上下，而且都是強棒出場，精銳盡出。」

竹林此語剛落，徐傍興看謝國城一眼，眼神有點奇怪，像有什麼話，想說又不便說。謝國城猜到了，開口：「傍興兄，我那天跟你轉達的張寶樹的意思，不要在意！你想怎麼做就怎麼做，不必理他。」

「我才不理他。體育比賽中，運動家的精神最重要，輸贏其次。」

「那天我向你說那些話時，內心有一個考慮，掙扎了許久沒講出來。」

「是什麼？」

謝國城正要開口，竹林興奮地喊了起來：「啊！哈！郭源治投了四壞球，美和機會來了。」謝、徐兩人中斷談話，望向球場，被保送上壘的梁敬林突襲盜壘成功，上了一壘，而華興隊的捕手緊急傳球至二壘時暴投，梁敬林又逮到機會直奔三壘。三人都站了起來，區內所有人都站了起來，竹林口中唸唸有詞：「接下來，我猜美和教練會指示下一棒觸擊短打。」

戰況一如竹林之判斷，梁敬林在隊友犧牲短打下，跑回本壘得分。那是五局後半，美和以二比二再度領先。

美和的啦啦隊又一次敲鑼打鼓，一群青春少女在眾多球迷之前，跟著節拍，高抬腿，齊揚手，跳起舞來。徐傍興大感振奮，也比手劃腳起來，想過去啦啦隊那邊秀一下自己的打鼓功夫，但想到謝國城剛才那話好像很重要，於是打消念頭，問道：「是什麼事？你說你內心是掙扎什麼事？」

「你知道嗎？拿到國家代表隊的資格後，帶隊出國比賽要花非常多錢。我是過來人，從開始推展棒運至今十幾年，我募款募到怕，逢人要錢，朋友看到我都像看到討債的人那般躲避。那種感受，非常痛苦。」

竹林的視線從球場移回來，插一句：「那種錢，政府應該負擔才對。」

「沒有。」謝國城說：「球隊出國，大多是我去奔走募款。這座棒球場也是我奔走多年才蓋起來的。我帶金龍隊去日本、美國比賽時，募款到美軍顧問團去。」

「所以呢？」徐傍興追問。

「所以呀！我內心有在想，如果是華興隊贏了，有蔣夫人撐腰，黨中央撐腰，他們黨庫通國庫，不必由我們痛苦地去籌款。」

徐傍興沒應答。球場上出現一個新局面，華興隊無人出局，而一、二、三壘都被佔滿，球場右區鼓譟之聲大作，新上場的美和隊投手面臨極大壓力，投手的壓力也傳到徐傍興頭上，只見他又站了起來，片刻之後，他雙手舉起，用力甩下，叫一聲「唉呀」，是被華興拿下一分，再度平手，而賽局已到了第七局。

竹林側個頭接續謝國城的話題：「美和隊幸好有兩家很賺錢的徐外科醫院。」「還是會很辛苦。長期培育一支這種高水準的棒球隊，開醫院的收入肯定不夠花。」

徐傍興說話：「一年要花我五十多萬。」

「你都不必為募款傷腦筋嗎？」

「不必，幸好有徐外科醫院可以依靠。」不過，徐傍興表示：「也有許多人捐款，像美和中學董事每人每月捐二千，董事們不時追加樂捐。醫界同仁組成的『同仁會』，每人每月捐一千元；我自己在護專當校長，月薪四千元全捐。」

「這還是平時。」謝國城說：「等一下，如果你們美和隊拿到冠軍，要帶隊出國時，你就會知道苦了，榮耀跟痛苦將一起到來。」

球場裏這時氣氛非常冷靜，兩隊纏鬥七局以二比二打成平手，徐傍興心裏咀嚼著謝國城的那句話：「榮耀和痛苦會一起到來」。

謝國城看徐傍興臉上沒任何反應，補上一句：「我早聽說，徐外科由令夫人打理財務，有『痛苦』到來，是她在煩腦，你不會有感覺。」

天氣悶熱，無風，除了偶爾有人竊竊私語外，球場上空的空氣好像凍結了。

裁判小組宣佈打延長賽，竹林率先提出預判：「傍興，美和會贏，一定會贏！」

「你怎麼看？」

「華興的投手郭源治一人獨撐七局，我發覺他累了，而美和剛剛在第七局前半場換投手劉秋農上場，現在，元氣正旺。」

在貴賓區的這三人停止了交談，都起立注視球場的一舉一動。延長加賽一局，華興先攻，被投手劉秋農封得死死，三上三下沒有得分；輪到美和攻擊時，教練依然都坐著，而曾紀恩坐中間，華興的投手真的累了，首棒出擊即獲四壞球上壘，之後二棒觸擊，華興投手轉身傳球，牽制二壘時又暴投，造成美和滿壘的局面，左區已有人在吶喊，但聲浪不敢太大，右區靜悄悄，靜到好像連呼吸都聽得到。時間一秒一秒過去，時間過得特別緩慢，華興投手又連續投出四個壞球，輕易奉送美和一分。美和贏了這場大賽，取得國家代表資格。

徐傍興沒跟另外兩個同伴打招呼，逕往熱鬧滾滾的左區走去。不久，美和啦啦隊傳出打鼓聲，是徐傍興親自在擊鼓，人坐在台階上敲打，打的是鄉下過年時舞獅弄獅的鼓聲，手勢輕鬆，節奏簡易分明，大家都非常熟悉，美和球迷不約而同跟著那鼓聲鼓掌。打完兩遍後，徐傍興似乎更興奮了，站起來，兩腳張開，擊鼓的手高舉又擊下，動作加大，節奏快慢有序，竹林在遠處觀看，低聲自語：「這有點像是『日本太鼓』的手法嗎？它很耗體力呢！」

全場充滿奮發之氣，久久不停。

謝國城自行離去了，竹林來到徐傍興身旁，用心感受那種集體的興奮。已經是傍晚，陽光斜照出徐傍興打鼓的長長的影子，還有他身後一階階一排排的短影子。長影子就在正中間，像日本漫畫裡的天狗，拉長身子，揮舞雙手，短影子同時搖動，彷彿是一場影子大樂團，而那長影子就是指揮。

漸漸的，徐傍興胸腹間一凹一凸，顯然是吃力地在喘氣，但依然使勁擊鼓，不肯停下。

突然，竹林眼睛一亮，看到李萬二從右邊華興那頭走過來，身旁有一位中老年婦女陪著。他怎麼會從「那邊」走過來呢？他不是內埔的客家人嗎？竹林心裏做好了準備，他走過來時就正面迎上，跟他打個招呼，沒什麼要緊的！但他只走到約二十米遠的地方就停住了，臉朝向「這邊」，看不到他的眼睛裏有什麼內容。

徐傍興打鼓打到氣喘如牛，鼓槌被接走，歡慶熱潮漸漸停歇；他轉身跟支持美和的球迷揮手致意，卻不經意看到一個熟人向他走過來，定睛一瞧，是鍾壬壽。

來到面前，他見鍾壬壽面容憔悴，也比上次見面時瘦了一圈。

「恭喜大將，恭喜美和隊！」鍾壬壽直說，而徐傍興只匆匆回一句「多謝」就轉頭向圍靠過來的大批鄉親寒喧、握手，臉上像蒸熟的「缽粄」，眉開嘴裂，眼笑目笑，把鍾壬壽冷落在一旁。

不久，人群漸漸散去，徐傍興環視四周，不見竹林先生，應該自行離去了吧，而鍾壬壽依然站在一旁，於是上前邀請：「鍾先生，壬壽哥，與我一起坐車回家，到我家坐坐如何？」鍾壬壽欣然答應。

到了徐宅，兒女尚未回來，只有壬妹在家。三個人一壺茶，幾碟點心，聊了開來。徐傍興夫婦先興奮地談論剛才的棒球賽況，鍾壬壽只偶爾穿插幾句。棒球談得差不多了，徐傍興問：「壬壽哥，偓怎般看你蓋像愁慮愁慮，有麼个事情嗎？」

「有。傍興兄目珠真厲害，偓失業有一段時間咧。」

「怎會失業呢？工業會總幹事無做了嗎？」

「換人做咧。」鍾壬壽欲言又止，片刻之後才說：「其實係給人換下來。」

「得罪到林挺生？」

「嘸係，得罪到擱卡大粒的。」徐傍興夫婦靜靜等他自己說出來：「頂上要偓幫忙在工業界安排工作機會給退除役官兵，而偓無做好，應該是講，做得不如他們的意思。」

「哦！原來係恁呢！」徐傍興嘆息一聲。

「這無法度！只有自家認衰。」壬妹說了這話，又將話題轉回棒球賽，而徐傍興只聽著，低頭沉思，沒搭腔。

許久之後，徐傍興才開口：「壬壽哥，你有考慮歸去萬巒住嗎？」

「歸去住？俚有想過，俚屋下嘛還有老屋仔，不過，歸去不知要做麼个事情。」

「俚同你講，運用你个筆墨專長，以及見多識廣个經歷，替俚等六堆客家整理一部歷史書出來。」

鍾壬壽眼睛一亮，自斟一杯茶，飲盡，回說：「俚見多識廣是有影，不過，無麼个筆墨專才。俚寫會作，俚寫个文章，帶有日文風格，不見得適合。」

「你不是在汪精衛帳下當過文宣，又做過秘書。」

「沒錯。那個時候，汪精衛是親日派。他早年留學日本，後來也長住日本。我的日本教育背景和日文風格，他很喜歡。」

「原來如此。」徐傍興說：「那也沒關係，我們美和中學有多位優秀的國文老師，我會安排幾位幫助你，將你的日式漢文改成標準漢文。」

「那好。我試試看。」鍾壬壽決心一試之後才問：「你為什麼要我去編撰一本六堆客家的歷史書呢？」

「我經常想，」鍾壬壽漸漸說起外省國語，徐傍興也回以客家國語：「我們家鄉的客家人，雖然耕讀傳家，也出過很多傑出人才，不過，普遍地對過去是怎麼樣走過來，現在面臨那些問題，未來又要如何走下去，並沒有足夠的認識。我們確實須要有一本這樣的歷史書，承先啟後，一代一代傳下去。」

徐傍興這段話陳意甚高，見鍾壬壽和壬妹一時沒回應，又說：「還有一個原因，你以前還兼任工業月刊執行編輯，由你來主編這本歷史書不是駕輕就熟嗎？」

「這樣，我瞭解了。」鍾壬壽深深看徐傍興一眼，明明想說什麼，那話似已吐出在微張的唇邊，卻見他只是低下頭吃東西，大口喝茶。徐傍興猜出其意，說出：「編寫這樣一部大書，須要多少經費，我徐傍興來出。我負責提供。」

壬妹此時在桌子底下用腳踩住老公的腳，愈踩愈重。徐傍興知道妻子的意思，依然蹦出：「你同你个妻子歸去萬巒，專心做這項事頭。我估計這樣一部歷史書要用三年來完成，你們夫妻兩老在萬巒的生活費用，由我徐外科提供。」

壬妹桌子底下的腳，用力踩踏一下後鬆開，離座而去，在廚房吭吭亢亢做家事，水聲嘩啦啦響著。徐傍興注意到鍾任壽眼眶裏泛起油光，額頭、鼻子、臉頰上也似乎在出油。他看到一盞希望的油燈在鍾壬壽臉上。

CHAPTER 16

美和隊班師回屏東那天，徐傍興與全隊一起搭車南下。火車快要進站時，心想，屏東縣長張豐緒或許會親自或派個縣府主管來迎接吧？這位縣長七年多前，曾由我陪同一起站在吉普車上繞街拜票；選後，從未去找他要過什麼資源，也從不在乎有沒有給美和棒球隊捐助過什麼。

下車走出月台，哇！站前廣場好不熱鬧，縣府來了一位自稱是代理縣長的陌生人，才知道張豐緒幾天前剛剛被任命去擔任台北市長了；而那代理縣長是站在另一位自我介紹是中正國中校長的柯文福的後面，柯校長長得白淨斯文，儼然是現場所有教育局官員、縣議員、各學校社團代表的領頭的人。

這場面，徐傍興看不懂，但一切仍應行禮如儀。柯文福正帶領一群穿著中正國中制服的女學生，戴白手套，為載譽回鄉的美和小將一個一個套掛花環。廣場右側整齊站著美和中學樂隊，奏著柔和的樂曲；一輛屏東客運專車等在左側；不遠處鞭炮聲此起彼落。

教練和球員陸續上車的時候，有一個人自動上前道賀，講客家話的，掏出名片，是「屏東縣議員邱連輝」。徐傍興感到此人很面熟，他自我介紹：「偓係麟洛人，在台北讀法商學院个時節，有兩擺，去徐外科食飯，同你坐共張桌。」「哦！呵呵！原來就係你這隻猴仔，無簡單喲，做議員！」

邱連輝那天跟徐傍興一起上車，相偕回美和，談得很投機。「今日這個場面，怎麼好像是一個國中校長柯文福在率領？」「國民黨已經提名伊選下一屆縣長，黨提名就等於當選，嘟好今嫁無縣長，大家就將伊當作縣長看待。」「哦！原來係恁呢，𠊎最近專心發展棒球，麼个都不知，連張豐緒調去台北做市長，新聞都無看到。」「𠊎嘛盡好看棒球，蓋生趣。」「請問下屆縣長何時改選。」「明年初，快到咧。𠊎有爭取黨提名，選下屆省議員。」「恁呢蓋好呀！欲窮千里目，更上一層樓。」徐傍興用客語秀一句唐詩。邱連輝哈哈一笑，連說：「阿禮咖多，多謝大將鼓勵。有麼个愛𠊎跈手（註一），做你吩咐。」

第二天，全國棒球委員會的人就來了，一個是姓鄭的副組長，另一位陳姓秘書。兩人銜命來瞭解美和這支棒球隊的情況，同時轉達該會總幹事謝國城的意旨。

註一：跈手，客語，幫忙之意。

他們到達的時候碰到一場午後雷雨。美和的團隊在會議室接待他們。徐傍興特地從護專校長室趕過來作陪。眾人還在寒喧，尚未進入正題，雨停了。鄭副組長突然望見會議室窗外幾個老師模樣的男士，一手拿空罐子一手拿水桶，快步走向棒球場，專找球場低窪和坑洞之處蹲下，用空罐舀水到桶子裏，水桶滿了，提到排水溝倒掉，一趟又一趟。不久，球場沒有積水了，便聽到教練走出來呼喊球員：「可以了，可以了，球場沒有積水了，來喲！練球喲！」好一副忙碌生動的景象！

另一位陳秘書乾脆站了起來走到窗邊觀看那場景。兩人一望即知，將積水舀乾淨，是為了避免棒球弄濕，也方便大家練球。他們不解的是：「那些出來清棒球場積水的，看起來都是老師嗎？」陳秘書問。

「沒錯。他們剛好沒課吧？」李校長回答。

「自動的嗎？自願的嗎？」

「沒錯。」

「球員呢？球員在室內等老師清理球場？」

「教練利用下雨的時刻，在教室帶領球員擦拭球具，縫補破裂的棒球和手套。」

「哦！是這樣。」

「貴校這種校風令人感動、欽佩。」

「那裏，那裏，還請多多指教。」

主客分兩邊坐，美和這邊是徐傍興和該校棒球委員會全體成員。略經交談，聽得出他們是財務方面的內行人。從他們口中，知道美和隊雖然取得國家代表隊的身份，但政府相關部門並沒有一個固定的預算可以支應球隊出國費用。這事聽起來「像講笑」，在座都相信是真的，「毋係講古」，那當時內埔中學要成立高中部時，政府也沒有給學校足夠的經費增建教室，還要校長出來向社會人士募款。大家記憶猶新，大將當時曾一口氣慨捐十五萬元。（註二）

另一項告知引起了美和團隊的不爽快，但也莫可奈何。美和青少棒隊即將出征的是

註二：國民政府在台灣一直到民國七十年因為少棒、青少棒、青棒這三級棒球隊連年屢獲世界冠軍，才開始由教育部編列預算補助部份機票款，並由外交部分擔部分費用。

「美國世界少棒聯盟」（ＬＬＢ）所舉辦的世界大賽，所有參賽隊伍都應該由各地區的少棒聯盟所派出，因而，美和隊這次是由「中華民國少棒聯盟」來帶領參賽。

「所以，」棒委會的鄭副組長這樣表示：「出國時，領隊是由本會總幹事謝國城先生以中華民國少棒聯盟會長的身分擔任，這是ＬＬＢ參賽章程所規定的。」

鄭副組長又說：「我國連續三年派出少棒隊出國，也都由謝會長領隊，並選定隊職員名單。」

「這點我沒辦法接受。」徐傍興率先發聲，板著臉孔：「我們也是少棒聯盟成員，有資格帶隊參賽。我已指派廖丙熔為領隊，隨隊秘書譚信民、經理董榮芳、教練是曾紀恩。」

陳秘書溫言安撫：「我們相信謝會長一定會接納曾教練。」

這話像是對方只想接受曾紀恩一人似的，美和團隊的人愈聽愈不是滋味，李校長爆出一句不客氣的話：「我們徐董事長指定的人選，不須要謝國城同意或不同意接納。」

徐傍興兩眼盯著兩位來賓，神情嚴肅，沒作聲，任由美和同仁放炮：

「全國各校辛苦培養、訓練棒球隊，成功的果實和光彩，最後由謝國城獨享，你們那個謝會長太佔人便宜了。」

「好比我們農家辛勤耕田，都由你們那個謝國城來收割，哼！」

「我們取得國家代表隊資格，不知道上面還有一個太上皇。」

鄭副組長似乎也動氣了：「貴校的人怎麼這樣講！我們協調過那麼多球隊出國比賽，沒有被人講過這種話，請你們收回。」

「好了，大家安靜。」徐傍興開口：「我跟謝國城很熟，人事安排的問題，我回台北後會直接跟他協商。這問題到此為止，別再談了。」說完朝兩位來客問：「還有呢？還有別的嗎？」

客人來不及回答，李校長又丟出一個話題：「既然是由少棒聯盟領隊，那麼，一切出國費用是不是由它負責？」

「事情不是這樣一刀切。我們這趟過來，就是想瞭解美和隊的財務狀況。」

「好，請總務主任跟他們說。」徐傍興下達指示。

「徐董事長，各位長官，兩位貴賓：我們美和青少棒隊成立之後，於五十九年九月成立一個棒球委員會，由董事李瑞昌擔任主任委員，廖丙熔為召集人，委員會負責一切財務支應，其經費來源除了台北和高雄兩家徐外科醫院固定撥款之外，每位董事每月贊助二千元，徐董事長兼任護專校長的薪水每月四千元全捐；還有，歷年在北高兩地徐外科擔任醫師，後來出去自己開業的，組成了一個『同仁會』，也每人每月一千元……」

陳秘書打斷報告：「請問美和隊現在大約一個月花費多少錢？」

「教練薪資每月給三萬五千元，加上球員服裝費、營養費，出去受訓和比賽的交通與食宿，一年約在四十五萬至五十萬之間。」（註三）

「至於各界的捐款並不多，這裏有一張去年的統計表，我大致唸一下：萬家香醬油四千元、董榮芳先生一萬一千八百元、一銀潮州分行一千元、屏東棒委會五千六百元、屏東縣議會二千六百元、楊家寶一萬一千元、自強盃盟主基金獎助二萬元、黃毓棠先生二百元，總共五萬六千三百元。」

「前面我報告過，球隊每月大約花四十五萬至五十萬之間，不足約三十九萬元，全由本校董事自籌，董事中捐獻最多的是台北徐外科和高雄徐外科；個人部份依序是徐傍興、李瑞昌、廖丙熔、徐來興、徐富興、董榮芳、楊家寶。」

「知道了，謝謝你的報告。」

徐傍興在總務報告時離座，此時回座，主客雙方又再交談一些其他的事情後散會。

客人走後，總務主任說：「我看棒委會這兩個人這次來，有被我們氣到，回去後可能會做出對我們不利的事情。」

李校長說：「得罪他們，我們的皮要拉緊一點。」

「毋怕啦！得罪就得罪啦！偓个頸筋擱硬，伸頭去給伊剁，看伊剁得斷嗎？」徐傍興說。

現在徐傍興心裏對謝國城看法不一樣了，而謝國城現在的身分也已經不一樣，是堂堂立法委員，是全國棒委會總幹事兼中華民國少棒聯盟會長，又在新光公司、合作金庫各有要職。徐傍興原想約他出來吃個便飯，以前找他，約三到五分鐘一定回電，但這次等了一整天，回電話的是前幾天來學校見過面的陳秘書。

「徐董事長，非常抱歉，我們謝會長今天整天在立法院開會，實在抽不出時間，叫我跟您討論。」

註三：時為民國六十一年，一般中小學教員月薪約一千八百元，公務員約兩千多元。

「你要跟我討論什麼？」

「球隊的人事安排。」陳秘書說：「謝會長說，能否依慣例，領隊由會長自己擔任，廖丙熔明年有機會再讓他去；隨隊秘書譚信民也不要去，謝會長自己有一個隨行秘書，這樣可以嗎？」

「不可以。」徐傍興在電話中大聲吼出來：「我絕對不接受，叫國城兄自己來跟我說，大不了我們美和放棄國家代表隊的資格，不出國了。」說完用力掛上電話。

約五分鐘後，謝國城親自打電話來，開頭的稱呼是「喂，徐董事長」，而不是以前常叫的「大戇牯」：「我們那個陳秘書不會講話，傳達我的意思走鐘去囉，請你不要見怪。」

「我們美和自己協調的人事是……」

「這我已經知影，就照你的意思，領隊廖丙熔、秘書譚信民、經理董榮芳，教練曾紀恩。」

「還有一個球隊管理蔡旭峰。」

「這個人拜託你同意刪除，可以省一個人的出國費用，可以嗎？」

「這我可以同意。」徐傍興再追問：「你自己呢？你不出面帶隊了嗎？」
「還是要，我是中華民國少棒聯盟會長，美國 LLB 只認我這個會長。」
「那你用什麼頭銜呢？」
「我想了想，決定用『總領隊』。」
「我們美和棒球隊為什麼不能自己產生領隊呢？」
「你這個意見，我一定尊重。明年起，協助各球隊成為世界少棒聯盟成員，自行推舉領隊，我就不再帶隊了，我現在實在也太忙了。」
「既然你忙不過來，為什麼不能從今年就開始呢？」
「是這樣的，由於今年我們冠軍隊的產生時間有比較慢，報名的截止日期很近了。我們已沒有時間去函美國跟他們解釋，所以只好這樣處理，名單上只加我這個總領隊。」
徐傍興一時沒什麼話要回應，沉默著，謝國城在電話那端接著說：「我這兩天在想，該如何減輕你們的財務負擔呢？我正在協調台視、中視、華視三台支助這次的機票費用，一有好消息立刻告訴你。」
他肚子裏放著李梅玉前幾天講的那句話：「既然是由你擔任總領隊，那麼一切集訓和出國費用是不是由你負責？」但話湧出到了喉嚨，竟講不出口。「我從來不在錢財上跟人家計較，這樣子推來推去，不喜歡。」想到此，匆匆說一句：「多謝，多謝你的費心。」結束了電話交談。

徐傍興很快將他跟謝國城交涉的結果告知美和同仁，順便傳達他的態度：

「毋使靠人，一切靠自家，自家擔輸贏。」

中華民國棒委會安排美和隊在高雄市立棒球場集訓，不到半個月，積欠訓練開支和伙食費共六千元，棒委會遲未撥付，棒球場行政單位的臉色不好看了，領隊廖丙熔就怕這事影響球員士氣，牙根一咬，自己付掉了。

廖丙熔和曾紀恩漏夜商量後，決定將集訓地點移去屏東空軍機場。那裏有空軍棒球隊，曾紀恩可以將兩支球隊放在一起訓練。

當年，少棒熱正在發燒時，少棒隊員被尊稱為「小將」，市井間人們一談到少棒，就眼睛發亮，精神抖擻，好像對國家前途增加了一些信心。而美和隊作為中華民國台灣第一支從少棒升級為青少棒的國家代表隊，各家報社自然要指派記者經常去探訪集訓的情形。

集訓的新聞大多千篇一律，枯燥乏味，只有兩則受到朝野注目：

標題：美和小將縫棒球

縫縫補補又一顆

【本報訊】美和青少棒隊不管在高雄市立棒球場還是屏東機場集訓，練球之餘每名球員都要擦拭球具，還要縫補棒球和皮手套。

在休息時間，通常由三位教練曾紀恩、李瑞麟、宋宦達各拿一支長針，穿好牛筋細線，交給球員，將練球不斷擊打和不斷接球而出現裂縫的球和手套縫回去，縫好再度使用。

那是一個十分精細的功夫，難度甚高，一不小心就會刺傷手指，跟球場上大動作投球、擊球所須的能力完全不同，但總教練曾紀恩告訴記者，這也是一種訓練，訓練球員做什麼事都要專心，手眼專注。

詢以美和隊後面有徐外科長年支助經費，為何要如此克勤克儉，宋宦達教練說，這是我們農村客家人的專長，也是天性。

標題：美和小將食量奇大
空軍可有免費三餐

【本報訊】屏東空軍軍用機場的採買官頭大了！自從美和青少棒隊十四名國手小將外加三位教練進駐後，伙食費竟增加三倍之多。那些發育中的大男孩每人一餐平均三碗飯，魚、肉、蛋、蔬菜、水果端上桌幾分鐘內全被掃光。

那名採買官官階是士官長，他將伙食費往上申報，只核下平常時期的經費，增多的部份，無法核銷。

據透露，機場經理單位已在內部做了初步討論。此為國家代表隊集訓，應由國家棒委會及其附屬的少棒聯盟出錢，或者再上報請國防部裁決，或者商請原屬的美和中學協助。隨著出國比賽的日程愈來愈近，近日將召開協調會議。

採買官說：「所有內部的討論，沒讓球隊成員知悉，怕影響到訓練的士氣。」

這兩則報導，前者只是為人們提供了良好的談助。後者則引起中央相關部門的重視，全國棒委員立即派員前來算帳。帳單是認認真真算妥了，錢却拖拖拉拉沒下來，後來由一個徐外科醫師自組的「同仁會」給付掉了。

「毋使靠人，一切靠自家，自家擔輸贏。」大將徐傍興用這句話勉勵美和同仁，後來，一筆大帳臨到他自己頭上來了。全隊共十九張機票要七十多萬，即將付錢開票，而三家電視台是否答應捐助？如何取錢？謝國城尚未捎來明確訊息。

撥個電話詢問吧。話筒已經拿起，又想，不打這個電話也罷！我徐某人是打電話向人索錢催錢的人嗎？心裡正在七上八下，是壬妹一語安了丈夫的心：「你何必這樣焦慮！沒機票，上不了飛機，他總領隊會比你更緊張。」

集訓到了尾聲，美和中學棒球委員會開會，在美和護專新蓋大樓會議室，徐傍興也到會。大家談起這段時間種種艱辛歷程，有人判斷是：「全國棒委會那次派人來本校時，或許是因為我們曾經對他們出言不遜，所以才在經費支付時故意刁難我們。」

也有人猜想：「他們是老經驗，已探知我們美和團隊的後面都是醫師，而且是那種特別不計較金錢的醫師，所以故意拖延付款，判定我們會付掉相關費用。」

徐傍興表示：「謝國城這次是對我禮讓三分。我們要感念他是台灣棒運的功勞者，大半輩子為了球隊辛苦到處募款。他一直把籌款當成苦差事。那天在台北市立棒球場，我們美和打贏華興時，他就坐我身邊，跟我說：『你們贏了球，榮耀和痛苦一起來。』。」

說到這裏，他「哈哈」兩聲，給大家做了一個結語：「這項頭路，自家歡喜做的，就自家擔輸贏。」

從頭到尾，會議中沒人看他皺一下眉，也不曾嘆氣。

會議室外，陽光燦爛，大武山巍峨聳立在不遠處。

之後的發展，一如壬妹所料，總領隊謝國城開始緊張起來。徐傍興知道他正奔走於三家電視公司，而且好消息很快傳來，十九張機票總共七十幾萬有著落了。電話中徐傍興詢問其詳，謝國城解釋：「是我用外國電視轉播權的概念，跟他們談判得來的。」「哈！你果然是老經驗的籌款師傅。」「你也有功勞。你們幫忙把棒球熱燒起來，有觀眾就有廣告，有廣告我們手中的轉播權就有價錢。」「哈哈！」

美和青少棒隊在謝國城領銜之下風風光光出國去了。徐傍興住在學校，經常半夜起床觀戰，一顆心緊緊吊掛著球隊。最後冠亞軍決賽那晚，特地從徐屋老伙房找來一個四十年前讀中學時使用的鬧鐘，細心扭轉鬧鐘的發條，扭轉時會有輕脆的「咖咖」聲響，轉緊後設定起床時間為半夜兩點，然後才準備上床。

他睡一張單人的木床，在美和護專校長室裏。入睡前有幾個習慣動作，先將辦公桌前的藤椅拉到床頭，為了要放置那鬧鐘；接著關掉大燈，打開床頭小燈泡，從枕頭邊拿出一本書。今晚要看的是水滸傳，只隨手翻閱四、五頁就有了睏意，關掉小燈泡，很快睡著了。那本厚重的水滸傳滑跌在他的左手臂邊，扉頁還是開著。

鬧鐘於二點整響起，他在朦朧中伸手壓下鬧鐘上頭的小圓鍵，翻身起床，打開床頭小燈，沒開大燈，就靠著小燈泡的微弱燈光，夾一雙拖鞋上洗手間。洗臉時，他沒將水龍頭全部扭開，小心地輕輕扭轉，只讓大約三分之一的水量流出。

從洗手間步出時，發現走廊燈光大亮，阿真牯站在門邊低聲請安：「院長，恁早。是夫人吩咐佢落來，講您半夜會起床，要我好好照顧您。」

「你在哪位睡目？」

「在隔壁會議室。」

「誰開的大燈？」

「我開的。恁暗。應該要開燈。」

「關掉！我這樣就夠亮。」

「做毋得啦！大將，要點電火啦！」

「叫你關掉就關掉，每一度電，每一滴水，能省就要省。」

「是，是是。」

然後阿真牯引導徐傍興去會議室，裏頭燈已點亮，用姆指食指合力扭開電視機。那電視是民國六十年買的新品，不是隨開隨亮，它先呈現一片灰黑銀幕，再滑出幾條上下移動的不規則橫紋，不久那橫紋由滑動變成躍動，動了許久，像一張沉睡了一整夜的老農夫的臉，已經醒了，要掙扎許久，那長滿皺紋的臉孔才完全亮了起來。

電視機一亮，美國蓋瑞城棒球場上的熱鬧景象就映入眼簾。台灣去的電視記者特愛拍攝青天白日滿地紅的國旗，每名觀眾手上拿的只是一支小小的青天白日，但好幾千人一起高舉且揮舞，竟成了一片國旗之海，那場面，把徐傍興看得眼眶潮濕，球場邊上台視記者正在隨機訪問觀眾，那人說：「我從紐約開一天一夜的車子過來，就是要給我們中華隊加油。」

「你是留學生嗎？」

「我已經就業，住在紐約。」

球場上，一位高大的美國人已經開球。比賽開始不久，美和的第一棒林偕文就已經站上一壘。徐傍興深吐一口氣，阿真牯在旁邊問：「要不要我為院長去泡一杯茶？」

「毋使泡，白湯茶（註四）就可以。」

美和隊很快一、二壘都有人，還沒有人出局，看起來可以先馳得點。「先馳得點」是台灣當時最流行的一個詞，電視播報棒球新聞時，出現的頻率不亞於「反共抗俄」。此刻，阿真牯輕聲唸著：「希望我們先馳得點。」卻見會議室大門口人影一閃，一個人走進來，徐傍興捨不得將視線從電視機移開，只聽一聲呼叫：「阿傍興，偓來咧！」

徐傍興只聽聲音就知道來人是來興仔，徐來興，揚個手招呼：「山光半夜，你怎麼會來？」

「壬妹昨晚晡打電話，叫我一定要過來跟你做伴。」

「你從屏東屋下趕過來？」

「毋係，偓昨晚晡歸去老伙房睡目。」

就這麼一個分神，美和隊已經得到一分，真的先馳得點了。那電視銀幕裏的「國旗

註四：白湯茶，客語，白開水之意。

之海」，被收訊不良的波紋加工渲染，優雅地飛舞搖晃著；而台視記者在旁邊略帶煽情的報導，加劇了電視機前觀眾的心神顛動，「美和小將」和「青天白日滿地紅」粘著在一起了，觀眾心裏對兩者的認同感漸漸增加。

徐來興說：「阿傍興，侄同你講，侄從老伙房一路騎腳踏車過來，家家戶戶燈火都亮著，電視機的聲音傳到路上來。」

「有影加？規莊頭都無人睡目！」

球賽進行得很快，只打了前面四局，美和已拿到五分，接著換投手，劉秋農威風八面，竟然連續三振對方三個打擊手。場邊記者介紹對手是美西隊，順便把鏡頭轉過去，他們也來了啦啦隊，都穿居家便服，看起來是球員的街坊鄰居所組成。在鏡頭照攝下，那些洋人靜悄悄的，臉上似乎都在迷惑：這群把我們美西隊打得無法招架的大男孩，是不是來自外星？

徐來興說：「看起來，美西隊不是對手。」

「要看到最結尾才能知道。」

「聽說你辭掉中山醫專校長了？」

「辭了。做了整整十一年，也該交棒了。」

「歸來專心做美和護專校長，順便照顧球隊。」

最後兩局在一面倒的情況下匆匆結束，美和隊終局以九比零大勝，獲得世界冠軍。阿真牯雙手高舉，跳了起來，大叫：「贏啦！倨等贏啦！世界冠軍呢！」而兩兄弟只各自握拳虛空用力動了動，同時互望一眼，含蓄地在眼睛裏，在嘴角邊傳遞心裏的高興。

此時電視畫面出現謝國城那高高瘦瘦的身影。他正緩步在那一大片青天白日旗海之下，跟大家揮手致意。電視記者扛著攝影機，忽而在他身前忽而在他身旁拍攝他。徐來興說：「電視記者這樣拍他馬屁，他可得意了，風光得很呢！他今天那個角色，本來應該是你阿傍興去扮演的，不是嗎？」

徐傍興只回答：「注意看，看看有沒有照到我們的廖丙熔和曾紀恩。」

阿真牯接腔：「院長夫人最近在醫院罵他，說他太精了，是一隻大精鬼；而我們家那個徐傍興則是大憨頭、大戇牯。」

「俚已經想清楚咧，伊到底係開創台灣棒球運動个人，一个大功勞者，無伊，台灣就無棒球運動。規十年來，伊煞猛到處楯錢、剷錢、募錢，辛苦了恁久；這擺，俚等有跈手出一些錢無相干啦！無須要去同伊計較。」徐傍興這樣說完，望一眼壁鐘，已經快四點了，又說：「還是愛來去睡加一覺目，天光日有蓋多事頭愛做。」

「驚怕睡毋落覺。」

「儘量。俚須要睡加一下。」

美和青少棒隊載譽歸國，比起上次打敗華興回屏東時，場面盛大千百倍。那次，徐傍興是和球隊一起回鄉；這次，他像個局外人，所有盛況都透過電視和報章雜誌知悉。

——去台北松山機場接機的，居然有上萬人，從機場裏面擠到外面，再擠到大馬路上。

——這次在機場出口處奏樂的是國防部示範樂隊，奏的是凱旋歌。年輕時在台北醫專樂隊，也曾練過這首曲子。

——這次在機場列隊，向球員一一獻上花環的是美麗高雅的華航空姐。

——這次進入機棚接機的是國民黨中央黨部秘書長張寶樹、教育部長蔣彥士、省教育廳長許智偉、台北市長張豐緒。「不知道張豐緒有沒有伸長脖子在尋找我？」徐傍興心中一笑。

——三家電視台都宣佈了，自今晚開始，停下某些節目，改播「歡迎美和隊凱旋歸國特別節目」，演藝界大動員，特別節目長達兩小時。

——嚴副總統家淦、蔣夫人宋美齡、行政院長蔣經國以及各級首長送到芝加哥總領事館轉交的賀電內容，被各大報刊到在一版，致賀對象第一個都寫總領隊謝國城，第二個寫領隊廖丙熔。

此外，還有多到看不完的特稿、評論、社論。

他在閱聽那些內容時感到欣慰的是，仍有不少報導在字裏行間介紹這支青少棒隊的創辦人徐傍興和支助最多的徐外科醫院。

感覺「美和」這個名字已經譽滿天下，而自己也沾了不少光。

那幾天有許多邀約，或媒體專訪，或擺宴慶賀，徐傍興大部份婉拒，只挑幾個特別有意思的參加，其中一個是竹林先生打電話來，先道賀一番，然後提議：「我太太煮了拉麵和幾道小菜，過來聊聊吧！」

他和壬妹決定去坐坐，「衣服隨便穿，穿拖鞋也無妨。」徐傍興說。出了家門口，有兩個選擇，一個是計程車，另一個是快要被淘汱的三輪車。徐傍興告訴壬妹：「踩三輪車的可能比較窮，我們讓車伕增加一點收入。」

竹林家的麵店還是老樣子，什麼都沒變，只有竹林先生明顯變老了，臉上皺紋深深，背更僂了，走出來迎接時，步伐遲緩了許多。徐傍興跨下三輪車，扶他的手臂一道進店。

壬妹和竹林夫人沒見過面，一陣熱鬧寒喧後，夫人退後一步向壬妹行一個九十度的鞠躬禮，口說：「竹林生病期間，感謝妳每天燉雞湯。竹林常向我提起。」

「唉呀！就那幾碗雞湯，不算什麼。是傍興一再交代我，要盡全力照顧好竹林先生。」

「果然是一位好的參謀長、賢內助！我要向妳多學習。」

「我才是要跟妳學習，聽傍興說，妳把一間小麵攤經營成一個Kanemochi（註五）。」

「哈哈！大概竹林向傍興吹牛吹過了頭。」

四人圍著藤椅竹桌吃拉麵，配家常小菜，有客人上門，竹林夫人還得離座招呼，張羅生意。

話題當然是棒球。竹林先生定定注視徐傍興：「我沒在你臉上感覺到功成名就的神情。」

「功名成就的是別人，不是我們家的傍興。」壬妹接話，徐傍興趕緊在桌子底下踢壬妹一腳，壬妹沒說下去，徐傍興把話題岔開：「那天晚上美和跟美西隊決賽，先生半夜裏有爬起來看球嗎？」

「有，不過那場實在沒什麼看頭，一面倒，我看到一半就知道穩贏了，就回去再睡覺。」竹林又說：「倒是集訓期間我讀過一些報導，很有意思。」

「譬如咧？」

「美和隊員縫補球套和棒球那一則；還有棒委會告訴記者的，雨後貴校老師自動去清理球場積水的那些事情，都是小新聞，但很感人。戰前，我唸書的日本鄉下，野球隊也會做類似的事。」

「那是戰前，大家都物質缺乏，現在社會恢復元氣了，還這樣做，才會當成新聞。」

註五：Kanemochi，日語「金持ち」，有錢人家之意。

壬妹說。

「其實我注意到本島人普遍還是那麼的勤儉樸素，尤其在鄉村裏。」

「我們現在不說『本島人』，一律改稱『中國人』。」

「這我知道，在日本時代就講慣了『本島人』。」

「這兩天，我看了十幾篇評論文章，都把美和這次拿世界冠軍回來，說是：『國家光明在望』、『這是我國國力日強的一個象徵』、『國運因而逐漸昌隆』；還有一位大官說，美和這次的表現，顯示『中華民國剝極而復，重新燃起國人信心』另一位官員說：『國家處在當今國際逆境中，美和隊這次的表現，是一次重要的扭轉』，啊！感覺『美和』好偉大！偉大到我都內心不安起來。」徐傍興說。

壬妹表示：「那些都是拍馬屁的文章，我倒是發覺一個變化，沒被人提到。」

「什麼變化？」竹林問。

「我們這一代從日本時代走過來的人，這段期間，每天看到電視上、機場內外、街上那麼多人熱烈揮舞國旗，我不知不覺對中華民國這個國家，對那面國旗，增加了認同。」

「唔！我也有這種感覺。」徐傍興接著說。

「呵呵！黏著了，黏起來了，野球變成了 jishaku（註六）。」

徐傍興突然想起許如霖說過的，他跟外來政權總有個「心理距離」，於是問：「竹林先生，您有被黏到嗎？」

竹林停下吃食，沉思片刻才說：「該怎麼說呢？我住在這裏，內心一直增加的是對這個島嶼、這塊土地的認同，而不是對這個國家的認同。」

徐傍興：「話又說回來，要有一個事件，一次糾集那麼多僑胞一起搖國旗、吶喊，不是那麼容易的。」

竹林：「這真的不簡單，我們都應該向美和、向傍興你致敬。」

「不敢，不敢，我在老王賣瓜了。」

「有好幾篇報導說，美和小將在球場內外個個彬彬有禮。舉止優雅，是中華民族傳統道德和高度智能的表現，洋人都萬分欽佩中國人。」

「哈哈！那幾篇我也有看到，不想提它們，感到有點……」徐傍興停住。

註六：jishaku，日文是じしゃく，磁鐵之意。

「有點什麼？」竹林問。

徐傍興降底聲音，回說：「有點とんでもをぃ，漢文叫做『荒唐』。」

「哈哈！來，吃一點菜，要不要喝點啤酒？」

「不喝，不喝。」

竹林夫人此時回座，眾人沒說話，低頭希里呼魯吃拉麵。不久，竹林率先放下筷子，邊擦嘴巴邊說：「Symbol，我最近學到這個外來語，漢文的意是是『象徵』。中華民國這個國家，如果，我是說如果，從一九四五年搬到本島算起，二二八事件是Symbol它新生的陣痛；一九六九年開始的少棒熱是象徵它步入少年期；而現在，是由你們美和青少棒隊正式向世界宣告中華民國已經成長為青少年了。」

「有意思！這種說法有意思極了。」

「你是否會覺得有點とんでもをぃ？」

「不會，一點都不荒唐。」

「巧合的是，本島，哦！不對，應該說中華民國現在的經濟社會發展的歷程，確實是處於青少年期，正向青年期邁進。」

一直沒說話的竹林夫人打岔：「等到你們美和隊去打青棒賽，又拿到世界冠軍時，這個國家大概就要進入青年期。」

「哦！」壬妹說話：「最好不要，養一支青少棒隊已經很吃力，再來一支青棒隊，我們沒那麼多錢了。」

CHAPTER

17

幾天後，徐傍興回美和，要求棒球委員會開會。他另外還邀請了兩位來賓——監察委員林亮雲和省議員邱連輝。

徐傍興想要籌組一支青棒隊，須要先在棒球委員會凝聚共識。此事其實順理成章，青少棒隊有一半成員將直升高中部，球員現成，教練現成，球場現成，唯一有問題的是長期經營球隊的經費。

主任委員李瑞昌有備而來，由他先破題：「我們委員會初步算了一下，青棒隊成立後，加上青少棒A、B兩隊，隊員將達六十九人，一年要花費一百二十萬上下。」

徐傍興：「我太太壬妹跟我說，要經常督導我們的兩個小孩，把徐外科醫院經營得更好，至少營收不能減少，否則不要說青棒，光是兩隊的青少棒隊都會維持不下去。」

邱連輝：「每年要一百二十萬，這個數額要省府和各縣市政府編列預算補助，現在是不可能的。我們如果再成立一支青棒隊，我來想想辦法，用個什麼名目爭取一部份政府補助。」

林亮雲：「我們美和真的是走在時代的前面，我出國考察時注意到，各類球隊都是大企業在養的，作為企業回饋社會的一種方式，也跟企業節稅有關。」

「我們台灣現在最有錢的企業，北部有一個大同，南部一家唐榮。」邱連輝說。

「還有一個青果運銷合作社也非常有錢，它的理事主席吳振瑞是我的老同學，可惜他現在出事了。」徐傍興提高聲音：「不管怎麼樣，我們還是決議組成一支青棒隊好不好？初期，就我們醫界這幾個人先撐著。」

與會眾人沒熱烈響應，也無人反對，徐傍興又補一句：「嘸使驚啦！頭那毛（註一）剃光光了，還會緊生出來。」

徐傍興這種不切實際的樂觀，眾人不知道是受到鼓舞還是不好意思反對，全部點了頭，算是通過了。徐傍興此時才交代：「梅玉那邊，找幾個人擬一個『美和棒球隊發展基金籌募辦法』，送來下次的董事會通過後，大家分頭執行。」

「至於邱省議員和林監委亮雲兄是我們的當然委員。」徐傍興最後說。（註二）

註一：「頭那毛」，客語，「頭髮」之意。

註二：美和中學高中部組成青棒隊後，以「中華美和隊」之名參加世界盃大賽，青棒有九次，青少棒有十一次獲世界冠軍。美和中學被譽為「棒球王國」也奠定了日後成棒和職棒的根基。

徐傍興還是睡在護專校長室，阿真牯上次來，幫忙在床邊做了一個可收納的布簾，更像一間小臥室了。依然在睡前抽出一本書閱讀，沒設鬧鐘；增加一大筆青棒隊的經營費用，沒有增加他的煩惱，很快睡著。

電話鈴聲在凌晨五點左右響起。他已經醒了。只多伸了一下懶腰，下床走到辦公桌旁，電話已經掛掉。他直覺有一件要緊的事發生，正懊惱沒趕緊過來接聽，電話再度響了，抓起，是壬妹：

「阿傍興，竹林先生昨暗晡（註三）給二個兵仔帶走咧。」

「蛤！妳講麼个。怎有可能！」

「竹林夫人打電話來找你，伊講來帶走竹林的是警備總部。」

「有講麼个理由無？」

「有。是涉嫌匪諜案。」

「歐歐巴巴（註四）！講麼个屁卵！」徐傍興急喘一口大氣，說：「我馬上歸去台北，來去警總瞭解一下。」

徐傍興匆匆梳洗後，馬上叫車子。在等候汽車到來的空檔，與邱連輝通上電話，費了好多口舌才把竹林這個人的來歷和兩人的交情說清楚。

邱連輝聽完，說：「我馬上跟省主席謝東閔連絡，拜託他出面。他非常有力。不過，他剛上任，還沒有跟他熟識。」

「好，拜託你，省主席應該會買省議員的帳。」

「其實，同謝東閔私交最好的是謝國城，少棒之父，你一定跟他很熟吧？」

「是很熟。不過為了球隊的事剛剛跟他起過一個小爭執，心裏有點不想去求他。」

「那就我來去跟謝主席『魯』一下，看看他能否幫忙。」

回到台北後，徐傍興像無頭蒼蠅那般，被計程車載著跑了幾個可能是警備總部的處所，好不容易找到後，連大門都不讓進去，沒人知道有一個名叫「竹林」的老人被抓去哪裏，一名憲兵問：「竹林？你有沒有寫錯？是姓林吧？姓林名竹？」另一名憲兵說：「你說是牽涉匪諜案嗎？那你不必找了，沒人知道在哪裏審訊。」

他沮喪至極，回家時路過監察院，想起一人，進去找到監委林亮雲，又一次耐心講

註三：「昨暗哺」是客語字，「昨晚」之意。

註四：「歐歐巴巴」，客語中常用感嘆詞，也可當形容詞，此處為「你亂講！胡說！」之意。

述竹林教授其人其事。林亮雲的提議是：「這事可能牽涉很複雜，我陪你去中央黨部求見張寶樹秘書長碰碰運氣。」

徐傍興遲疑片刻，回說：「算了，還有沒有誰可以幫我找到人？」

「張秘書長一定會幫你的，他打個電話就能知道詳情，說不定能放人出來。」

「算了，不必了。」

「怎麼呢？你是美和棒球隊的創辦人，國家的功勞者，他對你的事情一定鼎力相助。」

徐傍興於是將自己當初違逆張秘書長的意思，強將華興隊打敗的內情說給他聽；林亮雲「唉呀」一聲，說：「那是小事一件，他可能早忘了。如果他還記得此事，你們為國爭光，早就功大於過了。」

「也好。走，你陪我去中央黨部一趟。」

兩人步出監察院大門，已經攔到了計程車，徐傍興靈機一動，低聲說：「我們應該去日本大使館才對。竹林先生是真實的日本僑民，我怎麼早沒想到呢！」林亮雲表示同意。

到了日本大使館，見裏面好忙亂。述明來意後，等了許久，一位一等秘書後藤接見他們。後藤秘書仔細詢問竹林教授在台北帝大的所有經歷，並記下竹林在台北艋舺的配偶住址，然後低聲說一聲「兩位稍坐」，進去辦公室許久，再出來時手上捧著一本厚厚的書冊，邊走邊翻查，很快查到，指給徐傍興看，上面的註記是：「行方不明或已歿」。

後藤秘書又詢問了一些被警總帶走前的一些情況，最後說：「這事不難處置。不過，現在與貴國的關係正處於尷尬期，可能要費點週章。我們會儘快找到人。」（註五）

「找到了，你們會如何處置他？」

「首先，我們會瞭解他本人的意向。」後藤回說：「請放心，類似的事情，我們外務省在印尼、菲律賓、泰國、南太平洋島國處理過上千件案例，累積了許多經驗，你放心。」

徐傍興和林亮雲這才放下憂慮，道謝告辭。

註五：一九七一年七月聯合國票決中華人民共和國取代中華民國的席位時，日本投反對票，國民政府表示感謝；但到一九七二年九月日本即與中華人民共和國建交，同時與中華民國斷交，日本大使館改制為「財團法人交流協會」。

但徐傍興剛回到家，外衣未脫即接到後藤秘書的電話：「我們找到了。竹林先生在博愛路警備總部保安處，現在重病，生命垂危。他們不願竹林死在裏面，通知我們速速接他出來。」

徐傍興驚愕得一時不知要講什麼，後藤又說：「我現在用公務車去接他，你也馬上坐車過來。我們在博愛路警總大門口會合，請儘速。」

他急急趕去徐外科醫院，找到他以前出診的黑皮箱，再飛快趕過去。那後藤秘書已等在大門口，一位警總外事人員出來接他們進去，以最快速度辦妥釋放手續。

見到竹林的時侯，他癱軟在一張單人床上，蓋一條草綠色軍毯，面如白紙，已是昏迷狀態。徐傍興略事檢查，打開黑皮箱，做急救處置，然後以擔架抬出，上車，吩咐司機：「去台大醫院急診室。」

竹林在車上醒過來，知道自己是倚靠在徐傍興懷中，嘴角露出極輕微的笑意。徐傍興伸手握其手，兩人緊握了兩三秒鐘，竹林即鬆開手掌，手臂垂下。徐傍興大吃一驚，撥開其眼，探其鼻息，叫出來：「竹林先生走了！」他眼眶泛紅，顫聲直叫：「先生，先生，竹林教授。」

後藤秘書問：「確實去世了嗎？」

「往生了，確實。」

後藤吩咐司機：「請改道，運回他的家。」

那輛大使館公務車加快速度，往艋舺方向馳去。

由於確知竹林的日本僑民身份，警備總部特派一位少將處長，帶著偵二組組長前往日本大使館說明案情。大使館也通知徐傍興帶領竹林夫人和回台奔喪的兩個兒子前往旁聽。

那位少將處長操持一口標準的京片子，台日雙方的人都聽得清楚：「我們經初步偵訊即確信竹林先生是當年遣返時未走的日本人，加上他年歲已大，我們偵二組未曾對他做出任何言詞上和肢體上的冒犯。這點合該先作說明。」現場沒人出聲，少將處長又說：「各位若不相信，可以送請驗屍，當知我們所言不虛。」

後藤秘書說話：「感謝貴國辦案人員善待我國僑民。家屬只讓這位徐傍興醫師檢視大體。他是資深醫師，已證實沒有任何外傷，判斷是高齡老人在驚懼中心臟衰竭而去世。」

「我們會有一道偵訊程序是必須的。此案有人透過本部的檢舉匪諜專線具名檢舉，而且附了檢舉人的身分證號碼。」

「檢舉竹林先生什麼事呢？」

「刻意逃避遣返，留在台灣宣揚大日本帝國精神，鼓吹台灣獨立，每天詆譭我國元首。」

「胡說八道，那是污衊，我先生從不談論政治。」竹林夫人說得有點氣急。

「我經常跟他聊天，他只對台灣的語言文化和宗廟禮俗有興趣，也不曾批評我國政府。」徐傍興補充。

「我們可以知道檢舉人是誰嗎？」竹林夫人問。

「請見諒，我們不能提供。」

過了一段時間，喪事已經辦完。竹林夫人和徐傍興特別去大使館向後藤秘書道謝。那次，他透露：「我後來探知，那位檢舉人名叫李萬一。」

竹林夫人滿臉疑惑：「我從未聽過竹林提過此人姓名。」徐傍興則罵出：「馬鹿野郎！原來是這個王八蛋。」

此事之後，徐傍興患了失眠症。在台北家裏，連續好幾晚，不是轉輾難眠，就是半睡半醒。有時半夜悄悄下床，在後院踱方步，直到拂曉。他自己是醫生，偶爾服用安眠藥，不敢用藥太多，也不敢每夜都吃。幾天下來，在清晨昏沉沉起床，不敢照鏡子，他知道自己憔悴消瘦了下來。

一晚，徐傍興又在床上翻來覆去，乾脆下床。壬妹其實也沒睡，跟著起來。夫妻倆打開電燈，眼眶裏都現出血絲。徐傍興在沙發上坐了下來：「真壞勢，將把妳吵醒了。」

「你把我吵醒好幾個晚上了。我知道你心裏有恨有憎，但是，有那麼多天了，時間沒有把它沖淡一些嗎？」壬妹說這些話時，見老公整張臉猛然抖動，要哭出來，但努力壓抑著，於是靠過去抱著他，希望他盡情釋放情緒；但徐傍興終究沒有崩潰，只是顛聲說出他的感慨：

「對這隻『死高毛猴』，我無可奈何！我對他什麼都不能做，也不敢做。我這把年紀了，已經沒有體力去揍他，打他，殺死他……」

「不可以有這種念頭。」壬妹柔聲細語：「去找他理論一番，我倒是贊成。我陪你去。」

「那個『野膦屎』，我看到他那副嘴臉就會吐血。那種『咖肖』，不要說去跟他理論，光跟他講個話，自己就會被他氣死。」壬妹從未聽老公開口閉口那麼多氣話，且不阻止，就讓他發洩吧！

「你知道跟他講話有多氣人嗎？日本時代，我跟他講客家話，他總是回我日本話；到了現在國民政府時代，我跟他講客家話，他又猛用國語回我。真的是『無人有的』！」

「還有，我真想去法院告他誣告，害人致死。但他是用警備總部的檢舉匪諜專線去告發的，用的是真名，我如果去告，會變成我在挑戰那個人人檢舉匪諜的政策。我怕得罪警總，我們在美和有兩間學校，還有球隊，還有醫院。我不能冒這個險。」

壬妹：「這樣好不好？我陪你下去美和住一段時間，離開台北，去跟教職員在一起，跟球員在一起，相信你會好些。」

「但你要留在台北，照顧好經管徐外科的兩個兒子，督促好，監督好。」

「那就你一個人先下去，必要時我再抽空回去看看。」

徐傍興第二天就南下，到了學校被發覺精神萎頓，身心狀況有異，各處室主管紛紛上前關心，他只揮揮手，交代：「叫小鍾搬我的藤椅去球場邊，我要去看球。」

「大將今天看球要坐椅子，不知生什麼病？問他，他又一直說沒病沒事。奇怪呢！」校園內，教職員這樣互相咬耳朵。

小鍾把校長室那張高背藤椅抬到球場邊時，發現靠背和坐下的地方略有凹陷，凹陷處的藤網，用久了，竟特別光亮，那是被大將的背部和臀部磨亮的。

小鍾扶持大將在面向投手捕手區的方位坐下。四周一如往常，許多球迷或站或坐或蹲，一起看練球，順便閒聊打屁。徐傍興只朝他們淺淺露個笑容，一直坐著，沒像往來那般談笑風生。球迷們看出大將今天心情不好，也沒上前問候；而球場裏，教練的呼叫聲、捕手接到球時那乾脆利落的一聲「噗」、打擊手擊中球時響亮清脆的「鏗」聲，輪番出現；徐傍興有時張著眼睛，有時閉目似睡非睡，小鍾站在他身旁，不敢驚擾。

那天晚上徐傍興依然獨自一人睡校長室那張單人床。失眠了一個多禮拜，已經有點怕上床了，但還是要睡，不能不睡！他還是依照慣例，拉起布簾，關大燈，開床頭小燈，然後從床頭一疊書籍中抽出一本，是《三國演義》。今晚就看孔明火燒連環船那一回吧！

什麼都不去想，靜心閱讀。此時窗外有個人影，他知道那是總務組的小鍾，是壬妹交待他隨時注意大將的起居安全。就把他當成守門的衛兵吧！且不管他，「我就是大將，不是嗎？」

他漸漸把書看進心坎裏了，讀到：「火趁風威，風助火勢，船如箭發，煙燄障天。二十隻火船，撞入火寨。」那聲勢，那畫面，多麼壯觀呀！徐傍興閱讀至此，閉目冥想，那李萬二就在火船之中，渾身著火，躍入江中，葬身魚腹矣！他一直冥想那可惡的李萬二的嘴臉，在火海裏，渾身著火，張皇失措，哀號悲哭……。

他在不知不覺中睡著了，一覺到天亮，一個多禮拜來未曾如此安眠。

第二天他精神好了些，召集處室主管開個會，批示公文，不再頭昏腦脹。到了下午，又去球場邊，那張半新舊的高背藤椅還是跟著他，而他只坐了片刻就站起身來，站著，兩手放在後腰，微凸的腹部因而向前鼓起了些，那是他的招牌身影，大家看慣的。那天，他站的位子在捕手區右後方，小鍾在他的右後方；陽光還很亮，從西邊照射進球場，將徐傍興和小鍾的影子投射在地上，又和高背藤椅的影子重疊在一起，混合出一個孕婦揹著空的嬰兒籃子的身影。徐傍興專心看練球，小鍾無意間側個臉，看見地上那幅滑稽的複合身影，感到好玩；而大將身體稍微動一動，那揹著空的嬰兒籃的影子孕婦也動了動。突然間，球場傳來一聲沉沉的「噗」，那影子孕婦背上的嬰兒籃裡冒出一個人頭，原來是捕手接到球時陡然站起，陽光將捕手的頭堆疊到這個複合身影裏來了。

這碰巧出現的影像，只讓小鍾觀賞一兩秒鐘。那捕手很快又蹲下來，嬰兒籃子又空了。小鍾移動一下站姿，請示大將要不要坐一坐，大將不坐，放下雙手走兩步路，影子便全變了。

徐傍興完全沒理會影子的變幻，今天格外喜歡聽擊中球的「鏗」聲，那一聲清脆，感受到球員揮棒時使出的臂力，加上腰力，擊出去，用力擊打。那「鏗」聲每一次入耳，腦裏好像就會分泌出什麼慰安劑似的。

那天晚上他又如法泡製，還是看《三國》，翻到第六十四回，讀到「孔明獻密謀，黃蓋受毒刑」那一段——周瑜下了嚴令，杖打黃蓋老將軍五十大板，啊！五十大板打得嚴實，打完「眾官扶起黃蓋，打得皮開肉綻，鮮血迸流，扶歸本寨，昏絕幾次。」徐傍興讀至此，掩卷闔眼，想那李萬二多行不義，終於被衛士推出帳外，俯臥在地，五十大板如下雨那般打下去，打一次哀號一聲，昏絕數次，何其快哉！快哉！想著想著，又不知不覺入夢了。

第三天，徐傍興又出現在球場邊。小鍾依然隨侍在側，但那張高背藤椅沒再搬出來。球迷來了二十幾人，看到的是再熟悉不過的「大將」——微胖，皮膚白皙，長袖上衣洗乾淨燙過的，寬寬大大的深色西裝褲也有明顯的燙摺；他是「紳士人」，完全不像鄉村裡的莊稼漢，但聊起天來，說的全是鄉下人的粗俗話。這天，他主動跟人打招呼：「喂！猴子，你又來了哦！」「哦！大將，偓前幾日看你沒頭沒神，驚怕你會破病了。」「病猴哇！偓食得睡得，像牛牯，還會相鬥喔！」「對啦！阿呢蓋好，像偓等，每日飯嘪（註六）得落，一餐嘪兩碗，睡目一覺到天光。」「偓昨暗晡嘛係一覺到天光。」

那晚睡前，他刻意抽出《水滸傳》，翻開到「景陽崗武松打虎」。書裏的人把老虎叫做大蟲，李萬二不就是人人得而誅之的大蟲嗎？「武松把左手緊緊地揪住頂花皮，偷出右手來，提起鐵錘般大小拳頭，儘平生之力，只顧打那大蟲眼裏、口裏、鼻裏，都迸出鮮血來。」打得他牙研目緆（註七），痛苦不堪，眼裏、口裏、鼻裏都迸出鮮血，這樣才能稍慰竹林先生在天之靈。

連續三天的正常睡眠，徐傍興恢復了臉上的容光。他知道了，這種方法可以替代安眠藥。自己學醫大半輩子，臨老又學到一課，哈哈！他伸伸懶腰，一大早起床，感覺神清氣爽，先撥一個電話給老婆，述說自己的這種奇特的自療經驗。

壬妹高興地回說：「既然這樣，你每天晚上就照做，反正這樣不傷人，也不花錢。」

註六：「�」，客語字，是「吃」的土話。

註七：「牙研目緻」，客語中常用的四字成語，形容一個人身心受苦時的臉部表情。

CHAPTER

18

徐傍興對李萬二的憤懣完全淡忘之後，一天上午接到謝國城的電話，竟然恢復兩人間慣常的親暱稱呼：

「喂，大戇牯，我是戇大呆啦！好久沒連絡，你還有在氣我嗎？」

「我沒氣你，我一直感念著你。」

「感念我什麼？」

「感念你為台灣棒運開疆拓土，感念你數十年為棒球隊出國到處奔走募款的辛勞，尤其感念你將棒球運動推廣到高級外省人的圈子裏。」徐傍興感到自己的口才今天特別好。

「你現在嘗到那種到處向人伸手要錢的痛苦了嗎？青少棒ＡＢ兩隊再加青棒隊藍綠兩隊，真是不得了！」

「我神經線比較大條，我的同仁大概已經苦不堪言了。」

「唉！這項頭路就是按呢。」謝國城改換成福佬台語：「有須要我湊腳手的時陣，講一聲，莫按呢攏無愛甲我連絡。」

「我想欲跟你連絡，驚你太無閒。」

「我係真正足無閒。」他又換成國語：「我太太昨天從台南回來台北，梢來一個消息，許如霖你還記得吧！他的太太培英因為癌症在台南省立醫院住院。」

「是哦？我應該儘快去探望她，謝謝你告訴我。」

謝國城的電話講完，徐傍興告訴壬妹這件事。「培英太可憐了！我應該去看她，老同學一場。但我在台北現在走不開，你一個人從屏東去近一點。」壬妹接著問：「你身上還有多少現金？」

徐傍興摸摸口袋，回說：「我沒算，大概有七、八百元。」

「不夠的話，先跟出納借，借多少我隨後會補還，啊！」

出發前，徐傍興問出納組長：「你那邊有多少現金，能不能先借五萬元給我？邱壬妹董事馬上會匯進來還你。」

出納清點後回答：「沒有五萬，全部拿去，只有三萬二千五百元。」

「今明兩天有沒有什麼錢要支付？」

「沒有。」

「那麼，我先拿走三萬元。」

「是的。」

徐傍興很快在台南醫院找到許如霖的太太培英，是大腸癌，已完成手術，醫療費和住院費急需張羅，她有勞保，可以申請若干補助，但只是杯水車薪。（註）

許家兩個兒女雖然都已就業，但無法負擔那麼龐大的醫療費用。他現在明瞭了，謝國城的太太已來過，且支助了若干，而之所以打電話給他，也有幫忙許太太籌錢的用意。國城兄真是一位高手呀！籌款於不言明之中達成，而且用心是如此的良善。徐傍興非常認真地跟主治醫師討論病情，知道暫無生命危險，並且向許家兒女交待一些術後該注意的事項，然後將口袋裏所有的錢掏出，交在許家兒子手上，強要他收下才告辭。

走出醫院，大門口有一排計程車在攬客，但他注意到不遠處街角另有幾輛三輪車。台南真是古城，三輪的還沒被淘汰！他信步走過去，已經就要跨上車了，突然想起一事，摸摸褲袋，自已身無分文，於是向車伕說一聲「失禮」，掉頭，往火車站方向徒步走去，一路盤算著，該去哪裏找一點錢買火車票回屏東呢。

他首先想到一個好辦法：回去醫院門口，坐上一輛計程車，直奔美和，到達後再找人出來付車資，這樣最快最省事了。他停下腳步，一個念頭又浮上腦際，台南到屏東鄉下是那麼的遠，一公里不知道要跳錶幾次，到美和時車資一定很貴吧，「算了，算了，不要那麼浪費。」他這樣告訴自己，又再度開步走向車站。

他在車站售票口東張西望，希望老天爺幫忙，讓他碰見一個熟人；但徘徊許久，偌大一個車站大廳，人來人往，居然沒有一個是朋友。他後來瞄到一個鐵路警察的小辦公室，走進去，掏出名片和身分證件，請求借兩百塊錢應急。

「你是掉了錢包還是遇到扒手了？」

「都不是，是把身上的錢全部送給朋友了。」

「哪有這種事？身上總要留一點路費吧！」

「是我一時糊塗了。」徐傍興說：「我名片上有電話號碼，請你打電話過去，問任何一個人，說徐傍興是不是他們的董事長兼校長。問清楚了，借二百元給我，我會寄四百元還給你。」

那鐵路警察真的拿起電話，徐傍興又叮嚀：「你只要查證身分就好，請你不要告訴他們我來這裏借錢的事，事情傳開，會成為笑柄。」

註：此事發生於一九八一年，全民健保到一九九五年才開始施行。

電話打完，身分查清楚了，那鐵路警察掏出皮夾，一臉溫和親切，問道：「兩百塊借你夠嗎？你不用買個便當吃嗎？到了屏東站不用轉車回美和嗎？」

「哦！二百元是勉強夠啦！」徐傍興自己也笑了出來：「那你借我三百元好了，我可以買莒光號，坐豪華一點的，我會還你六百。」

「不必這樣，你還三百就好。」

不久，這件事終究紙包不住火，還是在美和校園傳了開來。

CHAPTER

19

徐夫人壬妹今天特別南下，也探望老公，也去跟球員共進午餐，也回娘家和親戚聊天敘舊，但她抽個空檔隻身一人去找鍾壬壽。

約好見面的地方是內埔印刷所，內埔街裏的一間小工廠。壬妹進去，沒看到鍾壬壽，先聽到一陣嘀嘀答答，又一陣呼隆呼隆的噪音，同時有嗆人的臭味撲鼻而來。噪音來自左側一台印刷機，正在運轉，靠近它，用力吸一口氣，原來是油墨的氣味。右側放一排烏漆嗎黑的大欄架，靠著牆壁擺放，架中有欄，一格一格，看不出格子裏放的是什麼東西。再走近定睛細瞧，先聞到一股鉛條的味道，莫非這就是鉛字架。

正感好奇，幾個人從旁邊一個小房間出來，認出其中一個是鍾壬壽；經介紹，跟他一起的還有兩位老師和一位常青出版社的編輯先生。

她被引導進入那間小室，幾條藤椅，一張書桌，權充辦公室；大家坐定後，壬妹問：「那部書大致就緒了吧？」

「我跟大將約定三年，已經超過半年多了，幸好大部份完成，現在正在談排版印刷的事。」

「我知道大將有承諾，會負擔全部印製費用，但是……」壬妹只停住吸一口氣，鍾壬壽搶進一段話：「我跟我們的編撰小組經過討論，全部由大將負擔不是上策，第一，他已付出太多，我們這三年所有的費用都由妳那邊支付，真的感激萬分；第二，我們想到一個擴大參與的辦法，決定發函給六堆各鄉鎮的仕紳、地方公職人員，找出幾十個或幾百個，由大家一起分擔印製費用。」

「哦！這樣多辛苦！」

「我們準備把印書和賣書綁在一起，預定在書的卷後刊登認捐者的介紹文字，以分擔金額的多寡，決定享用多大的版面，多的可以刊上全家福，少的就是一、二行。」

「哦！這就是報章雜誌賣廣告的概念嘛！」

「是的，客家人比較保守，說是買廣告，我們估計效果不大，要說是認捐費用才行。」

「這樣太好了，謝謝你們了。」壬妹說：「我今天來，本來想跟你們商量，讓我分期支付那筆大將承諾過的印製費。」

「所以，妳回去跟大將報告，這筆費用不必由他獨力負擔了。」

「他才不管這種事，他到處承諾，真正要傷腦筋的人是我。」

「哈哈！這我們都瞭解。」

「外界多不瞭解，美和現在除了青少棒A、B兩隊，多了青棒隊，青棒又分綠、藍兩隊；對外的募款成績不理想，我們家已經感到很吃力。」由於印刷廠內噪音和臭味很難忍受，她說完這話就起身告辭。

走出小辦公室，她見三個工人正在工作。他們一手捧著四方型的小木盒，依據擱在鉛字架上的原稿紙，用另一手把一個一個刻有文字的鉛條挑出來，精確排佈在小木盒裏，排滿後交給另一個工人，塗上油墨，放上紙張，然後在紙張上面敲打。印刷所老闆在旁解釋，說這樣叫做「打印」。敲打妥當後拉起紙張，便可閱讀到一段文稿，印刷所老闆解釋說，這打印完成的文稿叫做「樣張」。壬妹低頭瞧那「樣張」上的內容，輕聲唸出：

「客家庄在未開發之前，大部份係千年未斧的叢林地帶，由於地勢較高，少遭山洪沖削，因此成為鹼性沖積土及微酸性沖積土，粘土甚厚，可以藏水，墾拓後最適合栽種。此地屬熱帶，溫度高至三十七度，最低也還有十度（最低記錄曾至六度）。雨量多，年約二千公厘，多在夏秋之間下降（約佔九十%的比率），因此夏季稻作方便，及至日後埤圳造成後，始有兩季稻作，現在又加上一季豆收。」

壬妹感到新奇：原來那些作家寫好了稿子，是這樣印出來的！

回美和後，壬妹向徐傍興報告去內埔印刷所得知的情形。徐傍興對於編撰小組想出來的印製費用分擔措施，並沒有什麼如釋重負之類的表示。他關心內容，詢問：「妳有大致讀一下它的目錄沒有？不曉得印出來一共會有幾頁？會很厚嗎？」

「我只看到工人在撿鉛字，一字一字的撿，讀了一小段樣張上的文章。」

「寫得如何？」

「樣張上的字模模糊糊，我讀得很吃力，寫得好不好我不會評論。」

「它大致完稿後，壬壽哥有來找我，擬了兩個書名，一個是《六堆繁榮的原動力》，另一個是《六堆客家鄉土誌》，問我喜歡哪一個，我挑了第二個。」

「內容和書名不是我的事。我倒是非常讚賞他們發動鄉親共同參與的措施。它雖然類似雜誌報刊登廣告的做法，但對於這類書籍，是一件創舉，一個典範，會名垂歷史。」

「不是它的內容會名垂歷史？」（註一）

註一：此書定名「六堆客家鄉土誌」，於一九七三年九月出版，初始未受廣泛重視，至九零年代後期台灣興起本土化運動，獲前衛出版社重印再出版，始廣被研讀、收藏，是瞭解六堆客家的經典名著。

「內容我沒看，我只知道那個措施很了不起。」

「哈哈！妳的這個看法，我沒想到。」

第二個王妹獨自一人去會面的是美和護專總務組的小鍾。

「小鍾，你是大將最親近的人之一，我要拜託你幫忙他做一件事。」

「不必說什麼『拜託』，我樂於服侍大將。」

「是這樣的，全世界的人都以為徐傍興很有錢；大將自己也認為他有花不完的錢。其實不是這樣，我家的財力大不如前了。」

小鍾張大眼睛，這種話好像不應該從面前這位「先生娘」口中說出來。

王妹又說：「你是自己人，我才敢跟你說這些。主持台北徐外科的旦鄰、齊鄰兩兄弟，沒有他爸爸的聲望和能力，這幾年台北又有幾家大醫院開張，競爭較激烈；現在只有高雄徐外科還不錯。」

「我服侍大將不是為了錢……」

「你不要想到別的地方去了。我要告訴你的是，大將有一種個性，只要他認為應該給，給得有意義，就會掏出口袋裏所有的錢給出去。這種作風，以前沒問題，現在有問題了。」

小鍾沒說話，壬妹又說：「尤其現在我們的棒球隊，青少棒和青棒加起來共有四隊，就靠學校支持。學校支持就是由學校董事們經營的醫院來支持。我有時候內心憂慮，想到半夜會驚醒。」

「有那麼嚴重？我能幫什麼忙嗎？」

「你在他身邊，隨時提醒他。每次碰到他要答應人家出什麼錢，或由他負擔什麼費用的時候，靠近他耳邊，告訴他：『大將，現在台北徐外科的狀況不相同了，先生娘要我提醒你，要開始省錢。』」

「大將會聽我的嗎？還有，大將會對我發脾氣嗎？」

「不會。大將很信任你，說是我要你這樣說的。」

小鍾閉起眼睛，像在沉思什麼千古懸案，片刻之後問：「譬如上個禮拜，大將去中央黨部開會回來，從口袋掏出一個信封袋給我，說那是去開會的出席費，叫我拿去給廚房，說給球員補給營養，這要制止他嗎？」

壬妹回說：「這種小錢就讓他花。有大筆的支出，請你幫忙預先防堵，你若勸不了，馬上打電話給我，由我來提醒他。」

「這樣我知道了。」

跟小鍾談完，壬妹又去找李梅玉。他現在已不在美和中學當校長，調至護專另有要職。

壬妹先詢問學校所訂「美和棒球隊發展基金」的募款情形，李梅玉回說：「確有社會捐款進來，不過，只是杯水車薪。」

「我們的團隊裏，大多是那種自己出錢很大方，但向人募款時卻不敢開口的人，大將徐傍興最為典型。」

「確實是這樣，除了邱連輝、董榮芳之外，全是仕紳型的醫師。」李梅玉又補充：「不只是不敢開口，碰到有人要捐多一點錢的時候，大將還擔心讓人拿出那麼多錢，會不會影響到別人的生活用度。」

壬妹接著把她跟小鍾說的話，重講一遍。李梅玉說完全同意，答應一起防止再有大筆捐獻。「說到底，集中一切資源，把美和棒球隊培養好才是目前最重要的事。」

「你跟大將長期在一起，說不定你來規勸會比我有效。我的話，他有時故意不聽。」

「其實，大將自己生活簡樸，省下很多錢，讓他花在他喜歡花的地方，也是好事。」

「他生活簡樸，我比你清楚。」

「唉！他大半輩子那樣的捨得給錢，到處出錢，正是他的人生最有意義、最精彩之處。」

「我一直也是這樣想的。幫他理財、守財大半輩子，也一直以他為榮；但現在情況有點不同，必須稍為節制才行，路才走得更長遠。」

「妳實在是大將最好的參謀長，高瞻遠矚，令人欽佩。」

「我明天回台北，醫院要幫忙看顧著；大將在這裏，要你們多陪他、照顧他。」

「妳放心。這幾年他住美和，眾望所歸，人來人往，他的四周熱鬧得很。」

又過了一年，省議員邱連輝任期屆滿，申請國民黨提名連任時被刷下。南部客家各鄉群情嘩然，地方人士慫恿他脫黨競選。報紙上經常可看到他的消息，多是報導邱連輝如何又如何地在掙扎。徐傍興人在美和，每天傍晚在球場邊，聽到鄉親都在議論此事；回到辦公室，來自各方面的電話，都在關切邱連輝的動向。

「大將呀！你要出來勸退邱連輝，叫他不要那麼笨，跟國民黨作對，會有什麼下場又不是不曉得。」

「大將，你要站出來鼓勵邱連輝，脫黨就脫黨又怎麼樣，跟它拼了，客家人頸筋不要那麼軟！」

這兩種意見不斷湧進徐傍興的耳朵。更多鄉親靜靜地等待，看徐傍興會如何表態。

徐傍興和邱連輝似乎心照不宣，沒做任何直接連絡。徐傍興只是吩咐小鍾找來每一份報章雜誌上的相關報導和評論文章，仔細閱讀；逢人談起，只是微笑傾聽，沒表態，但看起來胸有成竹。

到了候選人登記的一個禮拜前，美和中學來了一位教育局督學，姓鄧，升旗典禮剛結束就到了，查詢若干校內事務，跟學校主管談話時態度溫和，言詞客氣，查詢過後便是閒聊，也到校長室寒喧、喝茶、看報紙，直到傍晚降完旗，大家下班了，他才離去。

他來了一天，第二天又來。徐傍興和李梅玉、曾秀氣、小鍾等主管不約而同都猜出鄧督學的來意；但是，猜出是猜出了，該怎麼處理這位鄧督學才好呢？

幾位主管私下交換了一下意見。那天的午休時間，鄧督學在校長室閱讀雜誌，大概眼睛疲乏了，靠在沙發上小憩。小鍾這個時候進來，向徐傍興請示：

「校長，台灣時報今天有一篇特稿，評論邱連輝的事情。我早上在報攤沒有買到，須不須要等一下我專程去它的內埔分社買一份回來。」

「不必了，我不想看了。」

「那是你們醫界，醫師公會辦的報紙，他們的意見……」

「不必看了，我認為邱連輝還是尊重黨部的意思，不要脫黨比較好。」

「是哦？大將是持這個意見嗎？」

徐傍興沒回應，只是用鼻腔輕輕「唔」一聲，也靠在他那張高背藤椅上睡起覺來，小鍾悄然退出。

當天下午鄧督學就告辭離去了；巧合的是，徐傍興沒多久接到一通縣黨部組長的電話，說中央黨部指派青工會副主任關中和政大教授黃越欽前往麟洛邱連輝的住宅，要當面勸退邱連輝，請徐校長務必前往，協助他們完成黨交付的任務。

徐傍興回說「知道了」。放下電話即叫來教務主任曾秀氣，告訴他有這麼一件事，交代：「你代表我去參加，多聽，儘量少發言。」

「他們會問，徐校長怎麼不來，我怎麼回答？」

「你就說我陪棒球隊出去比賽了。」

「那您要真的出去才行。」

「我真的要去。現在正在打中華棒球協會的錦標賽，不是嗎？」

那天，徐傍興在辦公室等候到下午曾秀氣才回來。「怎麼樣？他們勸退成功了嗎？」徐傍興問。

「應該沒成功。」

徐傍興面露喜色，追問：「邱連輝真那麼『硬膦頸』（註二）？」

「但邱連輝也沒把話說死，最後只無奈表示：『選不選不是我一個人的事，做戲的就是不想再演，但看戲的不想停止。』」

「哈哈！這樣就很有意思了，你回去休息吧！」

關中和黃越欽漏夜離開屏東後，次日早晨又有一場「勸退會」。這次在至正國中校長溫興春家裏，客家仕紳邱福盛、彭清森、林春榮及多位客籍校長全被召集到來。徐傍興也接到通知，但到得較遲；一進屋，大家起身讓坐，他簡單向眾人問候一下即坐定，不語。

邱連輝坐在主沙發中間，跟徐傍興對望一眼，眼神交會不到一秒，似乎都讀懂了對方的心思；而四周眾大老繼續七嘴八舌苦勸。徐傍興靜靜聽著：「國民黨栽培你那麼多年，不可違逆呀！」「一次脫黨，你將終身再無政治生命可言。」「這次姑且隱忍吧！黨一定會對你另有更好的安排的。」

邱連輝一直臉帶苦惱，不知如何回話。徐傍興不知哪來的一股氣，突然衝著邱連輝而不是眾大老，用鄉下人慣用的粗話說：

「阿輝仔，你驚牙膦（註三）！毋使驚啦！你係驚脫黨後哈卵會給國民黨割掉，我會做兩粒還你，一粒銅的，一粒鐵的。」

徐傍興這一表態，溫興春家天花板上的吊扇，好像馬上改變了氣流方向，開始有人

註二：「硬膦頸」，客語，簡稱「硬頸」，敢於承擔、不輕易妥協退縮之意。
註三：「驚牙膦」，客語中的粗話，「怕什麼」的意思。

附議：「對啦！這屆省議員任內表現得那麼好，怎麼會沒被提名連任呢！」「得罪權貴毋使驚，全縣客家選民會給你靠。」「我們都做你的後盾。」

邱連輝緩緩起身，向眾人一鞠躬，說：「俚決定脫黨選到底，係俚自家个決定。」說完稍停，與徐傍興互望一眼，再說：「頭先大將講个話，請大家毋好傳出去，毋好給黨部知得。俚驚怕對美和兩間學校不利，拜託大家。」

但是徐傍興那「割哈卵之說」熱氣旋那般快速在各客家鄉村風傳。他隨後慨捐十萬元競選經費，一個「黨外的邱連輝」從此變得不可逆轉，成為台灣政壇一個新的品牌。

壬妹在台北立刻獲知消息，面無表情，立刻去提領那筆十萬元。

此後有好長一段時間，壬妹守的那個徐家財庫，支助的對象就只有美和棒球隊。那是她作為徐家媳婦心甘情願的付出，譬如在台北棒球場附近買了一間房，給來台北比賽或訓練的球員免費住宿；那些年，美和隊幾乎年年代表國家出國比賽，出國前換一些美元現鈔，由徐傍興親自發給球員和教練一兩百元零用金做為鼓勵。除此之外，老公沒給她增添煩惱，日子安穩地過去，一年又一年。

一直到四年後，邱連輝省議員任滿，在旺盛的民氣中宣佈要競選屏東縣長。從古至今，屏東縣從未有過客籍縣長。

國民黨提名的候選人是陳恒盛。縣黨部很早就籌組輔選委員會。美和護專那位大將徐傍興在這場選戰中大概角色很重要吧！在一個風雨交加的傍晚，由黨主委率同相關組長親臨美和，給徐傍興送上一張「輔選委員」的聘書。徐傍興也率同學校主管撐著傘在校門口迎接，直說：「啊哈！真是最難風雨中故人來呀！」

拿到黨的輔選委員聘書後，徐傍興一個月要去黨部開一次輔選會議。回來時，口袋裏會有一筆二千元的出席費。他總是叫小鍾去內埔菜市場，「全部買猪肉和蛋，一次買光，送去廚房。」「廚房裏給球員準備的菜餚很豐富，這些錢大將您留在身上吧！」「國民黨的錢放在褲袋，會咬我的『大羅畢』（註四）。」「哈哈！好，那我改買牛奶好了。」

競選活動漸漸熱絡起來了，美和護專和美和中學每天又有督學到來，這回來了兩位，一位是上一次來的鄧督學，另一位姓謝。兩人都很認真在各處室問東問西。其中一位謝

註四：「大羅畢」，客語，大腿之意。

督學總是坐在校長室看報章雜誌。有一天，邱連輝的競選幹部王安碩走進校長室，沒注意到沙發上斜斜坐著一個外人，進門就大剌剌地說：「大將，你昨天叫我拿過去的……」

徐傍興機警地搶話：「哦！拿過去了嗎？廖丙熔院長有沒有說現在還可以收納多少實習護士？」

王安碩見徐傍興定定看著自己，左眼極輕微眨一下，立刻明白，眼角斜睨到沙發上有一個不認識的人，遲疑了一下才說：「廖院長看了我拿過去的資料，說今年的實習生可以多安排幾個過去。」

「好，這樣我知道了。」

那王安碩退出校長室後，謝督學站起來，先跟徐傍興閒聊一下棒球隊上一次出賽的戰績，然後不著痕跡問道：「剛才進來的那位先生，我好像在哪裏見過，有點面熟。」

「他是本校職員，幫我在護專和高雄徐外科之間跑跑腿。」

「我記得他姓王，好像叫做王安石。」

「赫！謝督學，你的歷史課本背得還真熟，他不是宋朝搞王安石變法的那位，是我們民國時代的人，住在忠心崙，姓廖。」

恰在此刻電話鈴響，是壬妹打來的：「喂！你昨天說的那二十萬元，我幫你滙過去了，我看哪，傍興仔，對候選人的捐獻，這樣就夠了。」

「伊同偓等美和个關係無共樣啦！伊這幾年幫偓等个棒球隊煞猛爭取到蓋多經費。」

「好啦！偓瞭解啦。」

謝督學在旁豎起耳朵，聽不到壬妹在電話彼端說什麼；徐校長的回話也聽不出一個所以然，只聽出它跟某一個美和的親密關係人有關。他腦中一閃，那個人會不會就是邱連輝？如果是的話，他們談的是什麼呢？

第二天清晨，徐傍興照常在五點醒來，略事梳洗即出門健行。他的固定路線是走進忠心崙老農路，穿過二崙村，再轉進美崙村，在他的老丈人家隔壁的一個農家坐下來，喝水，有時吃點早餐。一路上，他逢人就打招呼。往常，他都只說：「嗨！恁早。」但最近他的問候改為：「嗨！縣長選邱連輝，知無！」「喂！愛支持邱連輝喲！」

就只是那麼一段晨起走路的小徑，就只是那幾句逢人就說的表態，徐傍興在這場選戰中的支持對象就已經在客家鄉村廣泛散佈開來。

那天，才剛要彎進去二崙村，一名中年男子騎著腳踏車到來，停在徐傍興旁，跨下，改騎為牽，陪他一起步行。那人正是王安碩

「大將叫我今天來，有什麼交代？」

「從今日開始，不要由你跟我連絡，換一個人。」

「為什麼？」

「其實嘛無麼个啦！我只想換一個人擱卡妥當。」

「前日您交待給偃个二十萬元，偃已經親手交給阿輝哥了，他也在政治獻金簿上做了登錄，阿輝哥要偃轉達深深感謝之意。」

「偃愛換人，毋係這個關係，我知你已經將那筆錢送達，感謝你。」

「換誰呢？」

「換阿忠牯。」徐傍興說：「你回去跟邱連輝講一聲。」

「好，無問題。」

「偃另外問你，到底阿輝仔那邊的競選經費會不會很緊？」

「很緊，蓋多該用錢个地方毋敢用。」

「譬如咧？」

「譬如交通。宣傳車、連絡車要全縣走，雖然有人寄付車輛，但是不夠。」王安碩又說：「阿輝哥頭擺只是選縣議員和省議員，跑一跑六堆幾個鄉就夠了，今嫁要在全縣各鄉鎮普設連絡處所。」

「哦！阿內俚知咧。」

那天升旗典禮後，徐傍興打電話給壬妹：「旦鄰、齊鄰兩兄弟最近怎樣？」壬妹沒答話，在電話彼端沉默著。

徐傍興又問：「醫院的業務，每日有照我交待的方式運作嗎？」

「有啦。」

「哦！」徐傍興又問，語調輕柔：「啊妳自家咧？一切有好勢好勢無？屋下个事情，小孩个事情，全部都勞煩妳，仰仗妳。」

電話彼端又沒聲音了，隱約聽到比正常講話時稍重的鼻息聲音，徐傍興想不到那是為什麼，正感納悶，壬妹問：「你打電話歸來，有麼个事情麼？」

「有。」徐傍興只回答這麼一聲就停住，換他不講話了。壬妹追問：「有？是什麼事情。」

「偓要請妳寄一息錢給我。」
「一息？一息是多少？」
「三十萬。」
「那麼多！什麼地方要用？」
「要再寄付給邱連輝。」
「不必那麼多啦，你前一陣子不是剛剛送過去二十萬？」
「是。但是我知道他現在競選經費緊得很。他這次選縣長意義非比尋常，不能因為缺乏競選經費這個因素……總之，他這次不能落選。」
「我聽人說，他現在氣勢極盛，在我們客家各鄉，規莊頭籲籲呼呼（註五）：『阿輝哥，阿輝哥，當選！當選！』」
「那是客家鄉，客家選票畢竟是少數，最後的輸贏要看福佬選民。」
「一定要再寄付那麼多嗎？總共已經五十萬了呢！已經很多很多了。」
「沒關係啦！壬妹，可以啦！寄付給他啦！」
壬妹在電話彼端沒講話，一直沉默著。徐傍興又一次聽到太太比平常講話稍重的鼻息聲。許久之後，他輕輕放下話筒，心中納悶著，壬妹這種反應，以前從未有過，會不會壬妹是在抽泣？壬妹會為了區區三十萬元就暗自哭泣嗎？三十萬元比起幫助一位客家人當選縣長，孰輕孰重呢？

那三十萬第三天匯到，一切如常，徐傍興將心中的納悶忘得一乾二淨。

由於徐傍興認為幫助邱連輝這個客家人贏得縣長寶座是十分有意義的事，他在正式競選活動開始後就不再躲在暗處，光明正大跳出來助選。「毋使驚啦！大家行出來去啦！」他在校園逢人就這樣呼籲，甚至站上邱連輝的競選車隊。

同時對邱連輝依然捐輸不斷。他改變了向自己的「財庫」——老婆邱壬妹取款的策略，不再是一次大筆錢，而是多次的小額，甚至是小小額。

自從徐傍興公開表態後，那兩位督學就不再每天光臨。

一九八一年十二月邱連輝順利當選縣長。屏東的客家各鄉浸沉在興奮的氣氛中。壬妹在那幾天南下。她不是來湊熱鬧，是與學校棒委會的委員們商量：徐傍興和台北徐外

註五：「籲籲呼呼」，客語裡常用的擬聲詞，形容一群人在大聲嚷嚷，也可寫成又又糊糊、喲喲呼呼等。

科固定要捐給棒球隊的金額，要改為分次分期給付。壬妹獨自一人出面處理此事。棒委會諸委員心中皆訝異，但未多問原因，也都配合調整，沒讓美棒球隊的正常開支出現任何窘況。

然後壬妹想回娘家走走，徐傍興陪著去。吃了午餐，喝了茶，小憩片刻，年輕一輩嚷著要去隘寮溪畔的河堤踏青。一家人興緻勃勃出發，在一排樹蔭下攤開塑膠布，端出茶水點心，七嘴八舌，嘻笑怒罵，好不熱鬧。

徐傍興邀壬妹起來走一段河堤路，兩個已有老態的長者於是離群去散步了。肩並肩，沒牽手。那天天氣不熱。隘寮溪卻異常乾涸，只有一條細流在石頭和泥沙堆間打轉、奔流。在這乾季，偌大一條隘寮溪竟然只剩那麼一點點水，而且流動得那麼吃力！

五、六隻白鷺鷥站在溪流裡，有的低頭啄食小蟲，有的仰著頭翻白眼發呆，水深只到牠們的腳上幾吋之處。

「我聽說了，妳這趟回來，跟棒委員的人要求減少捐款金額。」

「不是減少，只是分期撥付。」

「何苦呢？一次給掉不好嗎？」

壬妹沒回答，沉默著，走了一段路才說：「隘寮溪的水都乾了……」
「會再下雨，下大雨，河水又會漲起來。」
壬妹又不講話了。她腳步輕盈，而溪流無聲，徐傍興隱然聽到前幾次打電話時傳來的那種有點粗重的鼻息聲音。
結髮四十多年，素知壬妹正向樂觀，徐傍興從未見妻子如此傷心、沮喪。他自己也難過了起來，想想這些年，真的太難為她了，能用什麼言語來安慰她呢？牽起她的手，五指緊扣。在鄉下地方，很少看到這樣手牽手散步的資深男女吧？且不管它了，該講些什麼話安慰老婆呢？他邊走邊構思，想好了一些話：
「唉呀！妳這隻戇面嬤，錢本來就係要拿來用个，用在對的時節，用在有價值的地方，用淨淨就用淨淨，驚麼个！怕麼个！」
「妳知麼？侄這生人（註六）都是努力賺錢同時努力花錢。侄每次花錢，總會感受到有

註六：「這生人」，客語，「這輩子」之意。

『希望的火花』出現，故所以，俚將把錢花淨淨是從來無後悔的。」

這些話就要從喉間聲帶湧出時，自己緊急煞車，何必再多講一遍呢！壬妹早就清楚我這些想法，再多講一遍，她會煩的，不如唱幾句山歌給她聽。徐傍興這樣念頭一轉，隨興唱出一小段：

行醫一生有賺錢／好在壬妹守在前
傍興花錢嘸知痛／壬妹痛到淚漣漣

他喉音有點沙啞，但歌詞聽得清楚。瞄一眼老婆，竟然眼眶泛紅，眼淚泫然欲滴。壬妹是怎麼了？我常講，我們要想好的，不要想壞的，毋使驚啦！自家擔輸贏啦！俚再唱幾條山歌給妳聽，我臨時胡謅亂編的歌謠，妳以前愛聽的。他環視四周景色，取景入歌，一句又一句：

河壩流水無定著／戇面鳥仔飛下落

有了山來就有河／水漲水淺常常見
壬妹譴我會花錢／毋使加譴毋使譴（註七）
世間錢財世間用／會發會苦無相干

最後那句「無相干」唱完，望見一幅美麗的圖畫：溪底那群白鷺鷥緩緩飛起，在大武山一片青翠的山景中，白影點點，優雅地移動。

註七：「譴」，客語，生氣的意思，如「發譴」。

國家圖書館出版品預行編目（CIP）資料

小說徐傍興 = The story of Hsu Pang Hsing/李旺台作.
-- 第一版. -- 台北市：玉山社出版事業股份有限公司，
2021.06
面；　公分

ISBN 978-986-294-273-4（平裝）

863.57　　110008608

小說徐傍興

作　　者／李旺台
發 行 人／魏淑貞
出 版 者／玉山社出版事業股份有限公司
台北市 106 仁愛路四段 145 號 3 樓之 2
電話／ (02) 27753736
傳真／ (02) 27753776
電子郵件地址／ tipi395@ms19.hinet.net
玉山社網站網址／ http://www.tipi.com.tw
郵撥／ 18599799 玉山社出版事業股份有限公司

副總編輯／蔡明雲
封面設計／秦華
行銷企畫／吳怡萱
業務行政／林欣怡

法律顧問／魏千峰律師

定價：新臺幣 480 元
第一版第一刷：2021 年 6 月